金主才不要好萊塢的冷飯

Karl Iglesias
卡爾・伊格萊西亞斯 著
伍啟鴻 譯

WRITING FOR EMOTIONAL IMPACT

Author of The 101 Habits of Highly Successful Screenwriters.

瑞昇文化

致塔拉（Tara）……
謝謝妳的愛，妳的支持和耐心。
我愛妳，此生不渝。

鳴謝

艾薩克・牛頓（Isaac Newton）曾說過：「假使說我看得比較遠，那只因為我站在巨人的肩上。」我就是要感謝編劇界的巨人，假如沒有他們，便無法證明一流的寫作手藝是可能的。

此外，我必須向以下人員致以最深謝忱：

我在洛杉磯加大（UCLA）公開課程和劇本寫作展覽的學生。如果不是他們再三要求，我便不會把這一系列的講義編寫成書。

洛杉磯加大公開寫作課程的琳達・凡妮絲（Linda Venis），我極為滿意她為我提供的教席，加上職員的熱心協助，使教學過程無比順暢。

為我審稿的羅莎・格林漢（Rosa Graham），還有負責原文版封面製作的比爾・格林漢（Bill Graham）。

提供「辦公室」場地的傑夫・柯勒（Jeff Coller）。

給我關懷和支持的好友和家人。

當然，特別是我的愛妻塔拉，無論我所作任何一切，都予我無限支持、鼓勵和愛護。

目錄

名人推薦

劇本描繪的是人類的情感與衝突，無論是彼此，或是與社會、宿命，甚至是自我的內在；但不管多麼龐大、強烈的情感，終究只是不可捉摸的無形心思，最後還是得回到創作的基本面，以立體的人物、精彩的情節、巧妙的結構與獨特的形式與展現出來。

千萬別被【金主才不要好萊塢的冷飯】這個書名嚇到了，作者不打高空，內容很親民也很實用，只是利用一些你早就知道，卻可能遺忘或不常使用的細節與技巧，並引用許多成功且唾手可得的傑作做為範例，提點你如何將種種內在情感，化為影像，深擊觀眾心靈，並引起共鳴。

它不只是一本劇本創作的參考書，身為編劇與老師，我也很樂意將它拿到課堂上，列為必備的教科書。

——陳世杰（亞太／金鐘編劇、文化大學戲劇系副教授）

像我這樣同時從事劇本寫作與劇本教學的人來說，將劇本寫作的心法轉為公式，一直是劇本寫作教學中的最大挑戰。本書將抽象的心法闡述為具體的套路，對教學者、學習者和從業者來說，都是一大利器！

——王瑋（優良電影劇本獎編劇／導演）

1

序　言

傳遞情感的事業

「問題不在於角色是否躍然紙上；而是讀者在心裡作何感想。」

——戈登・理什（Gordon Lish）

讀劇本只會讓人有三種感覺，要嘛沉悶，要嘛好玩，要嘛是大喊「哇塞！」要寫劇本，你的任務就是盡量讓每一頁都能產生「哇塞」的感覺。如果你也想在寫作裡傳遞「哇塞」，如果你也真心相信，說故事就是要在情感上觸動審稿員，讓他們感同身受，那麼，這本書就是為你而設計的。

特別是，不知道有多少人渴望從事寫作，花了上萬塊錢買書、上課，最後發現他們學到的只是公式化的技巧，只能讓審稿員打瞌睡，或讓他們「不予考慮」，然後因為題材不夠生動，聯絡經理以後總是沒有下文。對於他們，就更要讀《金主才不要好萊塢的冷飯》這本書。如果你自己讀了書，上了研習課，結果只學到一堆劇作原理和規則的話，那麼你就還要加把勁了。我沒有懷疑那些寫作達人的好意。但問題是，即便他們也同意寫劇本就是要把審稿員拉進來，我還是看不到劇本創作有任何顯著的進步。當然，看起來是好了一些。我們常聽見新進的寫作者說：「看，佈局還行吧……轉折點適得其所……主角也貼緊英雄路線，結局前還有個轉變。」但可惜，就是差一點點。我同意，基本結構是劇本不可或缺的部分，有些書也提出獨特看法，教你一些高明的招數。但如果你想畢業的話，就繼續讀下去吧。

為什麼又是教寫劇本的書？

你們中間或許有人會問：「為了寫出好賣的劇本，我們真的要再讀一本書嗎？」羅伯特・麥基（Robert McKee）就說了：「只是炒好萊塢的冷飯，根本不用看食譜。」說得沒錯。去書架或上網看一下，已經有多少本書啊：在亞馬遜一查，就有1200多筆！嚇死人了。過去三十年來，不知多少寫作者有志於編劇一途，他們手上已經掌握為數不少的資源，接收到大量原理和原則；這些資源包括：書本和雜誌，然後是研習課、網站、電影學校辦的研究生學程，更不用說，還有那些顧問和達人，每一個都言之鑿鑿，教你在哪一頁加上什麼情節，按哪一種順序，你的劇本才會好賣。但事實上，就都差不多嘛。看市場上那些劇本，大部分都太過老套、死板、千篇一律，所以才讓人打瞌睡。為什麼？因為寫劇本不止是理論，也不能照什麼方法來安排情節。基本的，你當然要學，但要寫好劇本，那還差得遠哩。在我另一本書《成功劇本作家的101種習慣》裡，曾引述奧斯卡得主艾齊瓦・高斯曼（Akiva Goldsman）〔《最後一擊》（Cinderella Man）、《機械公敵》（I, Robot）、《美麗心靈》（A Beautiful Mind）〕的說法：「寫劇本就像服裝設計：每一件襯衫的結構都一樣，兩管袖子再加些鈕扣，但就不是每一件都做得一樣。大部分的老師和課本都說襯衫要有兩管袖子，再加些鈕扣，卻期望學生這樣就可以出師。」我也訪問過作家霍華・羅德曼（Howard Rodman），只礙於當時篇幅有限，無法收錄。對於那些原則、規定和理論，他說：「它們變成開發經理（development executive）偷懶的工具。像是劇本結構、導火線、轉折點和頁數等等，成為他們考慮是否採納劇本的重點。原來只有一個人創作的東西，變成什麼人都寫得出來。」

大概可以說，我寫這本書是基於兩個理由。首先，它提供了不可多得的資料，即便劇本寫作的資源這麼豐富，對於那些學寫作的人，這些資料是他們怎麼找也找不到的。他們一心想寫劇本，一直想得到更有價值的資料。無論是在工作坊或座談會上，我都聽過他們抱怨：看完一本又一本參考書，上了一堂又一堂研習課，結果都是老樣子，學不到新東西。其次是基於一個比較自私的理由。我做劇本創作的指導和顧問，早就忙死了，還要看爛劇本，這不折騰人嗎？所以我才想介紹專業編劇的技巧，讓生手能把寫作提升到令人滿意的程度。不是說會好到立刻能賣，但至少看得下去，也好讓人賞析。

是時候了，我們要越過基本功，往前邁進一步，我們要注意劇本寫作這一行的真實內涵注意如何動人以情。文章之所以寫得好，是因為它讓人讀起來有感覺。一部好電影，即使演三小時，你也會覺得一下子就過。反而一部九十分鐘的爛電影，會讓人覺得演了九十個鐘頭。所以心理學家才會說電影是「情感製造機」。我們就是想要被感動，才會上電影院、看電視、打電動、看小說、玩遊戲。可是，情緒反應這題目卻偏偏乏人問津。

自從我開始審劇本，我便認為現在的編劇都有機會上課，多好啊。這是我們過去求之不得的。我原本以為會讀到不少優秀作品，尤其像CAA、ICM或威廉·莫里斯（William Morris）等大型文藝經紀公司，它們的劇本應該不賴吧。我真傻。這些年來，我看過好幾百個劇本，但我能真心推薦的頂多只有五部。但不要誤會，我審核過的那些劇本，大部分在技術上都沒問題——沒錯別字，版式、結構都很好，預定的爆發點也放在「對」的頁數上。問題是，它們每一部感覺起來都差不多，就像是電腦程式的結果，由一套公式化的演算法跑出來的。沒想到，連經紀公司的劇本都只是一般般。我不僅驚訝，更為那些想從事編劇的人抱不平，他們花錢繳學費，卻得到這樣的結果。令人訝異的是，即使到了今天，這些未來的編劇們依然不曉得怎樣寫好劇本。情感才是戲劇的成分，而不是邏輯。情感是你注入劇本裡的血。

想一想情感

試想一下，假使這些編劇都能照我上面的話來做，把他們的作品視為強烈而豐足的情感體驗，而非寫110頁的草稿，再用兩口釘子夾起來而已，結果會怎樣呢？試想一下，假使你真的了解審稿員多麼需要從好故事中汲取情感，知道為什麼某個故事比另一個更引人入勝，為什麼某些字更能躍然紙上，產生情感上的滿足，而另一些字卻逼審稿員把劇本扔掉，那麼，要銷你的劇本不就簡單多嗎？跟審稿員產生情感交流，這是取得成功的不二法門。

首先，你必須換個角度看事情。你不要再老是想著電影觀眾。現在，你的心思是：為審稿員而寫。你在電影院裡的感受是兩百多個藝術家共同努力的成果，因為他們，才讓你在銀幕上看到一部完整的作品。你的感受來自編曲、剪輯、攝影、導演、佈景等等。閱讀卻是個人活動。它只是審稿員跟劇本的關係，是個人與文字間的事情。審稿員只能從字裡行間有所感受，一切取決於你的字句安排。至於審稿員的情感如何反應，你是唯一的負責人。假設他的反應並非如你所願，[1]假使他沒有著迷，而是覺得無聊，那麼這就有問題。這就完蛋了。還想說寫劇本容易嗎？沒錯，要按版式寫好標題、敘述、對白，還要寫滿110頁，那確實不難。但要一直引起審稿員興趣，還要以情動人，那就沒那麼簡單了。

現在，要試著不要再想那前面十頁，而是將重點擺在第一頁，然後是第二頁、第三頁……，事實上，最要緊的是第一下、第一句話或第一個字。不止一位審稿員跟我說過，他們老闆就是愛隨機翻一頁出來看。假如那一頁沒辦法抓住他們的心，假如他們沒有想要翻下一頁，這劇本就會被丟掉。你就拿一部經典劇本翻翻看吧。像是《北非諜影》（Casablanca）、《唐人街》（Chinatown）、《沈默的羔羊》（The Silence of the Lambs）。打開劇本，隨意翻一頁來看。即便你不知道來龍去脈，你還是會被場景裡頭的對白、角色或衝突所吸引，然後你就會想翻下一頁。這可以當作你的成功標準。

現在，要試著不要再幻想劇本呈現在銀幕上的樣子，這樣才能讓你跟審稿員建立關係。審稿員每一次拿起劇本，都會相信你是專業編劇，期待你會創造出滿滿的感受。假若你的寫作技巧還不夠，沒有把期望中的感受帶給對方，你就會讓人失望，審稿員也不會再相信你下一部作品。

現在，不要再提交不合格的草稿，先不要急著從製片人手上拿到那張一百萬美元的支票，你要學會修飾你的作品，測試一下你的劇本，看它是否每一頁都帶有感情。

現在，要試著不要再想那些表面規則、版型和原理，而是學一些實際手法和技巧，為審稿員帶來他們所期待的感受。

現在，或許你還在半信半疑，或許你想看到確鑿的證據，才能相信情感就是好萊塢的一切。製造感受不僅是說故事的關鍵，更是好萊塢的賣點。

好萊塢是傳遞情感的產業

你早就知道它是產業，但你認真想想，好萊塢經營的其實是人類的感情。它把感受包裝成電影和電視劇，每年營業額達數百億美元。我前面就說了，電影和電視劇根本是「情感製造機」。

阿爾弗雷德．希區考克（Alfred Hitchcock）是懸念大師，也善於操控觀眾。有一次，在拍攝《北西北》（North by Northwest）時，他便對編劇厄尼斯．里曼（Ernest Lehman）說：「我們不是在拍電影，我們是在製作管風琴。我是說，教堂裡面用的管風琴。我們按這個和弦，觀眾便笑；按另一個和弦，他們便凝氣屏息；而按下隔壁這幾個鍵，他們便低聲偷笑。將來哪一天，大概不需要拍電影了，我們只需要為觀眾接上電極，為他們播放情感，他們的感受就會像在電影院裡體驗到的一樣。」

留意預告片或報章廣告吧，看看好萊塢怎樣為這些情感包裝打廣告。下次你看預告片時，不妨運用你分析的頭腦，試著在情感上保持距離。注意看每一瞬間的影像或擷取出來的畫面，它們如何在短時間內產生某種感動。這些影像加總起來，相當於向觀眾作出保證，只要付電影票的錢，就能獲得絕佳的情感體驗。

瞄一眼報章廣告裡的電影欄，就會發現大部分都有影評標語；其中一些是來自知名影評人或媒體經銷商，但大部分來歷不明。你有想過，為什麼行銷部門要把這些標語納進來嗎？甚至有些還是自己掰出來的。理由是，我們禮拜六晚上到底要看哪一部電影，常常取決於這些溢美之詞。

電影市場業者擷取影評人的評語，然後靠此為生。留心注意一下，就會看到類似以下的句子：「從頭到尾令人著迷、妙趣橫生、強烈的臨場感、出人意表、驚奇迭起，令人難以忘懷的一晚、扣人心弦、動人不已、引人入勝、奇妙旅程、絕對震憾、令人滿意。」

你什麼時候看過電影廣告說：「結構完整、轉折點放得好、對白新穎？」沒有吧。你只會常常看到跟情感相關的標語，保證你去看戲的話就會獲得某種感受。那些人是在販賣情感，因為這正是觀眾需要的。

那麼，你的劇本是不是能作出同樣保證？問一下自己，為什麼製片場會願意撥八千萬美元（這是現在製作和推銷電影的平均成本）投資你創作？尤其是你在情感方面根本達不到要求？假若你根本沒有訓練創作能力的決心——就是說，沒有經過一部又一部劇本的嘗試，直至你有能力激起審稿員的感情，那麼，也不用白費時間和金錢去賣劇本了。

但願你相信我說的話。好萊塢是在做情感買賣。所以，如果你想成為優秀編劇，就必須讓劇本產生感情。過往的參考書和研習課都只教你打好基礎，從現在起，你需要創造感受的方法和工具。你需要戲劇性的技巧。你需要學習一門手藝。

喚起感情，這就是手藝

你聽過不知幾百次了，渴望從事寫作的人就是需要練功。但這是什麼意思呀？一般來說，我們只需要練習如何在紙上讓事情發生。說具體點，就是你要懂得運用語言技巧，在審稿員心中創造你預想中的感情或畫面，抓住他的注意力，並以動人的體驗來犒賞他。簡言之，就是要在字裡行間跟審稿員產生連結。麥基說，這一切不過就是「好故事，說得也好。」要說得好，就是要喚起感情。

一流編劇就是有辦法嫻熟地引起觀眾的情緒反應。無論是故事中的每一分、每一刻，他們都盡力讓每一位角色的感覺、渴望和恐懼保持一致。他們不相信藝術創作能在意外中誕生。一流編劇無時無刻都在照料審稿員的感情，從第1頁開始，直至第110頁；每一頁都是如此。這就是手藝。本書呈現的技巧，全部來自最成功的編劇，他們的手藝超群，他們創作出來的好劇本都被拍成了好電影。

身為編劇，你有雙重任務

藝術是火，再加上代數運算。

——豪爾赫．路易斯．波赫士（*Jorge Luis Borges*）

你的工作就是引誘審稿員，想辦法令他們想知道後續發展，然後翻到下一頁，或者說，勾起他們的興趣，令他們深深迷上你創造出來的世界，難以自拔。你想要他們忘記自己事實上只是在讀你寫的字而已。要做到這一點，你就要找到最刺激、最能影響情緒的方式，去說好這個故事。

「好故事，說得也好」，這裡包含兩個成分。所以你必須完成雙重任務：首先，你要為你的角色創造生命，建立一個想像中的世界（**這是好故事**）。這是大部分參考書和研習課所教授的基本觀念，激發你的創造力——教你如何創造概念，如何無中生有地建立角色，如何發展和組合情節。此外，你要在審稿員身上創造你預想中的情緒反應（**這是把故事說好**）。總是有些不會說故事的編劇和導演，我們都快無聊死了。同樣地，我讀過幾千部爛劇本，問題不是它們的故事平庸，而是沒有把故事說好。正如上面所引述的話，一流的說故事技巧一方面包含十足的創造力（**這是火**），另一方面也包含純熟的手藝（**這是代數運算**）。

你們當中或許會有人想說：「那還用說嗎？每個好的編劇都知道要把審稿員吸引住啊。」沒錯，有天份的編劇當然知道這一點。但你會驚訝，其實也有為數不少的寫作者，他們壓根兒沒想過要在這方面下苦功，於是也不知該從何做起。」他們甚至沒想過，他們是為審稿員而寫的。他們一直尋找寫劇本的撇步——包括簡單的方法、角色表，還有可供他們填空的版型。市面上充斥著那麼多的劇本，都是那麼做作、一板一眼，變不出新花樣，於是也賣不出去，就是這原因。

大多數的人都覺得寫劇本不難，就像打電動遊戲一樣而已。加上劇本寫作的軟體一個接一個出現，更加深了這些人的態度。照著劇本版式，寫滿１１０頁的紙，那有什麼了不起的。但要在１１０頁的劇本裡，讓每一頁都能打動審稿員，抓住他的興趣，就遠不像看起來那麼容易了。要做到這一點，的確需要天份和手藝。

所以說，為了在字裡行間喚起感情，我們的確要下苦功。但這裡說的感情，到底包括些什麼？

說故事的三種感覺類型

無論是讀劇本，抑或看電影，我們都會體驗到三種不同的感覺。我用三個「V」來表示，分別是：偷窺（Voyeuristic）、共鳴（Vicarious）和內心（Visceral）的反應。

所謂**偷窺的感覺**，就是說我們對新鮮事的好奇心，希望一探新世界，或角色關係的隱私。這些感覺完全來自寫作者的個人情感和興趣，所以是教也教不來的。但你可以學習你有興趣的東西。對於親暱的對話，我們都會好奇，都想知道、了解，甚至偷聽，這些都屬於偷窺的感覺。假使我們知道這一切只是虛構世界的事情，這種感覺會更加強烈。因為我們知道，即便我們「刺探」秘密，也不會有機會被「抓到」。虛構是一道玻璃牆，能把你創造出來的世界分隔開來，免除我們在現實生活中對後果的恐懼。比如，在現實生活裡，我們不會想在鯊魚出沒的海域游泳。但現在漆黑一片，你卻可以坐著，看著《大白鯊》（Jaws）；你幻想自己置身海裡，卻不用怕被鯊吃掉。

至於**共鳴的感覺**，就是說當我們將自己代入某個角色時，我們就變成了他們。我們感同身受。我們代入他們的生活，那已經不是某一個角色的奮鬥故事了；那是我們的奮鬥。這些感覺全來自你的主角，他有什麼感受，所以說，也是來自你所設定的情節。共鳴的感覺，會隨著我們對人性和人的處境的好奇心而增強。如果我們能識別出角色所經歷的情感，而且跟他有所連結，我們就會代入角色，感同身受。

但我們去看電影，我們最想要感受的卻是**內心的感覺**。這感覺也是當有人讀你的劇本時，你最想讓別人感受到的。這裡包括一切興趣、好奇、期盼、緊張、驚訝、害怕、刺激和歡笑等等，我們花了不少錢，就是要在史詩式的電影、特殊效果，或驚險動作裡獲得這些感受。如果你的劇本有辦法傳遞相當多的內心感覺，審稿員就會覺得自己樂在其中。

這本書介紹的大部分都屬於高階技巧，都是為觸發內心感覺而設。但在下面，我們先來對角色感受和審稿員感受作一區別。

角色感受vs.審稿員感受

我們得分清楚，這是兩碼子的事。比方說，在喜劇裡某個角色或許壓力很大，但我們身為觀眾卻會開懷大笑；或者在驚悚片裡，他或許很鎮定，沒有覺得什麼事不對勁，但我們卻會替他擔憂，因為我們知道一些他不曉得的事。這一點區別十分重要，因為即便某些寫作者意識到情感的重要性，他們卻把重心錯放在角色感受。例如，他們認為如果能讓角色哭起來，我們也會感到悲傷和可憐。假若我們同情他的話，或許真的會這樣吧。但這是不夠的。試想有多少部戲，角色感受都很強，結果還是難償所願，觀眾都看到打瞌睡了——這就是缺了內心感覺。你的角色哭不哭沒關係，審稿員哭不哭才是重點呀！就像戈登·理什說的：「問題不在於角色是否躍然紙上，而是審稿員在心裡作何感想。」

這本書要教給你什麼

本書將從源頭直接談起，就是說：成功的編劇到底有什麼本事。我們會分析經典例子，列舉一整套的說故事技巧和訣竅，而目標只有一個——強化審稿員跟劇本之間的連結。

《101種習慣》探討的是成功劇本作家的工作習慣，期望學習他們的行為模式以後，可以取得成功；這本書則打算具體地介紹他們的戲劇性技巧，讓我們學到成功劇本如何運作。換言之，《101種習慣》談的是說故事的人，這一本要談的卻是說故事本身。

本書並不打算提供任何規定，而是希望對事情進行探索與呈現。你在這裡不會看到「必須」或「應該」等字眼。我不可能教你怎樣寫作。任何人都教不了你。我非常相信工具，但對規則卻非如此。我可以讓你看見好劇本的成功要素，熟練的編劇如何捕捉審稿員的注意，讓他從頭到尾目不轉睛，中間夾帶各式各樣的內心感覺。我希望你能運用這些方法，加上相當程度的技巧、天份和想像，創造出不平凡的藝術。換言之，這裡唯一的規則是：劇本之所以行，只能靠喚起審稿員的感情。事實上，這也是好萊塢的不二法門，絕無例外。規則、原理和公式告訴你要做什麼。而有了手藝、技巧，你便知道怎樣做才有效。這裡談的不是頁數，而是說故事的基本工具。把它們收在工具箱，有需要時就拿出來用吧。

寫作者須知

在往下看前，我想先給些忠告：假使你喜歡「電影魔術」，最好便把這本書放回書架上。本書在展示高階技巧的同時，也會解除你在銀幕上看到的神秘效果。你會在這裡看到很多看似熟悉不過的技巧，因為它們正是好故事的關鍵。所以請注意：以後你看電影或讀劇本，都不會再抱持同樣的眼光和感覺。情形就像是你曾經酷愛魔術，現在終於知道背後秘密一樣。幻象破滅了，你不會再對同樣的把戲一樣地入迷。本書會告訴你創作一流劇本的秘密。如果你不希望「幻象」破滅，那就不要看下去了。

本書預設你對劇本基礎寫作已有基本認識。這是一本關於劇本寫作技巧的高階參考書，在你讀過「教你如何寫好劇本」的入門書後，可用本書作為補充。這裡介紹的技巧，不足以讓你立刻變身成大編劇。你依然需要運用個人創意，加上這些技巧，然後不斷寫作，以期日起有功。但可以肯定的是，它們可以讓你的寫作更進一步。

好吧，你現在總算知道了，當你寫劇本時，你主要關心的是如何在字裡行間喚起感情。寫劇本不只是寫標語、寫描述、寫對白。它等於同意把觀眾視為審稿員，然後在這位審稿員身上引起情緒反應。情緒就是擾亂，所謂「emotion」，在拉丁文是「騷擾、攪動」的意思。照這字面看來，你就是要擾亂審稿員的日常生活；某程度上，你就是要觸動他們，擾亂他們的內心和頭腦。這是審稿員的需要，也是好萊塢在做買賣的事業。從此刻起，我希望你好好記住：「**我在做傳遞情感的事業，我的工作就是在審稿員身上喚起感情。**」這是你身為寫劇本的人的責任，請把這些字用馬克筆寫下來，釘在佈告板上，用來提醒自己。

但在能夠擾亂審稿員之前，我們應該先去認識他們。他們是誰？他們為什麼這麼有影響力？更重要的是，他們想在好劇本裡找到什麼？我們來看看吧……

1 我在這裡之所以寫「他」而不寫「她」，只為力求簡潔。這個「他」字是中性的，我並沒有任何性別歧視的意思。當我提到審稿員、編劇、角色、演員、經理時，可以是男性，也可以是女性。

2

審稿員

你的唯一觀眾

「審稿員有權享有娛樂、學到東西或覺得好玩，也許三者都要有。假如他覺得浪費時間而中途放棄，你就算是犯規了。」

——拉瑞．尼文（Larry Niven）

如果劇本只是沒用地堆在一邊，它就只是被兩口釘子釘起來的110頁紙，上面寫滿了字而已。唯有它確實被讀、被感受了，它才會活在審稿員的腦海裡。這一點聽起來再顯然不過，但假如今天劇本賣不出去這件事有告訴我們什麼的話，那就是：那些寫劇本的根本沒從審稿員的眼光看待自己的作品。身為寫作者，我們必須記住，我們是為審稿員而寫。厄尼斯．海明威（Ernest Hemingway）曾經說過：「你開始寫書時，你不會做不到。你認為那是件美妙的事。你認為寫作不難，而且樂在其中，但那時候你只是想著自己，不是讀者。讀者沒有很愛看它。稍後，當你學會了為讀者寫作，事情就變不簡單了。」當你開始想到讀者以後，寫作就變難了，之所以如此，是因為一切都要經由他們的眼光審核，還要顧到他們潛在的情緒感受。

寫作新手如能探看一下，這些好萊塢的審稿員都是些什麼人，他們在什麼情形下閱讀，就能獲益良多。所以，我們下面就來接迎這些審稿員，看他們要對我們說些什麼。

我們是你第一批觀眾

記住，你的觀眾不是看電影的人，我們才是你的觀眾、唯一的觀眾。就像你在前面看過的，這只是我們跟你劇本之間的事。你沒有那麼多的攝影師、剪輯、配樂……等等作為班底。你負責我們的娛樂，你是這裡唯一的工藝師，倘若你沒有顧到審稿員，就不會發展出好故事。那些不顧審稿員的寫作者，可分為兩類。有些人憑直覺寫書，他們就是知道什麼行得通、什麼行不通，就像海明威說的，他們「體內有大便偵測器」。另一些人根本沒想過何謂「手藝」，對自己的缺點一無所知。他們不斷寫作，也習慣劇本被第一個審稿員拿上手就扔掉。劇本跟寫作者不知何去何從。

對於大部分成功的編劇來說，他們寫作時都會強烈意識到他們是在跟某人對話。他們寫出來的每一個字，都有一位內在讀者不停作出反應。作者的直覺就是來自這位內在讀者的情感，讓他知道這故事在別人眼中的感覺。任何寫作都是一條雙行道，作者跟讀者不斷產生互動；一位有能力的作家知道讀者最有反應的東西是什麼，於是不斷調整內容，讓讀者由頭到尾都被劇本吸引住。簡單地說，最好的編劇就是會打從心底尊重審稿員。

我們是看門人

儘管我們只處在初級位置，在好萊塢的階梯裡屬於最低層次，我們卻是第一個能決定你劇本何去何從的人，我們是看門人。我們站在你跟經理之間。這位經理能實現一切，他可能是某位經紀、監製、演員或導演。在這鎮上，我們掌握了無比影響力。假使我們說這是我們看過最了不起的劇本，老闆就會在吃午餐時花時間看看它。但假如是我們不喜歡的東西，那就算了，一切就到此為止。我們這些老闆大多數又會加入追蹤劇本市場的「Tracking Board」，我們的報告一傳十，十傳百，所以你的劇本在鎮外也完蛋了。

我們頭腦好，緊貼潮流

我們比你想像中聰明，要分析劇本的話，我們也會談得頭頭是道。我們不得不如此。假若我們沒有證明自己實力，就不會被經理僱用了。我們看了這麼多的電影、電視劇，讀了好幾千部劇本，跟得上流行文化，你自以為有什麼東西是原創，我們卻從中挑得出老套的成分。

我們這裡有男有女，有老有幼，有些只有二十出頭，還在洛杉磯加大（UCLA）或南加大（USC）電影學院當學生。我們大部分至少都有學士學位，很多還是研究所的畢業生，主修英語、電影或傳播。我們共同特徵就是我們對電影和好萊塢產業的熱愛，於是也愛尋找好劇本。

我們薪水低、工作超時、鬱鬱不得志

這是一份大家夢寐以求的初級工作，但薪水不高，如果是實習生的話，就連薪水都沒有。我們工作量大，因此也有點累。加上我們當中也有不得志的寫作者，如果可以的話，我們也想靠寫作維生，現在淪落到做審稿，你也懂我們為什麼會生氣吧。我們每個禮拜得苦讀的劇本少說有十幾部，每一部都要寫報告，還要抽空自己來寫一下劇本。我們不能忍受任何不及格的內容。

我們跟你站在同一邊

無論我們對不好的劇本多麼厭煩，我們還是跟你站在同一邊。大部分人都說我們是你的死對頭，但其實我們是你的擁護者。怎麼說？身為審稿員，我們最大樂趣就是發現「真命天子」——下一部票房冠軍。我們想把這顆稀世奇珍拿給老闆，跟著它走進行政迷宮，看它如何經歷製片地獄，然後獲得佳評如潮，叫好又叫座。我們會因此而自豪。每次拿起一部劇本，我們都希望它突圍而出，希望它值得我們推薦。

我們在做什麼

基本上，我們就是收了錢，負責讀稿和審稿。我們得處理一大堆劇本，還要寫報告。我們整天坐在鴉雀無聲的辦公室，更多人是在家裡，坐在辦公椅上，在書桌前，或不分晝夜地躺在床上。其實不是什麼好玩的事。

因為交上來的稿件排山倒海而至，對經理來說，我們是替他省時間用的。他才不會花時間拿起每一部劇本埋頭苦讀。這就是我們在這裡的原因，去蕪存菁。當然，這是主觀的工作；某位審稿員激賞的稿子，可能另一位卻對其不屑一顧。我們之所以受僱，是因為我們能依據自己對劇本寫作的全面知識，給出有價值的意見，也因為我們有能力選出精湛佳作。經理會聽我們的。他們相信我們的判斷。

假使你不清楚，我可以說明一下，所謂的「報告」，就是針對一部劇本所寫的書面陳述。我們會在這裡頭對各項目作評價，就像是：概念、故事軸（storyline），角色刻畫、結構和對白。我們會針對故事的主要優、缺點作討論，然後給出最後裁判：不予考慮、可考慮，或推薦。「不予考慮」就是說它不及格，交上來的稿件不予採納。我們審閱的大部分劇本都落入這一類。「可考慮」表示劇本本身不差，只是有些許毛病，改寫一下還能讓經理過目。「推薦」就是說，它屬於一流水準，值得經理細讀和重視。概念一流、故事引人入勝、角色有趣，每一項都很強。我們把自己的名聲押在這些推薦作品上，所以我們不會輕易妄下判斷。正因如此，在我們審閱的眾多劇本中，只有百分之一能蓋上這個不可多得的推薦印章。

我們找的是什麼？這取決於我們是為誰審稿：如果是製片場或製作公司，我們就要找出色的故事，才能打破票房紀錄。如果是文藝經紀公司，那我們就要求文筆好。如果是演藝人才的仲介，我們就會評估內容是否適合某位明星或導演。

我們為什麼嫌棄某些劇本

在經紀或製片公司，每個禮拜總有幾百部劇本蜂湧而至，但絕大部分都會被拒絕。大多數時候會音訊全無，或者運氣好的話，寫作者也許還能聽到「不適合我們」，這是他們最常收到的答覆。大部分劇本都犯了什麼毛病？我們可以把主要原因列出清單，像是：概念欠原創性、不夠強，角色沒深度，故事平淡，結構鬆散，敘述累贅，對白枯燥。在接下來的幾章裡，我們會更具體地逐一細看。

如果你還沒想到答案的話，我們可以告訴你我們嫌棄劇本的唯一一個理由。沒錯，業餘寫作者固然會犯下某些毛病，像是外觀不佳（排印錯誤、咖啡垢、漏頁或空頁）、版式不合、滿滿的老套話，一看便知經驗不足；但除此以外，我們嫌棄你劇本的理由，更多是因為我們從閱讀經驗中被拉扯出來，魔法破功了。什麼魔法？當你在讀一本好書或好劇本時，你會被拉著走，完全感覺不到文字的存在。當你廢寢忘餐，當你完完全全被吸引住時，你就會忘了自己是在讀某一頁上面的文字。你跟眼前的材料合而為一。

所以，當我們注意力開始飄忽，或者當我們開始質疑時，我們便從故事中被拉走。當我們心思都在想著批評，像是：「這不會發生吧」、「不可能這樣」，或最一般的：「天啊，太可怕了」，幻象就會破滅，我們還沒看第一頁時就給你信心，現在已經崩潰。你的劇本失敗了。

我們在閱讀經驗裡想得到什麼

第一段就要掐住讀者的脖子，第二段扣緊他咽喉，
把他逼到牆上，直到廣告出現為止。

——保羅・奧尼爾（*Paul O'Neil*）

我們想跟題材有所連結、想渾然忘我、想有情緒感受。我們想被你的劇本拐走，被帶進它的世界裡，讓我們這些旁觀者參與其中。我們想被勾起興趣，想被吸進書裡，我們想被觸動。「情緒」在拉丁文是「騷擾或攪動」的意思，所以我們想被你擾亂平淡的生活，攪擾我們的內心和思想。

當文字把我們吸住了，我們才會注意到這部劇本。我們迅速感覺到字裡行間到底是死的還是活的。我們喜歡自己在讀的東西嗎？它有沒有迫使我繼續翻頁？你想要誘惑我們，就要有刺激的故事前提（premise）、令人神往的角色、迷人的故事，張力逐步升級，最後的解決（resolution）令人情感得到滿足。秘訣是建立期望、好奇，還有令人著迷的狀態。這些都會在後續章節裡讓你逐一學到。

能夠做到這方面的作家，也很會運用文字技巧。看過那麼多的劇本，我們有辦法感覺到哪些人是手藝大師。只要看第一頁，我們就分得出我們是被交在一流好手手上。在《101種習慣》裡，史考特・羅森堡（Scott Rosenberg）〔《驚天動地60秒》（Gone in 60 Seconds）、《空中監獄》（Con Air）、《失戀排行榜》（High Fidelity）〕就說過：「你從第一頁就知道那個人會不會寫，因為你看得

出他的把握和自信。接下來你就可以放心說：『好吧，你是能寫的，現在跟我說個故事吧』。假使立刻看到4吋的文字區塊或其他版式不對，我就知道他是新手。」

這裡說明什麼？我們可以單憑第一頁就知道是否被交在專業編劇手上。所以說，每一頁都需要精雕細鏤。我們期待每一頁都令人感到繃緊、緊張、好笑、期盼、悲傷或恐怖，然後看這些內心感覺如何隨著將近尾聲而轉化為滿足感。這就是你必須達到的產業標準，更遑論如果你想成為成功編劇的話，就要做得更好。你們大部分的人就是卡在學習格式那裡，以致你們忘了，劇本固然是電影藍圖，但也應該是令人愉快的藍圖。請記住，在拍成電影的任何一個畫面以前，你的劇本會先被人讀上一百次，所以你最好有辦法令人翻下一頁。以前的人常說，你可以用三十頁來把人抓住。在現今，是十頁。但現實世界裡，就只是第一頁、下一頁，然後再下一頁，每一頁都要抓住注意力，想方設法用你熱切想講的故事來抓住它。反正，要嘛你寫的東西會刺激我們，讓我們想讀下去，要嘛就是讓我們懷疑是否在浪費時間。這一切取決於你，還有你的手藝。你的劇本需要先通過「一頁測試」——我們可以隨便打開一頁，立刻就被字裡行間的事情吸引住嗎？每一頁都必須是有趣的，讓讀者愛不釋手。

寫作者必須尋找、應用戲劇性的技巧來觸動讀者。此外，其他一切都不重要。那麼，我們就來看看這些技巧吧。我們先從概念開始，這是故事魅力的首要關鍵……

3

概　念

獨一無二的吸引力

「電影的成功與否，取決於你形成概念的一瞬間。製作只佔百分之五十。只要一開始被概念吸引，電影就會行。」

——喬治・盧卡斯（George Lucas）

或許你想寫的是高概念（high-concept）、成本高的劇本，或是角色驅動（character-driven）的溫馨影集，甚至是西部歌舞片——假使你喜歡的話；但無論如何，重點都一樣：怎樣讓製片人或經紀覺得你的案子可行？我一向感到奇怪，為什麼會有「商業片」跟「藝術片」的截然二分，為什麼把製片場跟獨立電影區別開來。自從大眾娛樂出現以來，相關議題總是爭論不斷。但雙方的重點都是要娛樂觀眾啊。除非你寫東西只想取悅自己，不然恐怕你更想要的，是讓幾百萬人被你的故事所感動。而且你之所以有可能成為成功劇作家，除非你寫出來的作品人人愛看，製片人也想搞。但這不是說，你就要成為票房統計的奴隸。而只是說，你必須運用你獨一無二的心靈，編織出能風靡全世界的大眾主題。

你必須知道的基本原則

我真不懂，為什麼有些寫作者永遠不花時間把概念設計得更動人。你的劇本有沒有人想讀，十之八九是取決於概念。他們難道不知道嗎？在我看過的每一個低成本、角色驅動的獨立案子裡，調調都一樣無聊，絕無例外。同樣地，即使作者在前言說是「高概念」的劇本，概念都是一般般。或許你會覺得難以置信，但事實上，大部分新手就是敗在概念上。這是我在讀劇本時發現的、最普遍的單一問題。概念是劇本的核心。其他一切都要靠它。你盡可創造大英雄，盡可寫緊張的對白，盡可編織反應熱烈的主題，但一旦你的概念一開始便不適合市場，最後寫出來的劇本也會經常賣不出去。

沒錯，我們都不知道什麼東西會賺錢，但過去一百年來，我們都看到了，商業片會搞砸，低成本獨立片也可以突破票房。如果有人懷疑，我可以更大膽地說：排除說故事技巧和口頭推薦等因素的話，這些小製作電影大部分都有獨到的吸引力，因此也能很好地被推銷出去。所以，不管你想寫的劇本屬於什麼類型、成本多高，這一章就是要教你如何設計出打動讀者的概念。

你們有些人會認為，概念的吸引力完全是主觀意見，某部分也是對的。但我奉勸你們先讀下去。我們有上百年的參考資料，加上大量的觀眾回饋，足以讓我們發現哪些因素才是有趣，才能增添吸引力。

大部分的書本和研習課都建議寫作者創造高概念（我稍後再來作解釋），因為這是好萊塢唯一重視的觀念。它們的重點是：假若你要花半年時間發展你第一部劇本，最好你要有獨到的鈎子（hook），否則只是浪費時間而已。這樣說也不全然是錯的。但他們好像不曉得，我們總有辦法令任何點子產生吸引力，而不管它的類型或題目是什麼。我會在「手藝」一節裡再談到這一點。

在好萊塢，點子才是王道

大部分學寫劇本的，都聽過傑佛瑞．卡辛伯格（Jeffrey Katzenberg）在迪士尼寫給經理的內部備忘錄。他的話被很多劇本寫作的參考書和研習課引用。他是這樣教的：「電影製作的世界多姿多采，令人眼花繚亂，但我們千萬不能忘記最基本的一點：點子才是王道。假使電影一開始的點子夠好、夠原創，那麼即便製作效果不怎麼樣，它成功的機會還是很高。反過來，假如電影一開始的點子就有缺陷，那麼即便它有『A咖』明星加持，行銷做到極致，幾乎也算是完蛋了。」《洛杉磯時報》幾年前也報導過卡辛伯格，並引述他所說的話：「好萊塢是藝術與商業的結合——它強調的是商業。在歐洲，電影製作屬於藝術範疇。就這樣。」

概念的價值

正如我在第一章所說的，好萊塢是把情感包裝販售的產業。概念就是包裝——它是封面。這是一開始吸引觀眾注目的東西。經銷商或參展者深明此道，他們都知道好點子可以把觀眾引向暗房，讓他們靜坐兩個鐘頭，體驗一連串的情感；但假使電影的概念不夠迷人，便又另當別論了。在現實中，除非是審稿員開始讀稿、做報告，否則在此以前，根本不會有人知道你劇本裡的對白多棒、場景多美、角色多迷人。然後，吸引他們讀稿的，正是你迷人的點子。

當然，我們都知道某些例外。但即便是那些所謂的藝術品、高品質、角色驅動的劇本，製片人也能從概念看出它能否在殘酷無情的市場中存活下來。他們知道假如沒有好點子，便沒辦法把它推銷給製片場的上級，也沒辦法提高獨立經費。我們不是在談「狂賣」，只是讓渴望從事編劇的人知道產業的現實情況。好點子可以讓人敞開心胸，接納你的故事。但好點子並不必然代表就要迎合最小公倍數或製造空洞、無益的暑假特效大作。

手藝：激發你的點子

只要有迷人點子，劇本一定會受青睞。有好點子的劇本，如果在市場也有潛力的話，才會有人願意首先花時間去讀它，然後才會發現你的對白有多精彩、角色多迷人以及故事多麼引人入勝。毫無疑問，你要在編劇這一行獲得成功，就要讓每個聽到你點子的人都為之振奮。你會希望有人注意你的點子，你會希望它能吸引人，或所謂的引人入勝。所以，關鍵問題是：「怎樣才能讓點子更吸引人？」

面對概念的理想情緒反應

回答這問題的一個方式，就是從情感層次來探討概念。試著問問你自己：當你讀到或聽到某個電影點子時，你會想有什麼感覺？對我個人而言，我想在獨一無二的衝突中感到刺激和著迷，而且還要有一點點的熟悉感。我想對某個引人入勝的局面感到好奇，讓我關心事態發展，衝突如何得到解決。重點是：當某人聽到這點子時，他要被刺激、被激發、被電到。你想要的是他們容光煥發，而非兩眼無神。你當然不會想聽到他們說：「那又怎樣？」或者：「又是偵查連環兇殺的劇本，不要了吧！」

怎樣讓點子迷人？

讓點子有趣，只需要遵守兩點——不一定是多好的點子，否則會更複雜——我們只求它夠迷人，足以讓製片人認真讀讀劇本。這兩點是：一、好點子應該是獨一無二但又為人熟悉；二、它應該包含衝突的預感。

點子必須獨一無二，但又為人熟悉

你或許有聽過製片人說這樣的話，但這句話似是而非，到底是什麼意思？他們想要不一樣的東西，但又要它跟以前一樣，他們怎麼會這樣說呢？「獨一無二，但又為人熟悉」，這是矛盾修辭法（oxymoron）嗎？不完全是這樣。他們想說的是：他們想要獨特的東西，但也要有熟悉的事件和感受，好讓觀眾有所連結。我們來逐一詳細探討：

◆ 獨特＝新穎、創新、引人入勝

這很明顯。概念獨特、創新，當然會吸引人。只要有創新、誘人的成分，就會興起製片人對潛在票房的垂涎。原創的眼光十分重要，包括要有獨特的聲音或觀點，材料必須不落俗套。成功的編劇都會不停問自己：「怎樣才能令故事獨特、有想像力，也夠刺激，足以令審稿員上鈎，吸引他從頭看到尾？怎樣才能不再重蹈上百萬次的覆轍，真正寫出有份量、出色的故事？」《刺激勁爆點》（The Usual Suspects）能夠走紅，就是因為它跟一般的犯罪合演劇（ensemble piece）不一樣。它能出奇制勝，但又熟悉得讓人舒服，其中出人意表的結局是致勝關鍵，於是便獲得經理的注意。《靈異第六感》（The Sixth Sense）和《火線追緝令》（Se7en）也是因為這樣而取得同樣效果。

你可以說，獨一無二的點子就是鈎子、噱頭和扭轉。這是概念之所以有吸引力的原因。例如《侏羅紀公園》（Jurassic Park）的鈎子是：「恐龍復活，被帶到現代主題公園裡。」至於《王牌大騙子》（Liar, Liar），鈎子是：「某位律師被詛咒，讓他24小時內都必須說真話。」有鈎子，製片場才有辦法把電影銷出去，也會讓它成為觀眾茶餘飯後的話題。

獨特性能吸引人，這一點是人人都會同意的。它是我們的DNA。我們都有求知慾，想追求新資訊。奇特的概念能滿足這需求。它或許是未被人探索過的新場景，像是：作為太空人的滋味《阿波羅13號》（Apollo 13），或飛行員戰士的感覺《捍衛戰士》（Top Gun）；又或許是發現具備某種人格特質，像是阿甘（Forrest Gump）的角色一樣，令人神往。大多數的好電影都能帶領我們進入刺激世界，讓我們成為兩小時的局內人，體驗別人的生活。假如你概念中有什麼奇特之處，便能加強它在情感上的吸引力。

我再說明一下鈎子是什麼。下面列舉三部成功電影，它們都包含吸引人的奇思異想。黑體字標示的就是這些概念的獨特鈎子：

① 一位年青人不小心被傳送到過去，他必須**確定父母相遇而且相愛，否則他自己在未來就不會存在**。《回到未來》（Back to the Future）

② 過去做過靈異調查員的一群人，他們在紐約開設了**一家捉鬼公司**。《魔鬼剋星》（Ghostbusters）

③ 一位富翁的太太遭人綁架，被恐嚇說不給贖金的話就撕票。但丈夫卻**樂見其成**，催促歹徒趕快動手！《家有惡夫》（Ruthless People）

下次構思新點子時，看看你有沒有做到同樣的事吧。把奇特的點子圈點出來。假如都沒有的話，就要練習強迫自己把它加到概念裡。假使你沒辦法在自己的敘述中把奇特情節圈點出來，那就更難吸引到審稿員了。

◆ 熟悉感＝人的情感

奇特的鈎子一向是概念中最吸引人的成分，但它必須要停留在情感的普遍框架裡。換言之，你盡可寫你想寫的，但要記住，不能越出我們所認識的情感經驗，否則便難以作出比較和評估。華特・迪士尼（Walt Disney）和皮克斯（Pixar）建立了一個動畫帝國，創造出不少動物或其他非人類角色，但牠們的情感都是我們所熟悉的。比如，我們可以看看《海底總動員》（Finding Nemo），這部片取得了極大成功，主角是一條魚，再加上一些海洋生物。我們這裡接受的都是獨特資訊，因為我們都沒有住在海底過，也沒有體驗過做魚的生活。一般情況下，我們不會了解魚的生活，也不會懂牠的喜怒哀愁。但這條魚卻遇上一連串我們**熟悉**的意外，例如：失去妻子、尋找獨子、逃避餓鯊追襲，總之，牠體驗到的是一連串具體的人類情感，跟我們都有關。這條魚的情感是在牠獨特的海洋世界裡的遭遇中產生，但儘管如此，因為彼此情感都一樣，我們每一個人便能加以比較和衡量，也能有所了解。這就是那些經理口中的「普遍吸引力」。

下面是另外三個成功的例子，但這一次並非要說明點子怎樣奇特，而是某個概念裡有什麼情感是為人熟悉的，從而使它具有吸引力；換言之，我要顯示角色的情感歷程。我以黑體字把主要感情標示出來。你也試試看這樣來測試你的概念吧。

① 一名電台節目主持人試圖**彌補**自己的過失，因為他的言論觸發了某位精神病患的殺人行為。
《奇幻城市》（Fisher King）

② 一名打扮過時的會計女郎，情難自禁地**愛上**了未婚夫的弟弟，她必須**讓激情戰勝迷信**。
《發暈》（Moonstruck）

③ 一名單親媽媽女工，在一宗集體訴訟案中**智勝**高價王牌律師。
《永不妥協》（ErinBrockovich）

關於「高概念」的一點想法

既然談到奇特點子，就不能不提「高概念」這名詞。在好萊塢，人人都在談它、想它、不惜花大錢去買它。基本上，如果你還不確定它的方方面面，那麼也不用想太複雜，它意思只是：以概念作為劇本的最佳賣點。它是明星。因為概念刺激、迷人、有趣，觀眾會等不住，在電影上映頭一天就跑去看。如果想更全面了解的話，下面是我從好些好萊塢經理口中聽來的說法：它很簡單。你一看就懂。它的點子只需要一句話來說明，你一聽到就會興奮起來，會跟自己作連結。你二話不說就會跑去電影院。它具挑逗性，也很有力。它像裝上了腿。不用什麼明星，它自己就能搞定。它對現有的好點子作一些具原創性的改變，在既有的類型中嘗試創新的詮釋。

假如有人一聽到你的點子就問：「這部片想要講什麼？」你就沒有高概念了。假設我把我的想法，說成是：「一個女人要跟他丈夫離婚」，這是很好懂沒錯，但誰會想花個三百塊錢，還要排隊去看？但如果我把《捍衛戰警》（Speed）描述為：「有人把炸彈設在公車裡，而且只要車子時速低於80公里就會爆炸，再加上車潮的尖峰時段才剛要開始」，人人都知道意思，都知道電影想講的是什麼。它會勾起人興趣。在這裡，每一個關鍵字都有趣，都有挑逗性，也很奇特、迷人、刺激。不是你天天都能遇到的東西。這就是高概念。

對於初次投身編劇這一行的人，我會建議他們在第一部劇本裡挑一個高概念來做，至於其他人，可以等到在產業裡安頓下來再說。理由是，你的概念愈高，審稿員就會對你的劇本愈寬容。對於低概念，它需要的是天衣無縫的手藝來搭配，這就不是初學者能辦到的。再說，有高概念的話，經理就比較好把它介紹給上級或市場推廣部。試想想，一部劇本要銷出去，得經過多少重關卡，更不用說把它拍成電影了。你的點子愈清楚、愈刺激，劇本才比較會有被閱讀的機會。

點子裡必須預期有衝突

我們都喜歡故事裡帶點衝突，所以，只要劇情梗概（logline）中有清楚提及任何有力的衝突，不一定要多麼奇特，便會立刻收到吸引人的效果。衝突愈清楚愈好。誰跟誰大打出手？為了什麼？關我們什麼事？哪裡出了問題？我們之所以嫌棄某些劇本，大部分是因為問題不夠有力。假使你寫的是：在一個腐敗的第三世界國家裡，一名女性反抗者率領人民走向獨立；另一位朋友則鉅細靡遺地寫這位反抗者跟她垂死的貓之間的關係。你會花錢看哪一部？第一個點子本身就具有敘事動力（narrative drive）和衝突。第二個則沒有。因為第一個點子預期會有衝突產生，審稿員便想知道這衝突怎樣得到解決，於是比第二個點子更具吸引力。

不要寫你知道的事

要創造刺激的東西，最好就是寫一些會讓你感到刺激的事。不要跟據你的本能作推想。一般的建議是寫你知道的，但我卻覺得，你更應該寫**你有感覺的，你會感到有趣和著迷的**，因為終究來說，你真正知道的只是你自己的情感。畢竟，我們每個人的感受語言都一樣，不是嗎？情感跟好的寫作一樣，能夠跨越類型、年齡、收入和政治立場。威廉·福克納（William Faulkner）曾說過：「你真的要寫些什麼的話，就來寫寫人性吧。這是唯一不會過時的東西。」你不用擔心潮流，也千萬不要寫剛剛在電影院看到的東西，因為在你開始寫的時候，你已經比別人晚了兩年。你唯一能做的，就是做你想做的，然後希望別人會作出回應。在《101種習慣》裡，艾齊瓦・高斯曼便說：「訣竅是，跟你想像中的題材有所連結——不但主題上有連結，實際上也要有連結。寫一些你覺得有趣的東西，因為連你都不覺得劇本好玩或刺激的話，審稿員閱讀時便不會感到好玩和刺激。在你的構思裡，找看看有沒有跟你個人生活有關的地方，有沒有什麼真實、可信、有力的故事，是你想跟別人分享的。大家都太過把焦點放在「高概念」的點子上。寫一些你覺得刺激的事吧。寫得好就會賣得好，甚至比那些自認為知道什麼賣得出去的作家還要好。」

所以，什麼東西對你來說是刺激的呢？你的熱情在哪裡？你會對什麼如痴如醉？你最愛什麼？最討厭什麼？最害怕什麼？你最愛啃哪一根骨頭？什麼事情或發現曾令你的人生產生巨變？這些都是私人問題，答案屬於你，而且只屬於你。因為你這個人是特殊的，這些答案當然也會是特殊的，而且會給你靈感，開創刺激的故事。

為你的點子增加吸引力的12種方法

你們有些人會想：「如果你剛好有想到刺激的高概念，那固然很好、很棒，但我們其他人呢？如果我們的點子一般般，那怎樣辦？」現在，當情況換成角色驅動的劇本，你便會面對一堆自相矛盾的想法。製片人說他們想要一流的角色作品。演員也想找那些成功刻畫角色的劇本。但好萊塢呢？一般來說，他們只會看上適合市場的高概念，因為他們要推銷這部片，而預告片只有一分鐘，或只有一頁的廣告、海報，頂多再加上互聯網上的橫幅。所以，唯一的解決辦法是：即使你只有低概念，也要把它弄得夠吸引人。

正如我前面說的，不管你想寫什麼，只要你能圍繞著它，發展出一個好故事就行。雖然我沒辦法告訴你該寫什麼，我還是可以跟你分享幾種技巧，為你的弱概念或角色驅動的故事提升市場接受度。當然，這些技巧本身無法擔保你的劇本能賣，但假使你寫了好故事，卻因為低概念而無法引起興趣的話，我會建議你參考下面的技巧，應用到你的點子上，看看有沒有改進。

① 尋找你故事中的獨特鈎子

假如初始概念中沒什麼明顯鈎子，不妨在故事裡尋找一下。問一下自己，你故事裡有什麼東西讓它顯得奇特和迷人？有什麼是沒人看過的？故事裡頭最有趣的部分是什麼？不管答案怎樣——況且，你總會有什麼與別不同，又有力的東西，那就看看能否把它加進梗概裡吧。它或許能在獨特的場景中展開，像《捍衛戰士》、《鐵達尼號》（Titanic）或《收播新聞》（Broadcast News）那樣。或許，它是關於某位特別角色的故事，像《阿甘正傳》（Forrest Gump）或《驚魂記》（Psycho）。或許，它有有趣的扭轉。那怕最獨特的情節只出現在第三幕，而且是整個故事中唯一迷人的鈎子，也把它加到概念裡吧。

② 你的角色遇到什麼事倒霉透頂？

另一個技巧是問問自己，你故事裡的角色遇到什麼事倒霉透頂？斯坦利．艾肯（Stanley Elkin）曾經說過：「我會寫的，都是些走投無路的人。」假使你還在開發點子，試著問問自己，一個人能遇到最倒霉的事是什麼？對於律師，莫過於說真話《王牌大騙子》；對於消防員，莫過於碰到復燃《浴火赤子情》（Backdraft）；對於偷情的人，莫過於遇上精神病患，被她死纏爛打《致命的吸引力》（Fatal Attraction）。假使你的角色是從死裡逃生，那就寫在概念裡吧。

③ 角色反差（鬥氣冤家）

大部分的搭檔動作片和愛情文藝喜劇都利用這策略。其實不過就是創造兩個死對頭的角色，硬是把他們湊在一塊，讓他們一起工作、生活、旅行，甚至愛上對方。例子多的是，如：《當哈利碰上莎莉》（When Harry Met Sally）、《非洲皇后》（The African Queen）、《安妮霍爾》（Annie Hall）、《單身公寓》（The Odd Couple）、《致命武器》（Lethal Weapon）、《末路狂花》（Thelma and Louise）等等。兩名主角既然是死對頭，可想而知一定會爆發不少有趣的火花，這樣便夠吸引人了。

④ 角色和環境的反差（如魚失水）

這技巧跟上面差不多，除了一點：你要形成對比的是角色跟他所在的環境，而這環境則是故事大部分的場景所在。這是目前為止最常用的技巧，能產生高概念的故事。來看看那些空前大賣的片子，它們怎樣運用「如魚失水」的故事而風靡全球，例如：《綠野仙蹤》（The Wizard of Oz）、《侏羅紀公園》、《駭客任務》（The Matrix）、《熱情如火》（Some Like It Hot）、《飛越杜鵑窩》（One Flew Over the Cuckoo's Nest）、《比佛利山超級警探》（Beverly Hills Cop）、《城市鄉巴佬》（City Slickers）、《美人魚》（Splash）、《鱷魚先生》（Crocodile Dundee）、《小迷糊當大兵》（Private Benjamin）……你就會懂。

⑤ 多加一個點子

試想，你構想出來的強效故事是關於一名聯邦調查局（FBI）的女學員，她在追查一宗連環兇殺案。但這裡並沒有任何不尋常的地方。那就再把一名危險的精神病患加進來：在監獄裡，他變成這位女學員的顧問，幫她達成目標，於是便成了《沈默的羔羊》。再設想另一個故事：一名探員正在追蹤一名連環殺手，如果再加上一個點子說，這名殺手所殺的都是犯了七宗罪的人，而探員跟殺手都代表了其中兩項罪行，那就變成《火線追緝令》了（抱歉我爆雷了，但假如你還沒看這部片的話，你還是猜不出它的結局如何扭轉）。不妨打開電影指南，快快瀏覽一遍，將某部電影的點子加到另一部裡，這會是很有趣的練習。這也是我們的老套公式「X加Y」。概念就是這樣產生的，就像《窈窕奶爸》（Mrs. Doubtfire），其實就是「《窈窕淑男》（Tootsie）加《克拉瑪對克拉瑪》（Kramer vs. Kramer）」的結果。

⑥ 修改傳統故事的成分

比方說，把過去的點子拿出來，改一改類型。就像《西城故事》（West Side Story），它基本上就是《羅蜜歐與朱麗葉》（Romeo and Juliet）的音樂版；《九霄雲外》（Outland）是科幻版的《日正當中》（High Noon）；希區考克的驚悚片《火車怪客》（Strangers on a Train）變成後來的喜劇《推媽媽出火車》（Throw Momma from the Train）。

當然，除了類型，你還可以玩玩其他成分的。比如改一下主角的性別（男變成女，或反過來），或者改一下場景，就像《收播新聞》，基本上就是《彗星美人》（All About Eve），只不過是發生在電視新聞世界罷了。你也可以改一改時代、主角的年紀、性取向，甚至把觀點從主角轉到配角身上。例如《君臣人子小命嗚呼》（Rosencrantz and Guildenstern Are Dead）就是從原劇中兩名配角的角度重講哈姆雷特（Hamlet）的故事。重點是，一旦你把故事中的某些成分改了，整個概念都會跟著改變，所以讓你的想像力狂飆吧。

⑦ 把可預期的情節逆轉過來

歹徒把富翁的太太劫走，揚言沒收到贖金的話便會撕票。但富翁居然**樂見其成**，還催促他們趕快去做！這當然就是《家有惡夫》的概念。編劇在這裡做的，是把丈夫的可預期動作逆轉過來：他沒有急著報警，所以便創造了一部奇特又刺激的喜劇。隨便想一個點子，然後立刻拋棄首先想到的念頭，看看它反過來的效果會不會更好。

⑧ 創造一件有趣的觸發事件

你也看到，鈎子常常出現在觸發事件（inciting event）裡。因為這事件的發生，永遠改變了主角的世界，迫使他解決問題；這也是故事中引發主要衝突的關鍵。這事件常常是為了回應編劇一開始所提出「要是這樣呢？」的問題。好比說，要是角色身上發生了怪事呢？要是一名男子遇上了夢寐以求的女人，但又發現她是美人魚呢？《美人魚》；要是美國總統在空軍一號上被脅持呢？《空軍一號》（Air Force One）；要是某位律師花言巧語，卻必須在24小時內都說真話呢？《王牌大騙子》

觸發事件是產生問題的原因。因為這件事的發生，才必須立即採取行動。這是一切故事的重要元素。設想觸發事件，不單單是為了應付你故事中的問題，而且如果它夠有趣的話，還會令你的概念更加迷人。

⑨ 推向極端：來自地獄的ＸＸＸ

把事情弄好玩，就是把它推向最好、最多、最大、最壞、最典型、最盡頭……等等。想想看，頂級的鯊魚《大白鯊》、萬能的間諜《詹姆士龐德》（James Bond），或超級英雄（有些可能不是，但他們全都拍成了一流電影）像是《超人》（Superman）、《蝙蝠俠》（Batman）、《蜘蛛人》（Spiderman）。想一些最難忍受的東西，所謂「來自地獄的 ＸＸＸ」，像是：來自地獄的狗《狂犬驚魂》（Cujo）、來自地獄的室友《雙面女郎》（Single White Female）、來自地獄的保姆《推動搖籃的手》（Hand that Rocks the Cradle）、來自地獄的丈夫《與敵人共枕》（Sleeping with the Enemy）。把情節放大，推向極端，便能生出有趣的點子。

⑩ 強調或加入時限

另一個常用技巧就是隨便加入某些時限或期限，這樣就可提升情節的緊湊度。這是所謂的「滴答鐘」或「定時鎖」，因為過去故事常用到這老套，必須在計時器數到零以前拆除炸彈。當然，設時限不一定要有滴答鐘。別具匠心的作家就會發展出新奇和有趣的時間壓力（如下面黑體字所示），就像是飛機**沒油**了《終極警探2》（Die Hard 2）；炸彈在公車裡，車子時速低於80公里就爆炸《捍衛戰警》；探員必須在**下一個遇害者**出現前制止連環殺手《火線追緝令》；一名無辜男子必須在**又被逮捕**以前證實自己無罪《絕命追殺令》（The Fugitive）。無論什麼時候，只要在概念裡加上限期，便能提升刺激感，因為它加強了衝突——時間在這裡是額外因素。試看兩句話：「除非他證實自己無罪，否則就會行刑」，和「除非他在晚上十點前證實自己無罪，否則就會行刑。」兩者不是沒有差別的。

⑪ 強調（幕後）背景、舞台、世界

深入某個奇特舞台，進行觀察，這一向都有吸引力。當然，現在是愈來愈難找到一個還沒人寫過的背景了。但假如你故事裡有任何有趣背景的話，不妨在概念裡強調它，便會為你加分不少。比方說，一名女子在男人當道的世界裡爭取平等，這是很原始的故事，也是很好的例子。作者也可以選擇把故事背景設在互相合作的世界裡，但這樣就沒什麼特別了。相反，像《魔鬼女大兵》（G. I. Jane）的作者就把背景設在海豹特種部隊（Navy SEALs），因為這樣的世界夠獨特，平平無奇的概念忽然也變得迷人起來。

⑫ 把概念變成有趣的兩難

假如你故事裡有個複雜的、或難以抉擇的兩難，你可以在概念裡把它強調出來，這樣又會為你加分。如此一來，我們便會期待看到主角情感的拔河，看他如何面對「蘇菲的抉擇」（Sophie's Choice）——這本來就是電影片名，講述一名母親在二戰期間必須在兩個小孩之間作出選擇：到底哪一個要被殺，哪一個可以得救。

再幾年前，一部低成本的獨立電影《虎穴龍潭》（Albino Alligator），也是探討一個女人的兩難抉擇：她必須冷靜地把一名無辜男子殺害，才能從匪徒扣押中逃出生天。你的角色愈難作出決

定，便愈能令審稿員陷入思索，迫使他讀下去，盼望知道劇情如何發展。

取個有吸引力的劇名

要讓故事吸引人，另一個方法是取個好玩的名字，這是大部分新手都很容易忽略的。製片人會從劇名取得第一印象。這也是審稿員第一眼看見的東西，會讓他形成某種看法。替劇本起一個特別的名字，便會引人注意。說到底，劇名的主要作用就是這樣，激起讀者的好奇心，把他拐進故事裡。它也能代表你劇本的身分，所以要小心取好名字。

好片名還會透露片子的**類型**，就像：《不可能的任務》（Mission Impossible）（驚險動作片）、《愛的故事》（Love Story）（愛情片）、《星際大戰》（Star Wars）（科幻片），還有《驚魂記》（驚悚片）。

它可以把**獨特主題**表達出來，引起別人的好奇心：「這主題有那麼重要嗎？需要花一整部片來談它？」合乎這一點的，有：《辛德勒的名單》（Schindler's List）、《魔鬼剋星》、[2]《星際戰警》（Men in Black）、《桃色交易》（Indecent Proposal）、[3]《梟巢喋血戰》（The Maltese Falcon）、[4]《失嬰記》（Rosemary's Baby）……等等。

如果劇名強調的是**明星角色**，便表示你希望別人覺得整部片都在圍繞著明星演員，所以也會加分。屬於這一類的，有：[5]《彗星美人》、[6]《窈窕淑男》、《阿甘正傳》、《洛基》（Rocky）、《阿拉伯的勞倫斯》（Lawrence of Arabia），以及[7]《我倆沒有明天》（Bonnie and Clyde）。

那麼，如果是表達**核心衝突**，或**英雄問題**的話，那又怎樣？想想吧，希區考克大部分的片名都起了很大作用，像是：《勒索通緝令》（Blackmail）、《貴婦失蹤案》（The Lady Vanishes）、《擒兇記》（The Man Who Knew Too Much）、《捉賊記》（To Catch a Thief）、《迷魂記》（Vertigo）。此外，還有：《親愛的，我把孩子縮小了》（Honey, I Shrunk the Kids）、《叛艦喋血記》（Mutiny on the Bounty）、《殺無赦》（Unforgiven）、《危險關係》（Dangerous Liaisons）、《小鬼當家》（Home Alone）、《火線大行動》（In the Line of Fire），以及《養子不教誰之過》（Rebel Without a Cause）。你看，光從片名你就立刻知道電影內容了。

你也可以表達**英雄目標**，就像《搶救雷恩大兵》（Saving Private Ryan）、[8]《海底總動員》（Finding Nemo）、《回到未來》（Back to the Future）、[9]《神鬼交鋒》（Catch Me if You Can），還有《獵殺紅色十月》（The Hunt for Red October）。

那種會引起人興趣的、**激發問題**的片名，是其中一種我最愛的形式，尤其是在驚悚片裡，例如：《沈默的羔羊》、[10]《英雄不流淚》（Three Days of the Condor）、[11]《戰略迷魂》（The Manchurian Candidate）、《獵人之夜》（Night of the Hunter）、[12]《無法無天》（The Ox-Bow Incident），甚至連[13]《春風化雨》（Dead Poets Society）也是。你一看到片名這麼怪，一定會想知道是什麼意思。

另一種很普遍的技巧，是利用**文化參照**、**流行語**、**歌曲**，**或日常俚語**，例如：《電子情書》（You've Got Mail）、[14]《軍官與魔鬼》（A Few Good Men）、[15]《熱情如火》（Some Like It Hot）、[16]《你逃

我也逃》（To Be or Not to Be）、[17]《將計就計》（Entrapment）、[18]《無罪的罪人》（Presumed Innocent）、[19]《藍絲絨》（Blue Velvet）以及[20]《體熱》（Body Heat）。

假使你故事發生的**背景環境特殊或具異國情調**，在多個層次產生迴響，那麼便不妨在劇名上把它強調出來。就像：《鐵達尼號》、《日落大道》（Sunset Boulevard）、[21]《北非諜影》、《唐人街》、《第四十二街》（42nd Street）、《空軍一號》、《第凡內早餐》（Breakfast at Tiffany's）、《花都舞影》（An American in Paris）。

你也可以用劇名來激起審稿員的**情緒或感情**，藉此增加吸引力，例如：《週末夜狂熱》（Saturday Night Fever）、《散彈露露》（Something Wild）、《殘酷大街》（Mean Streets）、[22]《勝利之歌》（Yankee Doodle Dandy）、《爵士春秋》（All That Jazz）、《冷血》（In Cold Blood）、《惡夜追緝令》（In the Heat of the Night），還有《愛的故事》。

同樣地，你也可以為劇本取一個**隱喻**的名字，尤其是有文采或詩意的，好比說：《憤怒的葡萄》（The Grapes of Wrath）、《蠻牛》（Raging Bull）、[23]《梅崗城故事》（To Kill a Mockingbird）、[24]《亂世忠魂》（From Here to Eternity）、[25]《霸道橫行》（Reservoir Dogs）、[26]《亂世佳人》（Gone with the Wind）、《天堂陌影》（Stranger Than Paradise）、[27]《烈日下的詩篇》（A Raisin in the Sun）。

反差很好用，通常可獲得有趣和有吸引力的效果，你在後面章節裡會看到更多關於角色、故事和背景的反差。在劇名裡，你可以把兩個字作對比，就會引起別人興趣，像是：《回到未來》、[28]《亂世浮生》（The Crying Game）、《聖誕壞公公》（Bad Santa）、[29]《地老天荒不了情》（Magnificent

Obsession)、《小姐與流氓》(The Lady and the Tramp)、《一夜狂歡》[30](A Hard Day's Night)。

最後，你也可以把一句普通的話拿來改一改，玩玩**文字遊戲**，例如：《回到未來》、《靈慾春宵》[31](Who's Afraid of Virginia Woolf)、《狂徒淚》[32](Angels with Dirty Faces)、《閃靈殺手》[33](Natural Born Killers)、《魔鬼女大兵》[34]。

你應該注意到，《回到未來》多次被我提及。那是因為一部片的名字不一定只傳達一個意思。它可以是上述不同技巧的組合，組合愈多便愈好。比如說《午夜牛郎》(Midnight Cowboy)：它既是隱喻，也激起情緒；它激發起問題，像：「什麼意思？」或「這男的是誰啊？」——我們想進一步探索；它強調明星的角色；它也將焦點放在獨特的主題上。

選一個大眾喜愛的類型

在開始寫劇本前，便要選好故事類型，這或許是你要作出的最重要的決定。事實上，最近出現的編劇研習課或參考書都把焦點放在某個特定類型上，尤其是喜劇和驚險電影，因為它們最受人歡迎，這不是沒有理由的。電影類型，即所謂的「genre」，源自法語「種類」的意思。它是我們普遍接受的標籤系統，對電影的故事敘述方式分門別類。這是我們分類和選擇娛樂的方式，就像我們也會依照地理來對餐廳作分類——法國菜、意大利菜、墨西哥菜、泰國菜。也因為這樣，影片出租店才會按類型來分類，而不是按照字母排列，找起來也比較簡單。每一種類型都會告訴想看片子的人，你待會會從電影獲得哪些感受。

選擇類型之所以重要，是因為每一種類型都「預先包裝好」一堆明顯不過的感受。你的類型已預先告訴審稿員，他待會會在劇本裡讀到什麼。所以假使你寫喜劇，審稿員就會期待大笑。如果你用「驚險」來標籤劇本，審稿員自然就會期待緊張，然後內心動蕩，劇情引人入勝，並帶著許多震撼、扭轉，和出其不意。審稿員評判你的作品，就是看你有沒有把該有的情感傳達出來。如果你的文字沒辦法做到這一點，該有的驚險沒有表現出來，審稿員就會失望，或許也會感到期待落空，就會嫌棄你的劇本了。

類型通常是用來標示商業片的，它們說的故事我們都熟悉，角色、情節看慣看熟，所引起的情感也不陌生；正因如此，我們常常覺得類型必定公式化。但其實不然，類型不一定就是公式。所謂公式，就是用老套情節來挑起某些特定情感。類型則是審稿員預想的情感效果。至於怎樣把某些情感挑動起來，就要看你的天份和手藝了。所以，你必須好好研究各種類型中最好和最差的例子，對它們各自期待的感情作一番了解。這樣，當你創造自己的故事時，才會了解你需要讓審稿員產生怎樣的感覺。你想令他們暢懷歡笑嗎？還是放聲大哭？還是要令他們心跳加速呢？關鍵是在特定類型的一般預期中，創造你自己獨一無二的東西。所以我才會建議，初學者應該寫他們愛看、也常看的電影類型。如果那是你會花錢去看的電影類型，你起碼一開始就知道它是幹嘛的。然後，接下來的挑戰就是要超越它。

要避免老套，其中一個有效做法就是綜合各種類型。好萊塢是要求原創性的產業，綜合類型的方法一直都很常用。舉例說《第六感生死戀》（Ghost）既是愛情故事、是超自然驚悚片，也是推理片和喜劇；《比佛利山超級警探》是動作喜劇；《異形》（Alien）是科幻恐怖片。但還是要小心，不要最後搞到劇本失焦。要決定好主要類型，這非常重要，這樣才能為你的故事定調。很多劇本都因為調調不明，觀眾無所適從，所以才會失敗。選好主要類型，不管是動作也好、喜劇也好或驚悚也可以，才會讓你的故事「有味道」，不同類型的綜合只相當於「調味」，但也會令你的劇本獨一無二。

既然本書主要是談情感，我原本想詳細討論各種類型，以及它們各自預期的感受；但我發現有人已經搶在我前面了，就是羅賓・盧西恩（Robin Russin）和威廉・密蘇里・唐斯（William Missouri Downs）兩位教授，他們在《劇本：寫出圖畫》（Screenplay：Writing the Picture）這佳作中，鉅細靡遺地討論類型，並按預期情感作分類。他們按照情感把各種類型拆開，比方說，有按照**勇氣**的（動作、冒險、史詩、科幻英雄），有按照**恐懼**和**厭惡**的（恐怖、科幻黑暗），有按照**求知渴望**的（偵探、驚悚），有按照**引人發笑**的（喜劇、愛情文藝喜劇、詼諧），也有按照**愛情**和**盼望**的（愛情文藝、通俗劇（melodrama）、柏拉圖式愛情）。假如你想對各種類型作進一步了解，我會推薦你看這本書。

躍然紙上：概念的運作

雖然威廉．戈德曼常說：「沒有人無所不知」，但說到概念的好與壞的時候，務必記住：對於大部分好萊塢的製片人、經紀或審稿員，他們只要一聽，便知道點子好不好。只要他們一看、一讀、一吃或一碰，他們便知道了。相反，當他們神情開始呆滯，開始在想「那又怎樣」時，他們憑經驗便能斷定那裡沒有好點子。

讀到這裡，你應該知道——只要點子合乎兩點：「既奇特又熟悉」和「預期有衝突」，再加上運用前面十二種方法中的一種，便應該吸引到製片人的注意。有志於從事編劇的人，應該多看雜誌，像是：《每日綜藝》（Daily Variety）或《好萊塢報導》（The Hollywood Reporter），才能跟上當前最好賣的概念。不要去當地影城看今天上演什麼。你今天看到的，視乎它的製作時間，其實已經是兩年前，甚至五年前開賣的電影。現在賣什麼，要讀才知道。又或者，多看成交網站（www.scriptsales.com）也可以跟上當前在賣的概念。

當然，好概念本身不足以讓你的劇本好賣。很多初入門的人都押寶在高概念上，而不去掌握其他創作好故事的重要元素。他們知道，而且一些製片人也說了，好點子本身就好賣，但他們不全對。新手的高概念劇本或許能賣，但常常會被另一位專業老手改寫，就像史蒂文．德．蘇沙（Steven DeSouza）〔《終極警探》、《48小時》（48 Hrs.）〕，在《101種習慣》裡講到的：「十之八九，如果製片場買劇本只是為了概念，他們就會乾脆叫你走人，聘一個更有名的編劇來把劇本重寫一次。他們不想把時間浪費在新人身上，不想花12個星期來等待一個他們早已知道的答案──就是說，請你走人。我沒辦法跟你說，我已經多少次受僱，就是為了重寫新手的劇本。他們僱用我，就是因為知道我可以用12個星期完成一部還不錯的劇本。」

換言之，你要花更多時間把手藝練好，寫一部各方各面都不負所望的好劇本。現在，我們來看看寫劇本手藝的另一個重要元素──主題……

2（譯註）原名可直譯為「黑衣人」（陸譯）。
3（譯註）原名可直譯為「馬爾他之鷹」（陸譯）。
4（譯註）原名可直譯為「羅斯瑪麗的嬰兒」（陸譯）。
5（譯註）原名是「All About Eve」，可直譯為「伊芙的點點滴滴」。
6（譯註）原名是「Tootsie」，可直譯為「杜絲先生」（港譯）。
7（譯註）原名直譯為「邦妮與克萊德」。
8（譯註）原名直譯為「尋找尼莫」。
9（譯註）原名意思是「儘管來抓我吧」。
10（譯註）原名可直譯為「禿鷹七十二小時」（陸譯）。
11（譯註）原名可直譯為「滿洲候選人」（陸譯）。
12（譯註）原名直譯為「牛軛慘案」。
13（譯註）原名可直譯為「死亡詩社」（陸譯）。

14〔譯註〕原為百老匯於1989年上演戲劇，片名亦可直譯為「好人寥寥」（陸譯）。

15〔譯註〕原為電力站合唱團（The Power Station）於1985年發行歌曲。

16〔譯註〕原文出自莎翁名劇《哈姆雷特》中主角在考慮自殺時的沈吟，意思是「是生？還是死？」

17〔譯註〕原名意思是「誘捕」，即警察所設下的圈套。

18〔譯註〕原名意思是「無罪假設」，原為法律名詞，即被告在有證據證明有罪以前，都應假定無罪。

19〔譯註〕原為巴比．雲頓（Bobby Vinton）於1963年發行歌曲。

20〔譯註〕原為昆西．瓊斯（Quincy Jones）於1974年發行歌曲。

21〔譯註〕原名為「Casablanca」，即摩洛哥古港卡薩布蘭卡。

22〔譯註〕片名「Yankee Doodle Dandy」原指六十年代在美國伊利諾伊州營運的連鎖快餐廳，但已在八十年代初歇業。

23〔譯註〕原片名可直譯為「殺死一隻知更鳥」（陸譯）。

24〔譯註〕原片名意思為「從這開始，直至永遠」。

25〔譯註〕原片名可直譯作「落水狗」（陸譯）。

26〔譯註〕原片名意思是「隨風飄去」。

27〔譯註〕原片名直譯是「烈日下的葡萄乾」。

28〔譯註〕原片名可直譯作「哭泣的遊戲」（陸譯）。

29〔譯註〕原片名直譯是「偉大的執迷」。

30〔譯註〕原片名意思是「勞累了一天的晚上」。

31〔譯註〕原片名直譯是「誰害怕弗吉尼亞．伍爾夫」。

32〔譯註〕原片名意思是「髒臉天使」。

33〔譯註〕原片名可直譯作「天生殺人狂」（陸譯）。

34〔譯註〕原片名為「G. I. Jane」，「G. I.」是指「美國大兵」。

4

主　題
普遍的意義

「藝術是顯微鏡，藝術家用它來探究他自己的靈魂，
然後把這些人所共知的秘密公諸於世。」

——列夫・托爾斯泰（Leo Tolstoy）

想認清主題如何在劇本中發揮作用，你必須理解講故事對我們生活的重要性。正因為生活經常令人沮喪，既不理性，又雜亂無章，我們便希望從故事中求得意義和結構。我們尋找答案和普遍價值，是為了想知道怎樣過生活——怎樣對待別人、怎樣愛人、怎樣克服困難。另一方面，我們之所以把眼光轉向故事，是因為它理解世界的方式與眾不同，是憑感情，而非理性分析。所以可以說，故事是生命的隱喻，是生活的藍圖，而主題尤其如此，是編劇想向觀眾傳達，關於人生體驗的具體真理。故事存在的理由，並非全在於賺錢，而是它想表達某些訊息、教訓和意義。因此，主題可以令故事普遍化，從而在情感上影響深遠。好劇本和一般劇本的差別，往往只在於主題的深度。劇本如果主題不強，即便娛樂性夠，也不會被視為好劇本。沒有主題，故事便失去意義。表面的娛樂性只能讓觀眾在事後感到空虛。

你必須知道的基本原則

主題為什麼重要

只要問到你的故事為什麼重要，或你想用你的故事和角色傳遞什麼訊息，你便朝著主題的方向前進了。在《101種習慣》裡，杰拉德・迪佩戈（Gerald DiPego）〔《第三類奇蹟》（Phenomenon）、《超感應頻率》（Angel Eyes）、《靈異拼圖》（The Forgotten）〕便說過：「有時候，你可以做一些所謂的「純娛樂」，主題是什麼不太重要。但假使你想在娛樂之外多做點別的事，假使你在娛樂的同時，也想要充實、激勵人生，或對世界和人類狀況發表看法，那麼你就要好好思考一下你想說的話，才能把它巧妙地編進故事裡。」作家桃樂茜・拜瑞（Dorothy Bryant）則這樣說：「我們是別人心裡上演的戲劇，是那些內在的、聽不見的聲音。」當你思索生命是什麼——是學習、探索、經驗、成長或互助互愛，當你開始細想這一切時，便會發現它們同時也成為你故事的主題。

劇本的主題之所以那麼重要，另一個理由是：它是建立故事的基礎。主題是你劇本的核心，是它的心臟和靈魂。換言之，大多數的場景、角色、對白和影像，照理來說都應該反映你的主題。故事的作用只不過是把展示主題的環境創造出來。正因如此，很多編劇在寫劇本以前會先把主題固定下來——只要弄清楚自己想說些什麼，便知道應該讓自己的故事包含些什麼，不包含些什麼。

一般的說法是：只要起過幾次草稿，主題自然就會慢慢浮現。但事實上，先把你的主題固定下來，便不用再三修改劇本，會幫你省掉很多時間。帕迪・柴耶夫斯基（Paddy Chayefsky）〔《螢光幕後》（Network）、《馬蒂》（Marty）、《變形博士》（Altered States）〕曾經說過：「對寫作者來說，最好的事莫過於有好主題，而且從一開始就清晰明瞭。」但如果你還不知道自己的主題，也不用太過慌張。也有同樣多的寫作者要打過好幾次草稿，才找到自己想說的東西。到目前為止，故事裡頭最難把握的就是主題。理想情況是，在你動筆以前最好先找到它，但其他時候你或許需要先把劇本寫出來，主題才會跟著出現。一旦你搞懂它是什麼，你便可以修改劇本，用角色、對白和象徵來進行深入探討。重點是千萬不要太過明顯，否則就會變成說教。正如戴洛・賽奈克（Darryl Zanuck）所說的：「我想要什麼訊息的話，打給西聯（Western Union）就好了嘛！」主題不是講道，所以也不應該拿來傳教。

說服、娛樂，但不要說教

我不贊同在戲劇性寫作裡說教，因為這太明顯了。大部分作家都知道：「讓人看，不要講。」你要靠動作讓人看出主題，讓讀者感覺它，而不是告訴他。方法是：把你對人類的深刻信念戲劇化，把他們最好的生活模式呈現出來。但不要施壓，不要讓你的角色大叫：「注意聽吧，這是我帶來的訊息！」這就像在冰茶裡放糖一樣。把一般砂糖混進去，不久便沈到杯底，除了最後幾口太甜以外，整杯都是苦的。但用纖而樂（Sweet N' Low）的話，就會整杯都甜甜的。你的訊息就是糖，必須完全被稀釋，消溶在說故事的飲料裡頭。

主題必須要放在故事底下，做你故事的潛台詞。比方說，在《E・T・外星人》（E.T.）裡，不僅是外星人滯留地球，小男孩幫忙他回家那麼簡單。它談的是信賴和友誼。《魔鬼終結者》（The Terminator）不單單是演一名女子如何逃避機器人的追殺。它是在告誡我們科技失控起來會多麼可怕。《末路狂花》不止是兩個女人逃亡的故事。它談的是自由。在表面的是故事，故事下面的是主題。故事把觀眾帶進戲院，主題則讓他們覺得有價值。這是觀眾帶回家的東西，是當燈光亮起後，會在他們腦袋瓜裡縈繞不去的念頭。比利・懷德（Billy Wilder）說過：「你當然盡力想在裡頭表達些什麼。但我不覺得我自己有寫過什麼能改變世界的東西，假使你令觀眾看完戲後還談它個十五分鐘，那就行了。假使你能讓他們在辦公室裡還談論不絕，甚至跟朋友吃飯也提起它，那便是一部電影的成功所在。」

再說一次，你要保持主題一直隱形，但又在故事底下不斷迴響。你很快會看到，最好的辦法就是動用感情。對我們的學習來說，最有效的方法是我們被情感觸動，而不是坐著聽人演講。好電影就是以情感打動我們，從中教我們人生的道理。柏拉圖曾經說過，我們應該禁止說書人講故事，因為他們對社會構成威脅。他們處理觀念的方式不像哲學家那樣公開和理性。相反，他們將觀念藏匿於藝術的誘人情感之中。無論我們寫的是小說也好，是情景喜劇（sitcom）也好，或畫漫畫、寫劇本，我們都是藝術家。亞里士多德呢，他相信任何藝術都有兩個目的：一是娛樂，二是教育。而我們身為編劇，正是要用故事產生娛樂，並以主題進行教育。

手藝：微妙地表現主題

所謂小說，就是在謊言中透露真理。

——阿爾貝・卡繆（*Albert Camus*）

普遍主題

因為主題反映的都是生命和人類狀況，所以它通常關係到的情感和議題都是普遍的，比如：愛情、家庭、報復、榮譽或邪不能勝正……等等，全世界都有這方面的經驗。我挑選了不少主題，分門別類，或許對新進的寫作者有所幫助。這些主題在說故事的傳統上一直都很成功，一代接一代地在情感上不斷迴響。我把這些普遍主題分成三類：「**離離合合**」、「**人性險地**」，還有「**關係**」。

「離離合合」的主題

這一類主題通常放在電影裡都會成功。它們是我們所依戀的原始渴望，在我們內心不斷迴響，好比：我們跟父母親的親密關係、接近程度和依賴性；還包括：我們對安全感、溫情的需求以及我們如何渴望被人接納。愛情故事中，只要焦點是放在情人離別，最後又如何破鏡重圓的話，大多都屬於這一類主題。這些主題包括有：

- 弱勢的一方最終獲勝《洛基》、《功夫夢》（The Karate Kid）
- 疏離與孤獨感《大國民》（Citizen Kane）、《計程車司機》（Taxi Driver）
- 歸家《綠野仙蹤》、《下班後》（After Hours）、《冷山》（Cold Mountain）
- 搞錯身分《北西北》、《冒牌總統》（Dave）
- 死亡《凡夫俗子》（Ordinary People）、《老黃狗》（Old Yeller）、《人鬼未了情》（Truly Madly Deeply）
- 精神病／瘋狂《美麗心靈》、《鋼琴師》（Shine）、《心魔劫》（Sybil）
- 排擠和造反《飛越杜鵑窩》（One Flew Over the Cuckoo's Nest）、《梅爾吉勃遜之英雄本色》（Braveheart）
- 補贖《火線大行動》、《大審判》（The Verdict）、《殺無赦》
- 成長《站在我這邊》（Stand by Me）、《保送入學》（Risky Business）、《早餐俱樂部》（The Breakfast Club）
- 中年危機《意外的旅客》（The Accidental Tourist）、《大寒》（The Big Chill）、《推銷員之死》（Death of a Salesman）

「人性險地」的主題

有些故事會以人性中的黑暗面作為反差，把我們帶到所謂「人性險地」，藉此啟發我們人生正確的道路。這一類故事的內容包括：好人被誘惑而誤入歧途，但最後大多數都以邪不能勝正的結局收場。在某些黑色電影（film noir）中，主角因受到蕩婦迷惑而做壞事，也是例子之一。其他屬於這類型的主題包括：

- 偏見《濃情巧克力》（Chocolat）、《費城》（Philadelphia）、《紫色姐妹花》（The Color Purple）
- 現代社會的去人性化《摩登時代》（Modern Times）
- 戰火地獄《前進高棉》（Platoon）、《西線無戰事》（All Quiet on the Western Front）
- 冤枉無辜《北西北》、《絕命追殺令》
- 陰謀《英雄不流淚》、《戰略迷魂》
- 絕處逢生《刺激１９９５》（The Shawshank Redemption）
- 正邪不兩立《星際大戰》、《法櫃奇兵》（Raiders of the Lost Ark）
- 復仇《猛龍怪客》（Death Wish）、《恐怖角》（Cape Fear）
- 腐敗的野心《阿瑪迪斯》（Amadeus）、《大國民》、《疤面煞星》（Scarface）
- 邪惡的黑暗面《火線追緝令》、《華爾街》（Wall Street）、《蠻牛》

- 執迷不悟《美國心玫瑰情》（American Beauty）、《致命的吸引力》

「關係」的主題

愛情是人與人之間最有力的聯繫，對於愛情的渴望，我們每一個人都能感同身受。所以沒什麼好奇怪的，大多數的故事都在探討這個有力的主題，而且即便不是作為主要題目，也是作為次要情節而出現。這題目相當複雜，探討它的方式也五花八門，無窮無盡，但我們可以列舉其中最常看到的幾種：

- 贏得愛情《公寓春光》（The Apartment）、《當哈利碰上莎莉》、《美女與野獸》（Beauty and the Beast）
- 失去愛情《安妮霍爾》、《愛的故事》、《北非諜影》
- 無私的愛《城市之光》（City Lights）、《阿甘正傳》
- 自私的愛釀成悲劇《英倫情人》（The English Patient）、《亂世佳人》、《奧塞羅》（Othello）
- 激情《鋼琴師和她的情人》（The Piano）
- 危險的誘惑《體熱》、《第六感追緝令》（Basic Instinct）、大多數的黑色電影
- 友誼《午夜牛郎》、《致命武器》、《末路狂花》、《E・T・外星人》

- 父母的愛《克拉瑪對克拉瑪》、《我的天才寶貝》（Little Man Tate）、《羅倫佐的油》（Lorenzo's Oil）
- 動物的愛《黑神駒》（Black Stallion）、《威鯨闖天關》（Free Willy）、《老黃狗》

尋找你自己的觀點

一般人會建議你只寫你知道的東西，但其實如果你寫的東西是對你有感覺的話，那會比較有效。因為說到底，你真正知道的就只有自己的情感。畢竟我們每個人的感受語言都一樣，不是嗎？情感被翻譯成好作品後，它能跨越類型、年齡、收入和政治立場。情感是普遍的。威廉・福克納曾說過：「你真的要寫些什麼的話，就來寫寫人性吧。這是唯一不會過時的東西。」

深入查看你自己

我曾經訪問過不少專業作家，他們大多都同意，你要先對自己的主題有熱情、有感覺，然後才開始動筆。要尋找你有熱情的東西，其中一個方法就是深入查看你自己。身為寫作者，我們每一個都有自己所關心的議題，包括：正義、自由、暴力、戰爭、愛情……等等。你的熱情在哪裡？你對什麼感興趣？對什麼感到著迷？什麼東西會令你不能自拔？你最愛什麼？最恨和最怕的又是什麼？你相信什麼？你看重什麼？不要選那些人人都在寫的東西。挑戰你自己。深入自身看一下，發現那些你相信在你生命中最重要的東西。假使你還是覺得主題不好找，問問自己：「假如我可以改變人對於某些事情的想法，那會是什麼事情？」

「憤憤不平」

某位作家曾對我說過：「主題始於憤憤不平。」問一下你自己，世界上有什麼不公平的地方？在你生命中有遇到過嗎？什麼東西對你有噬骨之痛？什麼事情讓你熱血沸騰？有什麼東西讓你勃然大怒，便會成為你故事背後的一個強有力的主題。

列出你重視的價值

所謂價值，就是對你生命來說重要的東西，例如：愛、正義、關懷、真理……等等。你可以參考各種資料，包括：哲學書、心理學文章或者辭典，然後列出你自己的價值。

建立智慧寶庫

泰瑞．魯西奧（Terry Rossio）〔《史瑞克》（Shrek）、《神鬼奇航》（Pirates of the Caribbean）〕提議，你可以收集各式各樣的名言錄、來自不同國家的格言和警語，甚至座右銘、詩集、戲劇和談話錄。多讀這一類東西，可讓你的思潮暢遊四方。

九種主題技巧，讓你只讓人看，但不講

① 把主題變作問題，而非前提

表現主題，最簡單的方法就是以問題的方式呈現，而不是把它當作前提或聲明。只要有讀過拉約什・埃格里（Lajos Egri）的經典《編劇的藝術》（The Art of Dramatic Writing），大多數都知道要這樣做。比如說，在《羅蜜歐與朱麗葉》裡，你不會把前提講出來，說「愛情之偉大，甚至不把死亡放在眼內」，而是問：「愛情既然偉大，它會無視什麼呢？」或者「愛情能超越死亡嗎？」然後讓故事自然發展出答案，從而較難預測。所以，不妨提出問題，讓讀者在故事的情感體驗中找到答案吧。

② 把情感包裹起來，再發展它的相關觀念

有人說，情感令人聯合，觀念則把人分開。所以我們才會建議，寫作者應該讓讀者感覺主題，而不是讓他事前作思考。觀念在理智中被發表出來，就只是論文而已。但假使它被感情包裹起來，那就更加有力、更加令人難忘了。千萬不要用理智說明它。要用感情加以戲劇化。有一種技巧很好用，就是：挑選一項情感，然後把相對應的觀念發展出來。譬如，假使你選了忿怒的情感，就可以發展出不公或濫權的觀念。如果是選好奇，那就可以配上失去童真和長大成人。這樣一搭配起來，角色和場景就應該實現了。舉例來說，《唐人街》就是善用這種技巧的好電影，按照[35]羅伯特・唐尼（Robert Towne）的說法，這部戲的主題其實也是某種情感——是讓人自以為知道接下來如

何，但又並非真正知道的感覺。相關的觀念包括：神秘、欺詐、腐敗和秘密——這一切神乎其技地被編進這部經典劇本中。偵探傑克・吉斯（Jack Gittes）自以為知道事態發展，一方面追查案件，另一方面卻被蒙在鼓裡；不單只傑克，連其他角色都是這樣。警員埃斯科巴爾（Escobar）當然毫無頭緒，但暗藏秘密的艾弗琳（Evelyn）也不曉得父親的水壩計畫。甚至連諾亞・克羅斯（Noah Cross），這位掌控財務的主事者，都不知道艾弗琳計劃跟女兒一起逃離洛杉磯。

③ 圍繞著主角的精神需要，以及他人生轉向的歷程

為了解決故事裡的難題，你的主角在情感上做了些什麼重大決定？你可以在這裡找到主題。因為故事希望傳達人生的真相，故事總是關係到人，所以，常見的技巧便是以主角的精神變化來表現主題。假使主題是關於補贖，劇中主角最後有沒有辦法做到？這便取決於你想說的故事是什麼。假使是關於精神的勝利，顯然主角的精神歷程便會從失敗走向得勝。《今天暫時停止》（Groundhog Day）便是成功運用這技巧的佼佼者。這是一部被低估的電影，主角是電視台的天氣播報員，他自負、憤世嫉俗、不管別人。他被詛咒（或祝福）：如果沒有學會正確生活的話，那一天就得重來一次。雖然極度痛苦，他最後還是獲得勇氣，轉變成真實可靠、實現自我的人。電影裡的這個故事，正好說中了我們人生中一個很重要的道理：只要克服得了生死關口，接受當前處境，我們就能做到同情別人，腳踏實地地生活。但作者把這訊息留在背景，把焦點放在主人翁的成長，寫他在學習慷慨和慈悲為懷時的困惑和絕望。把主角的精神歷程放在最前面，電影的訊息就會在情感中不斷迴響，而非成為理智的說教。

④ 讓主角傳達正面訊息，負面則留給對手

無論主角的經歷透露出哪些正面主題，你就是要為他塑造一位對手，讓這位對手來示範這主題的黑暗面。這是另一種有用的技巧，可以微妙地把主題表現出來。換言之，就是把英雄和反派對立起來，造成主題上的反差。利用主角的經歷來展現主題的正面，再用反派來表現負面。經典電影《飛越杜鵑窩》成功運用這技巧，讓主角麥墨菲（McMurphy）代表自由，拉契特護理長（Nurse Ratched）則代表人性的壓抑。這技巧也被用在某些場景上：兩個角色擺好架勢，在喝酒或喝咖啡時互相比較，甚至發生衝突。「你跟我沒什麼不一樣啊」，便是這種場景裡的經典對白，就好像在《法櫃奇兵》裡，貝諾（Belloq）在跟印第安那・瓊斯（Indiana Jones）喝酒時就說到：「你跟我沒什麼不一樣啊。考古學是我們共同的宗教。你跟我都離開了純粹信仰。我們使用的方法根本沒有你所說的那麼不一樣。我是你的影子。只要輕輕一推，讓你離開光線的話，我們就完全一樣了。」當貝諾把法櫃打開，主題便整個固定下來，電影也隨即達到高潮。瓊斯跟瑪麗安（Marion）說：「不要看它。瑪麗安，快閉上眼，無論怎樣也不要看」；然而貝諾卻依舊如痴如迷，認為這道刺眼的強光很美。反派被烈火吞噬，納粹餘黨則因為濫用神聖力量而被處以極刑。只有瓊斯和瑪麗安在磨難中存活下來，因為他們的人性，使他們對神聖力量產生敬畏。

⑤ 用次要情節傳達主題

次要情節經常被用來表現主角的角色弧線（character arc），就是說他精神轉變的歷程。但假使你找到另一個次要情節，能用它來傳達主題的話，那也是很好的做法。比方說，《窈窕淑男》的故

事是關於：男主角發現，做女人的話反而讓他變成好男人。這是對美國社會中的性別角色發表意見。男主角麥可（Michael）假扮成桃樂茜（Dorothy）以後，發現女人每天都得忍受男人的羞辱。這部愛情文藝喜劇之所以獨特，除了它的普遍主題以外，它還用到不少次要情節，總共有五個那麼多，每一個情節都是關於一位角色，表現出男人對待女人的不同態度。首先是麥可對待他女友桑迪（Sandy）的態度；然後是他跟茱莉（Julie）之間的關係，她是他始終鍾情的對象；另外談到沙文主義的董事長；然後是關於茱莉的鰥夫爸爸，他想娶桃樂茜為妻；最後情節是關於表演節目裡的男主角，關於他引誘桃樂茜的舉動。每一個次要情節都代表整體主題的某一側面。

⑥ 讓每一個角色都展示整體主題的一面

《窈窕淑男》也是運用這技巧的好例子，因為它每一個次要情節都牽涉到不同的角色。可是，即便你的故事沒有次要情節，或者次要情節不適宜用來表達主題，你還是可以使用這技巧。如此一來，你故事裡頭的每一名角色都能表現你主題中的一個側面。角色愈多，切入的角度就愈多，主題也會挖得愈深。《教父》（The Godfather）就是這樣做的。這是一部關於權力的電影，維特・柯里昂（Vito Corleone）不管毒品交易的時代轉變，一心想保持權力，麥可（Michael）本來無心於此，後來逼不得已或被引誘之下，也開始擁抱權力，桑尼（Sonny）則對權力無可奈何，無法駕馭它。

⑦ 展現對立論點，使它跟真理一樣有力

有時候，新手會太過專注於想表達的訊息，以至於誤把自己的論點一面倒地呈現出來，說故事變成了說教。想彌補這缺失，就要讓你的真理從反襯中突顯出來。你要展現對立論點，而且要跟你

呈現真理的方式一樣強而有力。這會讓故事看起來更公道。所以，你要創造許多不同的場景，讓你主題中各方各面的觀點都呈現出來，不論是正面的，還是負面的，都要同樣有力。史派克・李（Spike Lee）在《為所應為》（Do the Right Thing）就做到這一點。他探討種族主義的議題，帶出一切複雜性，從不簡單給予答案，而是在五花八門的不同觀點中表達出來。在表現主題時，只要能做到不偏不倚，你就能寫出像《克拉瑪對克拉瑪》一樣好的劇本。雖然觀眾會站在爸爸那一邊，畢竟他是主角，也是花最多時間陪兒子的人，但他們也會同情媽媽。雙方都同樣有說服力。

⑧ 把它編進對白裡

在對白裡談到主題，這是常用的技巧。但是，就像前面說過的，我們不能太過直白地把主題宣告出來。但如果它是自自然然地關係到某個情景，還是可以把它講出來，但它最好能隱藏在潛台詞中，而非在顯示在對白上。《北非諜影》就做得很好，整部片裡瑞克（Rick）反反覆覆地說：「我從不為人惹麻煩」，就是用對白的方式加強孤立與無我之間的對立主題。另一部片《日落大道》也用了很棒的對白，把主題反映出來。它的主題是：自欺、自戀、聲譽、貪欲和心靈空虛，全都表現在喬・吉理斯（Joe Gillis）和諾瑪・德斯蒙德（Norma Desmond）的經典對話之中。「妳是諾瑪・德斯蒙德。妳曾經是默片巨星啊！」「我的確是巨星。一蹶不振的只是默片而已。」只要對白夠創新，而且不會太直白的話（詳見第十章），你也可以藉此把主題表達出來。

⑨ 用影像、顏色，和主導動機傳達出來

電影畢竟是視覺媒體，所以劇作家都愛用象徵手法，包括：東西、影像、顏色，微妙地把主題

顯露出來。假如用對白直接傳達主題嫌太過直接，那就用影像來表現它吧。就像勞倫士・卡斯丹（Lawrence Kasdan）在《體熱》中藉著火和熱來喚起情欲失控的感覺。在傳統上，主題影像是觀眾在電影片頭最初感受到的東西。試回想一下，就是《大國民》裡的玻璃球；《熱情如火》裡的假靈車，裝滿著烈酒；《沈默的羔羊》裡的障礙跑；《今天暫時停止》裡的行雲；以及《蠻牛》裡的拳頭揮舞。要加強主題的話，也可以在劇本裡不斷重複相關影像，就是所謂「主導動機」（leitmotif）的技巧。這原本是音樂名詞，是指「一段旋律，伴隨角色或情景反覆出現。」那麼在劇本這裡，主導動機指的是反覆出現的某一影像，它伴隨的不止是主題，還有角色、情景或觀念。《唐人街》就是好例子。供水計畫是它所使用的主導動機。整部片一直都以水作為象徵，包括：視覺（湍流、汪洋、魚塘）、情節（角色遇溺；反派貪汙，控制供水系統）和對白（「他腦子裡都是水」）。值得一提的是，在亞洲文化圈裡，水代表女人、豐饒、愛情或障礙，這些顯然都是這部一流電影的主題。一方面關於政治議題（供水計畫），另一方面牽涉個人情感（亂倫），讓我們實際看到兩條故事軸如何平行發展。

此外，顏色是你手上的另一件工具。比方說，紅色比較象徵熱情、刺激、慾望；藍色呢——沈著、信任、憂鬱；而黑色則關係到死亡、權力和神秘；白色被認為代表生命、單純和天真。所以說，《美國心玫瑰情》裡紅色之所以不斷出現，不是沒道理的。它探索的主題包括被壓抑的情慾，以及在一片祥和的郊區裡，潛伏著折磨人的不安全感。

躍然紙上：主題的運作

在這一節，我們來看一下一部片怎樣成功地把主題表現出來。我選了《沈默的羔羊》，因為它主題豐富，處理的主題不止一個，主要來說有三個，全部精彩地交織在這部標準懸疑驚悚片裡。從一開始，劇本的**名字**就讓我們知道，有人將用某些方法令羔羊不再尖叫，教我們每一個人心裡的魔鬼沈默下來，克服我們過去的創傷。這主題的展現，是藉由一條外部**故事軸**，即克莉絲（Clarice）期待漢尼拔．萊克特（Hannibal Lecter）會幫她緝拿水牛比爾（Buffalo Bill）；加上一些**倒敘**場景，以及在「一物換一物」（quid pro quo）的場景裡，講起她過世的爸爸，好讓萊克特探索她的過去，滋養她的心靈。萊克特的**對白**進一步加強這主題，他說：「你還是會醒來，對吧，半夜醒來，聽見羔羊的尖叫……而且你以為，只要救得了凱薩琳（Catherine），牠們就不會再叫，是嗎？你認為，只要凱薩琳活著，你以後便不會在半夜醒來，也不用再聽見那些羔羊的叫聲。」

這故事的另一重心是「轉變」，水牛比爾收集鬼臉天蛾（Death's-Head moth），乃至他想變成女人都是這主題的**象徵**。他想擺脫自我嫌惡的性格，便用受害人的皮來改變他自己的外表，讓自己得到新身體。克莉絲也想克服自己的成長背景，努力在ＦＢＩ的男性世界出人頭地。萊克特也努力擺脫奇頓醫生（Dr. Chilton）的折磨，期望得到自由，這一切全都帶有轉變的暗示。

最後，本片探討了男性對女性隱約的性壓迫。注意看一下，有多少場景從**細節**透露出這一點：在開頭段落中，為了跟克勞福特（Crawford）見面，克莉絲的障礙跑被打斷。然後在某個鏡頭，我們看到嬌小的她站在升降機裡，環繞身邊的都是身材魁悟的男人，每一個至少都比她高 30 公分。她穿上灰藍色的運動衣，在清一色穿著紅襯衫的男人中尤其突出。這種對比是刻意為之的。事實上，這在視覺上一直重覆著，當克莉絲造訪受害人的鎮上時，她又被一堆男人團團圍住，每一個都直盯著她。她在男性主導的競技場裡備受孤立。在萊克特囚房裡的玻璃牆、在他位於孟斐斯（Memphis）的牢獄，乃至在幽暗地牢裡的高潮場景，都加強說明了這一點。此外，我們還看到別的細節，包括：在 F B I 受訓時，她得拿著沙袋，抵擋來自男同事一拳又一拳的攻擊；有一次，她跟室友出門跑步，一堆男人從另一邊跑過來，還轉身在背後色迷迷地盯著她們。在片中，克莉絲幾乎必須忍受來自每一個男人的挑逗、傲慢和騷擾——奇頓醫生本來要去接她，但她解釋說她還有工作要做時，他勃然大怒，堅持她要以她的外表誘惑萊克特；萊克特則想知道克勞福特是否把她當性幻想對象；當克莉絲在監獄裡時，米格斯（Miggs）一開始便視她如物件，在她準備離開時，更把自己的精液往她身上丟；當她在研究鬼臉天蛾時，又來了一名書呆子語源學家，想約她出去。最後，在高潮場景，克莉絲在漆黑一片中面對水牛比爾，他戴上綠色夜視鏡看她，差點撞上她的頭髮和她的臉蛋。關於綠色，這顏色在傳統上不單止象徵重生和豐饒，更表示嫉妒和羨慕，嫉妒心，英文稱為「green-eyed monster」（綠頭怪物），用在這裡是很恰當的，因為水牛比爾正要殺害的這個女人，也是他嫉妒的對象。結尾是，克莉絲在沒有得到任何男性的幫助下殺死了他。在一連串緊張片段之後，是一個紙風鈴在轉動的特寫，它的蝴蝶造型，再加上後面的ＦＢＩ結業場景，都是對於「轉變」的象徵。片尾部分是萊克特轉變了（從牢獄出來，重獲自由之身），他自己也要來把奇頓博士這個馬屁精轉變一下（從活人變成屍體大餐）。

這種種細節，其實不必然要包含在ＦＢＩ學員的緝兇故事裡。但它們卻為這有力的故事加強深度，圍繞著某個普遍的主題不斷迴響，所以才能讓一部平平無奇的驚悚片一舉成名，奪得奧斯卡的經典殊榮。

在上面，你看到除了奇特概念以外，還需要搭配有意義的主題，按照你的意願在故事中表現出來。現在，你還需要創造你的角色，讓讀者跟他自己連結起來，感同身受。我們就來看看角色……

35 〔譯註〕即電影《唐人街》的編劇。

5

角　色

抓緊同理心

「整件事的關鍵，就在於必須讓他們對某人關心起來。」

——法蘭克・卡普拉（Frank Capra）

無庸置疑，對說故事這件事來說，角色是最重要的元素。沒有角色，也不會有故事。我們在乎的不是發生了什麼事，而是誰發生了什麼事。我們上電影院，就是要去看這些角色，看他們怎樣解決問題，怎樣滿足需要。我們之所以笑或哭，不是因為情節，而是角色。但很多寫作者太過執著於情節點（plot point）或結構上，反而忽略了棲息在故事裡頭的角色。他們是誰？他們經歷了什麼？有什麼變化？不管劇本是什麼類型，談論什麼主題，這些問題的答案都會為它帶來生命。角色是劇本的一切，假若你不理會角色，就會開始跟故事疏遠。

即使從市場觀點來看，塑造傑出的角色也很重要。你的劇本能藉此吸納演藝人才，於是便增加案子的通過機會，讓劇本進入製作階段。此外，劇本有好角色就會好賣，因為製片場都想為明星找角色。

你必須知道的基本原則

關於角色刻畫（character development），其中一個最有名的模型是我們所謂的「科學怪人法」，這方法需要靠我們把角色表上的答案逐一縫合起來。假如採用這方法，你就要拿起角色表，先坐下來，把外表、社會和心理的欄位好好填一下。這角色年紀多大？身材怎樣？職業是什麼？他喜歡和厭惡的東西分別是什麼？名字，有。出生地，有。嗜好，有。

雖然這方法沒什麼不對，但它經常沒辦法有效轉換到劇本上。當然，如果是從零開始的話，這方法還是有用的，它可以幫你創造角色，更了解他們，有利於設計場景。但這方法不一定能讓我們更在乎他們或對他們產生同理心，而這一點卻正是抓住審稿員，吸引他從頭看到尾的關鍵。

身為編劇，我們必須把焦點放在角色的情感連結上。但我們卻可以不依靠角色表來做到這一步，詳情如何，我們將在本章稍後的「手藝」一節再作探討。現在，我首先介紹另一個更簡單的辦法，讓我們可以從零開始建立角色。當然，我們必須先建立好角色，才能讓他躍然紙上，並且跟讀者產生連結。「科學怪人法」是有用，但太嚕嗦了。大部分專業劇作家的工作是有期限的，他們只會集中處理角色的某些要素。好好回答下列五個簡單問題，你便能跟他們一樣，為自己創造出一個穩固的角色。

建立角色的五個關鍵問題

回答這五個問題，便會具備能發展出好故事的種子。我們下面就來逐一詳細探討：

①誰是我的主角？（類型、特徵、價值、缺陷）

第一步，搞清楚主角是誰。假使你不知道要寫關於誰的故事，那麼就設想一位角色，他在你故事中過得很苦，感受和苦惱最多，所以也必須從故事中學習最多，如果順利的話，情形在最後會有所改變；或者設想一位角色，讓我們從他眼裡感受到整個故事。

◆ 四種主角類型，以及各自對應的情感

假設你發現了主角，接下來就要想想，他會屬於下列四種類型中的哪一種——英雄、凡人、弱勢，還是遊魂。每一種都會自動產生相應的同理心，要小心選好。

英雄是比讀者優越的人，他會令人產生敬佩。他們並非完美，但他們對自己的能力充滿自信，行動起來絕不猶豫。他們不會自我懷疑，鮮少搖擺不定。我們不會視自己如他們，我們只會幻想自己像他們的樣子。他們讓我們淺嘗這可能的滋味。比如超級英雄，像超人、蜘蛛人（他的另一面卻是凡人）、印第安那．瓊斯、詹姆士．龐德以及夏洛克．福爾摩斯……等等。

凡人跟讀者平起平坐。這便能產生共鳴，因為我們在他們身上看到自己，從而視他們如自己，對他們的渴望、需要感同身受。這一類角色都在努力克服懷疑、限制和障礙。阿爾弗雷德．希區考克以創造這類角色成名，他們都是不平凡環境中的平凡人。其他例子包括：《終極警探》裡的麥克連（McClane）、《體熱》裡的拉辛（Racine）、《熱情如火》裡的喬（Joe）跟傑瑞（Jerry），以及《E．T．外星人》裡的艾略特（Elliott）。假使你要把主角營造成凡人，最好確定他有些與別不同或複雜的地方。

弱勢的角色比讀者低一級。他們是不可能成功的英雄。形勢對他們不利。他們被敵對勢力壓制，被人欺負。所以，隨著故事發展，我們會想要保護、幫忙或安慰他們。弱勢型的主角很吸引人，因為我們從他身上得到三種感受——首先是同情他們沒有自尊心又沒有成功的條件，包括一切身體、情感、社會資源，甚至身心也有障礙；然後，因為他們努力克服困難，想要支配自己的生

命，我們便對他們的決心表示欽佩；最後，因為他們成功的機會多麼渺茫，形勢對他們相當不利，所以產生一種懸念——這個人能搞定嗎？如果能，他又是怎麼搞的？這一類的例子有很多，包括：《洛基》、《阿甘正傳》、《功夫夢》、《撫養亞歷桑納》（Raising Arizona）、《象人》（The Elephant Man）、《我的左腳》（My Left Foot），以及《魔鬼終結者》裡的莎拉．康納（Sarah Connor）。

遊魂，或稱為「反英雄」，這一類角色跟讀者相反——他做錯抉擇，誤入歧途。他的道德有缺失，代表人性黑暗的一面。這類角色相當引人入勝，因為我們都想看看黑暗面。或許，我們會略帶不安地暗暗敬佩他們，讚賞他們有做壞人的勇氣，大膽挑戰既定道德。正因如此，演員飾演有缺陷的角色、甚至壞蛋以後，經常亦承認自己樂在其中。這些人不得人心，所以要跟他們形成重大連結的話，讀者便必須了解他們，欣賞在他們身上的某些特質——可能是他們的聰明，或動機，或因為他們沒選擇餘地，或甚至是他們身上罕見的價值，像是對家庭的忠誠《教父》、對別人的照料《午夜牛郎》、或激情《阿瑪迪斯》。此外，遊魂型的例子還有：《我倆沒有明天》、《蠻牛》、《大國民》和《計程車司機》。

◆ 特徵

一旦確定好主角類型，接下來就是給他一些特徵。多少都沒關係，但一定要超過一個。如果一個人太膚淺，那也很難對他有什麼感覺。現實世界的人是多層次的——無論在情感、心理或理智上都是這樣。角色如果只有一、兩個特徵，那跟火柴人就沒大差別。大多數的主角都有為數不少的特質，最好由一大堆正面、中性、負面特徵混合而成。角色全好或全壞都不可信，而且也不會有趣。

◆價值

寫作新手的通病之一，就是所有角色的樣子、舉止都一樣。個體性是解決這問題的關鍵。每一個角色都應該有各自的觀點、信仰、態度，和價值，在他們的行為和對白中逐步顯露出來。好比說，在《華爾街》裡，哥頓・格哥（Gordon Gekko）對於金錢的態度是「貪心好啊」，這就是他和整個故事的推動力。

◆缺陷

雖然大部分的書跟研習課都建議你，主角要人見人愛，但這並不表示說他就要完美無瑕。人不是完美的。所以，讀者不會相信，更不會把自己視作這一類完美的角色。想想看，你怎樣看你的親人、情人或朋友吧。他們當然都很棒，你喜歡他們身上所有的優點。但他們怎麼也不會是完美的。他們有時候會把你氣到炸，但你還是愛他們。假如你都可以愛有缺陷的親人，讀者當然也可以愛一位不是十全十美的角色了。缺陷，可以是任何負面特徵，包括：恐懼、片面、怨恨、心靈創傷或其他情緒問題，這些都可以為角色增添色彩，使層面更豐富，使他們更像一個人。此外，還會為劇情加上緊張感，引起讀者的好奇心，想知道這角色最後怎樣克服缺陷，獲得成功。這些奮鬥情節往往能在故事中產生極其動人的時刻。

②他想要什麼？（慾望、目標）

慾望是驅動你劇本的力量。它是故事的脊柱，任何阻擋慾望的障礙都會形成衝突，繼而產生情感。任何故事都是關於人的渴望與需求。沒有目標，就沒有故事。雷・布萊伯利（Ray Bradbury）

（《華氏 4 5 1 度》（Farhenheit 451））便建議說：「首先，找出你主角的需求，然後跟著他就對了！」角色假如是無欲無求的話，那就很無聊。他漫無目的地遊蕩，審稿員看到膩了，便不得不把劇本扔到垃圾桶去。

只要角色認為重要，任何東西都可以成為他的目標，包括：解決衝突、作出決定、面對挑戰、解開秘密、克服障礙。但電影畢竟是視覺媒體，目標一定要夠明確、具體——我們要看到它怎樣完成，而且要夠迫切，才能驅動角色，令他突破情節裡頭的重重關卡。假使你看不見主角目標為何，或者他有太多目標，以致審稿員不清楚哪一個最重要，這樣的話，便會減弱你劇本的吸引力。

③他為什麼想要這樣？（需求、動機）

審稿員不單想知道角色想要什麼，更想知道他為什麼想要。任何行為都有其動機。動機是促進我們行動的心理力量，是每一個行為背後的「為什麼」。當審稿員搞懂某個角色為什麼有某種行為——不論是立即搞懂，還是最後才搞懂——這種滿足感是不言而喻的。

對角色來說，動機一開始就是他覺得有意義的事。它可以是任何的事，取決於角色的態度、信仰、感覺和需求，就像是：英雄救美（《終極警探》）、對抗體制（《絲克伍事件》（Silkwood）），或者為拯救自己而奮鬥（《大審判》或《殺無赦》）。重點是，動機要有強制性，這樣才值得同情。好比說，假如某個角色只為了貪錢去搶銀行，我們很難同情他。但如果他是為心愛的人付手術費，那就另作別論。就像在《熱天午後》（Dog Day Afternoon）裡，我們會代入角色，替他著想，即便我們不同意他的做法。

無疑，我們現正深入探討角色的心理。正因如此，想要從事劇作家這一行，就必須先當個孜孜不倦的學生，對人類行為作研究。如果你想快速了解人類需求和動機，不妨研究一下亞伯拉罕·馬斯洛（Abraham Maslow）的需求層次理論（Hierarchy of Needs）。依照心理學家馬斯洛的說法，驅動我們的，正是我們需要的東西，假如忽視這些需求的話，就會讓我們無法開心起來。這些需求包括：**存活與安全**（大多是為了拯救世界，同時也是大部分驚悚片或暑假強檔的動機）、**愛情**（愛情文藝喜劇或愛情片）、**歸屬**、**接納**，與**自尊心**（成長電影，或弱勢故事）、**對認識或理解的渴望**（懸疑片）等等。

我們必須知道，絕大多數情形下，慾望跟需求是不一樣的。我們心裡想要什麼，不一定就是我們真的需要什麼。就好像，某個角色可能想要報仇。但事實上，他可能是需要治療，需要從過去的傷痛中走出來。在《沈默的羔羊》中，克莉絲想從水牛比爾手上救人，但她真正需要的，卻是平撫她的過去，讓她那些羔羊安靜下來。

事實上，如果需求跟目標不一致，故事會變更有趣。設想某個角色在感受和志向之間左右為難。就像《熱情如火》裡，蘇嘉（Sugar）可以為錢而結婚，但便無法滿足她對愛情的渴求。在《愛在心裡口難開》（As Good As It Gets）裡，梅爾文（Melvin）需要愛，但又不願意跟人碰面。這些衝突帶來不少引人入勝的時刻，這些角色必須在目標和需要中間作抉擇，亦往往因此達致個人成長。傳統上，如果角色選擇的是目標，而非需要，那就是悲劇收場；但假如角色選擇的是需要，而非目標，就會有完美結局。

④假如他失敗呢？（高額押注）

審稿員了解角色的慾望和動機以後，接下來就想知道他的押注是什麼。所謂押注，就是角色可能得失的東西。假如他失敗，那便如何？假如他成功，又會變怎樣？這押注又可稱為「恐怖的抉擇」，意思是：如果主角沒有達成目標的話，後果會很可怕。那會是負面的後果。從而帶出跟押注相關的問題，如：你這角色有多想達成目標？他為此而準備了什麼？他願意為此冒上怎樣的風險？為了達成目標，這角色必須有足夠的熱情。假如他在故事裡絲毫不為得失所動，沒有奮力克服困難的想法，這樣的話，你也不用期待審稿員會在乎他了。在《101種習慣》裡，杰拉德・迪佩戈（《第三類奇蹟》、《超感應頻率》、《靈異拼圖》）說：「每次有人找我審稿，或者當我正在開發劇本時，我總是要問自己：『這裡的押注是什麼』？如果你看不見這一點，你最後便會失去觀眾。而且你不單需要知道押注，而且還要提高它，隨著故事發展，讓事情愈來愈困難。假使你已經來到故事中段，每個人還是一樣過好好的，沒有什麼衝突，那你還能期待觀眾代入其中嗎？」

得失可以是全面的，就是說，故事問題關係到世界或人群；但得失也可以是個人的，只牽涉到主角而已。比方，在《法櫃奇兵》裡，全面得失是納粹佔領世界，但對於印第安那・瓊斯，個人得失就是他自己和他愛人瑪麗安的生命。其實，如果牽涉到跟別人的關係，這些得失還會變得更有力一點。試想想，多少部好電影的高潮都牽涉到其他角色的命運，或者跟他直接相關，或者有間接關係——例如：《北非諜影》、《北西北》、《唐人街》……等等。

假如角色全無得失可言，審稿員便不會在乎你的主角是否能解決問題。他只會用理智讀稿，而不是在情感上參與其中。這些得失愈有感覺，審稿員就愈會在乎角色的動向，也愈會希望他們早日達成目標。假如角色沒有解決問題，卻沒有因此而輸掉一切，那麼你就還沒有找對故事。所以斯坦利．艾肯才說：「我會寫的，都是些走投無路的人。」

這就提醒了我們，關於角色行為很重要的一點：主角必須主動，而非被動。審稿員通常不愛被動的角色，不喜歡他們只對事情作反應。試想像一個菜鳥版的《絕命追殺令》：金波醫生（Dr. Kimble）只是對杰拉德（Gerard）作反應，一味逃避追捕，而非主動去尋找獨臂人，證明自己的清白。這樣子就是一般的亡命戲而已——沒有那麼的吸引人。審稿員都愛主動的角色，喜歡做事的人，喜歡看他們推進行動，而非對其他角色或事件產生反應。看一下《沈默的羔羊》，在電影裡，漢尼拔．萊克特雖然大部分時間身陷囹圄，卻是出奇地主動：他不停探索、操縱，敦促克莉絲面對過去，甚至也協助她尋找水牛比爾。你的角色不一定要經常採取主動，但應該要解決故事裡的問題。就像《北西北》裡的羅傑．桑希爾（Roger Thornhill），他一開始因被誤認為間諜而作出反應，但後來卻掌握事情的來龍去脈，不但查明真相，最後還救了伊芙（Eve）一命。

⑤他如何產生變化？（角色弧線）

我們最後一片拼圖是角色弧線，意思是：從頭到尾，他情感上有何變化？雖然這不是絕對必要（就像在偵探或間諜驚悚片裡，角色都沒啥變化），但你最好還是讓主角經歷一些轉變吧。這些轉變往往不外乎是滿足精神需要或克服缺陷，讓自己振作起來，達成目標。它可以是身體上的轉變，也可以是在行為上、心理上或情感上產生變化。傳統上是治療心理創傷；意識到過去的思考或行為模式對別人造成傷害；實踐個人潛能；或上了重要一課，角色的人生得以進步。為改變而奮鬥，這一點可以為劇本增加力道、意義，以及令人振奮的感受。所以，經理常在開發會議裡談到角色弧線——這故事裡的角色弧線怎樣？會太軟或太窄嗎？會太誇張嗎？或太隱秘？會不會發生得太快，令人難以置信？要不要放慢一點，真實一點？

手藝：跟角色有所關連

回答上面五個問題，創造出一位主角，這已經為你的劇本開發邁出了重大的一步。但這角色卻不一定會立刻變得逼真，從而得到審稿員的關心。這裡是大部分新手止步的地方，因為大部分的參考書教人寫角色，也就是停在這一點上。我們可以想想，所謂角色，其實不過是紙上的幾個字，或一個名字、一句描述、一些動作，以及對白。要如何讓他跳出來，跟審稿員打照面，難就難在這一點。想讓審稿員產生情緒反應，你只需在紙上一一顯示角色的特徵、缺陷、慾望、動機、押注，和弧線。想讓他產生你心目中的情緒反應——換言之，讓他對主角產生同情，而對反派產生恨意——那麼你就必須使審稿員跟角色有所關連。在本節裡，我們就來探討這兩大重點：作者如何在紙上呈現角色；讀者如何跟角色產生情感連結。

角色披露和轉變

劇本寫作的藝術，就是關於角色披露。「角色要從紙上跳出來」——當被問到想找到怎樣的劇本時，這就是大部分演員、經紀和製片人的答案。

角色鋪陳（讓人看，不要講）

到底該用什麼刺激手法來披露角色，這是編劇的一大挑戰。寫作（尤其是寫劇本）的終極法則是：「讓人看，不要講。」從五個問題界定好一個角色，這當然有用，但只要讀者沒看到他在一連串行為與對白中被戲劇化，那還是無補於事。

身為寫作者，你的工作就是創造事件，好讓讀者從某個角色的行為和對白中有所感受，而不是告訴他這角色覺得如何。你要創造眼前的抉擇，從而透露角色的思緒，而不是讓這角色告訴你他在想什麼，否則就太直白了（詳見第十章）。例如，在《計程車司機》中，編劇保羅．施拉德（Paul Schrader）不會跟我們說崔維斯．拜寇（Travis Bickle）精神錯亂，跟社會有多脫節，而是藉由鏡子，或「你在跟我講話嗎？」的場景發揮出來。

所以訣竅是，讓人看到你認為角色在故事裡頭最重要的東西。很多專業編劇會用「兩欄策略」。首先，他們在紙上畫兩個欄位。第一欄標示「關於這位角色，我知道些什麼」，然後把角色的主要特徵列進去。第二欄是「我用什麼場景，怎樣把它展示出來」，就是他們把這些特徵編成戲劇的方法。這些場景具有原創性，是寫作者匠心獨運的地方。比方說，他們可能在第一欄寫「節儉」，在第二欄寫「他清洗紙盤，把用過的紙餐巾重新折好。」他的節儉便從動作中表現出來。編劇最常用行動來呈現角色，但這卻不是唯一的方法。

在字裡行間呈現角色的六種方法

① 描述與名字

這兩項工具雖然簡單，卻常常為新手所忽視。他們愛把名字跟年紀、一般外貌等東西放在一起，像是「約翰．斯密（John Smith），三十歲，俊俏。」但這做法既平淡又呆板，甚至老套，很難讓角色在審稿員心裡留有獨特印象。審稿員都想探索角色的內心世界，想知道他的人格特質，而單單一句「俊俏」等於什麼都沒說。其實只要多費一點功夫，就可以做得更好。注意一下，在《美國心玫瑰情》裡，艾倫．鮑爾（Alan Ball）是怎樣描寫角色的：「這位是瑞奇．菲茨（Ricky Fitts）。他只有18歲，但雙眼看起來卻老態龍鍾。在他鎮靜的外表底下，潛藏著某些傷痛……甚至危險。」從短短幾句有意思的話，我們便清楚知道瑞奇的外表、人格和內心衝突。

我們也不能輕視名字。它們能喚起感覺，這是我們常常沒有想到的。比方說，想像你自己被安排相親。如果你是男人，你會想跟哪一位約會？是海德（Heather）[36]還是葛簇特（Gertrude）？假如你是女人，妳又會想跟哪一位共進晚餐？是赫伯特（Herbert）還是理查德（Richard）？這例子有點白痴，但至少你大概知道我想說什麼了吧。要小心取名字。除了翻電話簿，還有很多命名大全和網站，讓你找好名字和認識它們的意義。我們會在第九章討論角色的描述。

②反差

反差是另一種呈現角色的技巧，藉著比較兩樣東西，從中顯示差別，是效果非常好的做法。比如說，如果你想在一幅畫裡展示藍色，你會在旁邊放上橘色或其他顏色，以作區別。同理，要顯示某個人的感覺，你可以讓其他感覺不一樣的人圍繞著他。假使你想讓人知道角色內心的悲傷或寂寞，你只需要把開心、愛交際的人放在他身邊，審稿員一眼就會看出差別。反差這方法相當有效，所以你會看到我經常提起它。反差其實是另一種形式的衝突，因為它通常意味著跟某些東西作對，從而讓角色浮上表面，使輪廓更鮮明。有了反差，你就會看得更清楚。你會明白是怎麼一回事。正因如此，大部分戲劇都包含相反價值，例如：善與惡、貧與富、公德與私心。反差使兩方面都得到解釋，有助於闡明旨趣，也就是我前文提到的主題反差。但我們這裡只談呈現角色。下列三種方式都是以反差帶出角色，分別是：自我反差、角色反差、環境反差。

自我反差——你可以在此表達角色的內心衝突，包括：相反的特徵、缺陷、慾望、需求和感覺，彼此產生矛盾，從而勾起審稿員的興趣。威廉．福克納曾說過：「唯一值得一寫的，是人類內心矛盾的題目。」在《北非諜影》裡，我們看到瑞克的內心掙扎：到底是要捲進事件裡，還是應該置身事外？

角色反差——在搭檔戲或所謂的冤家戲裡，這是最常用到的策略。例如：《48小時》、《致命武器》、《尖峰時刻》（Rush Hour），甚至某些經典電影，如：《天生冤家》、《末路狂花》、《非洲皇后》等等。兩位角色在對比之下，人格便被突顯出來。假如對比的成分更多，故事就會更有味道，例如：不同的志向、動機、背景、目標、態度和價值……等等。假如他們被迫保持關係，那就會更有趣，就像《致命武器》、《48小時》以及《天生冤家》那樣。

環境反差——在談概念那一章裡，你已經看到「如魚失水」的策略可以造成角色和環境反差，有效地創造有感染力的故事。用在角色呈現，這策略亦同樣奏效。試想，如果懦夫被安置在槍林彈雨之中，他膽小的一面就會原形畢露。同理，緬腆的女人出現在男生聯誼會上，無知的男人參加門薩俱樂部，都會收到一樣的效果。在《雨人》（Rain Man）中，雷蒙．巴比特（Raymond Babbitt）的大部分性情也是隨著他離開療養院，跟外界接觸而逐漸披露的。說到呈現角色，反差這一招的確很好用。

③ 其他角色

很少電影只有一個角色，你的主角因此很難避免要跟別的角色互動，或者，即便他離群索居，至少也必須被其他角色所認識。要用配角呈現角色，有兩種方法：其他人談起他，或經由交往或交談而受他影響。

其他人談起他（閒聊）——《沈默的羔羊》是絕佳例子。在電影的開頭段落，克勞福特便警告克莉絲在監獄跟萊克特會面要小心，漢尼拔．萊克特的角色就是這樣建立起來的。奇頓博士隨後採取的安全措施，又進一步肯定了這位精神病人的危險性。這一切做起來多麼駕輕就熟，而且我們連萊克特都還沒看到呢。類似的，在《北非諜影》裡，我們聽雷諾（Renault）談起拉茲羅（Laszlo）和他的神秘女郎，但這兩個人也是我們還沒看過的。他同時交待了瑞克的一些背景，他說：「瑞克啊瑞克，我真懷疑你一副憤世嫉俗的外表底下，心底裡其實是多愁善感的……你要笑就笑吧，只是我恰好知道你的底細。就說其中兩件吧。1935年，你運槍械去衣索匹亞。1936年，你在西班牙打拔，反對佛朗哥。」這句話如果出自瑞克自己之口，那就太突兀了。利用別的角色來揭露資訊，效果會更好。這技巧同時可增加讀者的好奇心，想進一步了解這位不在場的角色。在人人都談論他，或受他影響的時候，我們愈是看不到他，就愈會好奇；到了終於碰到他，就會把更多注意力放在他身上。這技巧對反派尤其有用，他不在場，反而引起讀者的懸念，令人期望早日遇見他。對於圍繞主角身邊作陪襯的配角，這一招同樣可行。例如，在電視劇《歡樂一家親》（Frasier）裡，奈爾斯．克雷（Niles Crane）的前妻瑪麗斯（Maris）雖遲遲沒有露面，但大家都已經談起她，跟她在電話上有過互動，對她作出過反應了。

其他人受他影響（關係）——我們也可以運用其他角色受主角影響，間接傳達關於主角的資訊。譬如《愛在心裡口難開》利用一開始的鏡頭，讓笑容可掬的老太太在走廊經過，但一看到梅爾文就覺得反胃，角色於是便建立起來。同樣，在《教父》裡，[37]堂．柯里昂（Don Corleone）不用做什麼或說什麼，我們從周遭角色的反應就知道他為人如何。從他們的緊張、害怕、敬意與尊重，我們就懂了。事實上，要呈現一位角色，最有趣的做法是探索他跟別人的關係。在《101種習慣》裡，史考特．羅森堡〔《空中監獄》、《驚天動地60秒》、《美麗佳人》（Beautiful Girls）〕曾說過：

「我必須多花心思在角色身上。對我來說，《終極警探》之所以是最棒的動作片，不是因為那一堆爛爆炸，而是他們每次把鏡頭切回到邦尼．貝德莉亞（Bonnie Bedelia）臉上時，我們就知道他丈夫多麼拼了命去救她。我在乎的，正是這兩位角色之間的連結。另一部電影《48小時》也一樣讓你在乎角色的關係。至於其他人，我才不管呢。我討厭像《ＩＤ4星際終結者》（Independence Day）、《哥吉拉》（Godzilla）和《火山爆發》（Volcano）那樣的電影。我才不在乎你技術上做了什麼。假使我不在乎角色，那我什麼也不在乎了。就這樣。」關係是劇本的靈魂。你的角色如何在生活中跟別人關連起來？這些人可以是他老婆、朋友、親戚，甚至死對頭。每一個角色都是你呈現主角的一個機會。

④ 對白

第四種呈現角色的方式是藉助對話。這是最有效的做法，卻也是新手最沒辦法發揮的。這也難怪。精彩對白的設計並不簡單，它的確是劇本寫作中最棘手的部分。除了需要考慮到角色界定的問題，我們一般來說還要避免對白太過生硬、說教或是直白。對白可以間接且有效地呈現角色，讓人看，而不要講；藉著描述或閒聊，讓觀眾自己去摸索。比方說，寥寥數語，你就可以把角色的背景、教育、職業、人格、態度、心情和情緒交待妥當。但更重要的是，對白可以讓你運用角色個人的聲音，彰顯他自己的個性。《洛基》是其中一個好例子，主角是在自己的對白中被清楚界定的。他屬於勞工階級，沒受過正規教育，也沒有正常職業，這一切都從他講話的口氣透露出來。他會縮短句子（「你講啥呀？」），後面還會加一句「你懂我意思吧？」隨便選一位你喜愛的角色，都有可能用他自己的話來界定他的個性。關於對白，我們稍後在第十章再作進一步探討。

⑤行動、反應，和決定

正如角色可以因為他們說什麼或不說什麼而得以呈現，當然也可以藉助他們的行為和反應來達到這目標。他們做什麼，不做什麼？他們對什麼有感覺，對什麼沒感覺？他們表明什麼，隱藏什麼？在相同環境下，不同的角色會有不同的反應。想像一下，你發現有人想殺你。假如你是《熱情如火》的喬或傑瑞，你就會嚇個半死，假扮女裝混進女子樂隊裡。假如你是《教父》的麥可・柯里昂，你就會防患於未然，先把你的死對頭做掉。然後，假如你是《北西北》的羅傑・桑希爾，你便會困惑不解，決定搞清楚為什麼身分會被掉換。羅伯特・麥基說：「經由壓力下的反應，我們便能知道一個人的深刻性格。」所以，呈現角色的其中一種最有效的方式，就是把角色安置在充滿感情矛盾的地方，看他作出什麼反應。如此一來，你便能做到讓人看，但不講，讓人看到這角色是誰，而且更重要的是，讓人看到他的感覺。在一次訪談中，演員班・金斯利（Ben Kingsley）曾說過，角色之中讓他最著迷的，是他們無可避免的行為（inevitability）——「每個人都有自己的極限。當一個角色被推到極限時，他便無可避免地作出某種反應。除非你能把一個人逼到牆角，把他逼到走投無路，否則你根本無法搞懂他。這就是戲劇的精粹所在。」所以說，你要把角色逼到極限，讓他們的生活陷入危機，讓他們的飯碗快保不住，讓他們只披著一條毛巾，被鎖在家門外，你要知道他們的反應是什麼。這一招對反派也有用。把他們逼到極限，他們最想要的東西，偏偏不讓他們得到，讓他們心生不忿，怒火中燒，把他們推到爆發的邊緣。

我們都聽過，**行動**比說話更有力，它能讓我們看穿角色的心境。比方說，某個角色勃然大怒，便摔椅子，把鏡子打破；如果他情意綿綿，就會把心愛的人輕輕地抱在身邊。在《唐人街》裡，傑克．吉斯為庫爾利（Curly）倒廉價酒，把好東西留給有錢的客人，他小氣的性格由此可見一斑。這些不經意的舉動，經常是發自內心的時刻（moment），受到角色的動機、態度，以及情緒所推動。正因它們能讓人看清角色的性格，比起使用描述和對白，更能有效地反映角色的重要特質。

你也可以藉由角色在壓力下**不做什麼**來呈現他。比如，在《狂沙十萬里》（Once Upon a Time in the West）這部經典的史詩式西部片裡，口琴人（Harmonica Man）想殺反派法蘭克（Frank），但始終沒告訴他原因，直至法蘭克快要死時才知道他動機為何。即便在不少場景裡有多次下手的機會，他都強忍下來。口琴人的自我節制，讓我們知道很多關於他的事，比多少行對白都要強。他知道自己想要什麼，知道他自己想要怎樣把事情完成；而且看到他全程忍耐，直至連法蘭克本身也感到無比挫折，這時候我們更能充分了解這一點。

你也可以讓角色面臨**兩難**，讓他作出抉擇，這樣呈現角色的方式也很有效。先設計一個處境，讓角色從同樣有吸引力的選項中作選擇，或兩害相權取其輕——反正，就是兩個矛盾、扭轉命運的目標，人生路上的交岔口。在《駭客任務》裡，特工史密斯（Agent Smith）來逮捕尼歐（Neo），尼歐因為害怕而不相信莫菲斯（Morpheus）的忠告，沒有從大樓跳下去。他們後來又相遇，莫菲斯這一次給他選藍色或紅色的藥丸——不是選擇忘掉一切，就是繼續冒險，追尋真相。尼歐選了紅色藥丸，這選擇為我們進一步揭示了他的性格，他的勇氣亦從而嶄露頭角。

秘密也是界定角色的方法之一。角色會選擇守密或孤注一擲，將秘密公諸於世。其中一個好例子是《唐人街》的艾弗琳。在片子裡，她從頭到尾的每一個選擇、反應，都跟她所隱瞞的秘密有關。

⑥ 習性、象徵，和小道具

它們的作用就像是角色的某一刻，只需添加一點點細節，便能向我們充分展現角色。這裡所說的**習性**、**怪癖**或**習慣**，就像《教父》的開頭場景，堂．柯里昂在搔他的貓；或在《午夜狂奔》（Midnight Run）裡，傑克．華許（Jack Walsh）不停看錶；或在《宋飛正傳》（Seinfeld）裡，克拉瑪（Kramer）一次又一次地開門走進宋飛家的樣子。至於**嗜好**和**興趣**，就像《歡樂酒店》（Cheers）裡薩姆．馬龍（Sam Malone）重女色；《駭客任務》的尼歐愛入侵電腦；在《沈默的羔羊》，漢尼拔．萊克特嗜吃人肉。**小道具**的話，有哥倫坡（Columbo）的雨衣、科亞克（Kojak）的棒棒糖、印第安那．瓊斯的皮鞭、格魯喬．馬克斯（Groucho Marx）的雪茄……等等。這些小東西不僅對角色來說有意義，也把他們跟其他角色區別開來。習性也能反映角色的內心情感，就像《粉紅豹》（Pink Panther）系列裡的德雷福斯探長（Inspector Dreyfuss），每當他想起他的剋星克魯索探長（Inspector Clouseau）時都會眼皮跳。或者像《收播新聞》裡珍．克雷格（Jane Craig）的哭泣。**象徵**或**影像**對於角色呈現也相當有用，情形就像**顏色**（就像以往的西部片裡，英雄戴白帽，反派戴黑帽，這老套在《星際大戰》再次被派上用場，路克（Luke）穿白色，達斯．維達（Darth Vader）穿黑色，而且收到不錯的效果）、照片、獎牌和文憑一樣，讓讀者進一步了解他們。

跟角色關連起來

你已經有效地創造了角色，並且在字裡行間把他們的獨特性顯示出來。但為了吸引審稿員的注意，讓他從頭看到尾，關鍵還是在於他是否喜歡你的主角，是否對他有所在乎，並且加以代入、關連、結合和同情。你不可能選擇情感中立，尤其是牽涉到主角和死對頭的時候。但大部分的角色刻畫教學都停在這裡——停留在建立或呈現的階段，對於如何讓審稿員在乎主角，新手只能誤打誤撞，自行摸索。在下面幾節，你將會學到這方面的技巧。

吸引審稿員的注意

審稿員形容他們對劇本的感覺，通常會說：「我差點代入了那個角色」，或者：「劇本有夠糟的，我根本無法代入任何角色。」他們說沒辦法代入任何人，意思是：他們根本不在意那些角色到底發生什麼事。假使他們根本不在乎角色，不關心他們做什麼、發生了什麼，當然也不管情節怎樣發展下去，那你又如何從頭到尾把他們吸引住呢？你都不在乎某件事了，還會用心注意它嗎？換言之，只要能讓審稿員代入到某個角色，他不單會產生情感結合，眼睛還會盯著劇本，一頁一頁翻下去。角色的歷程相當於他自己的經歷，他當然會熱衷跟進故事發展，也會愈看愈有趣。

連結角色的三種方法

為了讓寫作者有更清楚的理解，知道他手頭上能用的戲劇技巧是什麼，我把方法區分成三種，同時把相應的情緒反應放進括弧裡。它們分別是：

- 認識（理解與同理心）
- 著迷（興趣）
- 神秘（好奇、期盼和緊張）

①認識（理解與同理心）

還記得你刻畫主角時回答的五個關鍵問題嗎？角色的一切特徵、態度、缺陷、動機和需求，都是審稿員所必須認識和理解的，這樣才能讓他代入到那位角色身上。我們的天性傾向於喜歡像自己的人，對於不像的，則通常會害怕或懷疑。因此我們可以代入的，是那些跟我們分享一樣價值、觀點和態度的角色。當我們看見自己的希望與奮鬥，看見我們具備或期望具備的特質，便能從他們身上認出我們自己的人性，並因此產生共鳴。這時候，一段惺惺相惜的連結產生於讀者和角色之間，我們稱之為同理心。

同理心，就是跟角色感同身受，分享和理解他們的處境、感受和動機。我們理解他們的的困難，我們希望他們成功，我們也想追隨他們的歷程，直到他們得償所願。所以審稿員甚至可以理解有缺陷的角色，即使他做壞事也沒關係，只要是出於某個明確的動機就好。審稿員會不自覺地想：「我懂他。換著是我，我也會做一樣的事。」

很多寫作者都誤解了，同理心不是指同情。同理心是代入某個角色的先決條件，同情卻是指喜歡和支持他。我們前面談到創造有缺陷的角色時，也看到不少電影史上最傑出的角色，所以顯然同情並不是必要的。我們在意某個角色的目標為何，卻不一定要喜歡他，但我們至少要對角色有興趣，才可能在字裡行間跟他產生連結。我們或許想起《愛在心裡口難開》裡的梅爾文．尤德爾（Melvin Udall）、《殺無赦》裡的威廉．孟尼（William Munny），以及《沈默的羔羊》裡的漢尼拔．萊克特等人，他們都有缺陷、不討喜，卻非常有趣。我們可以說得更嚴重一些，其實我們只需要從角色身上認出我們自己的動作、慾望和情感，就有辦法跟他們連結起來。我們來看一下動畫片是怎樣成功的，例如：《海底總動員》、《玩具總動員》（Toy Story）、《獅子王》（The Lion King）、《小鹿斑比》（Bambi），或者以動物為主角的劇情片，例如：《靈犬萊西》（Lassie）、《我不笨，我有話要說》（Babe）。我們之所以會代入牠們，是因為我們從牠們身上認出自己的特徵、希望、態度、動作和動機。

同樣，只要認出角色的情感，我們便能跟他們產生深刻連結。比如說，假使我們看到有人受苦，我們就會感到難過。他們開心的話，我們也會快樂。情感是普遍的，即使是不一樣的人都可以因此連結起來。所以，連結的關鍵乃在於創造某些事件或經驗，讓角色產生為人熟悉的情感。不要跟我們說角色有什麼什麼感覺。請以戲劇化的手法呈現出來，我們就能代入角色，感受他們的經歷。簡言之，我們在字裡行間看見某個角色；我們辨認出這裡表達的經驗和情感；我們支持這些情感，因為我們理解個中原因；然後，我們便對他感同身受。這就是我們跟角色之間的連結過程。

②著迷（興趣）

我們天生就會被不一樣的東西所吸引，鍾情於獨特的事物；任何東西，只要能勾起我們的好奇心，或使某個角色格外迷人，都是用來維持讀者興趣的有效辦法。

奇特性——正因我們會被不一樣的東西所吸引，喜歡不尋常、奇特的事物，你要不斷問自己：「我要怎樣塑造這個角色，使他別具一格，跟以前的電影和印刷品都不一樣？」這就不僅是找個特別的方法，把各種特徵組合起來那麼簡單了。我們也要把焦點放在**價值**上，替角色想想他生命中重視的是什麼，例如：自由、安全、家庭、冒險……等等；還要考慮**態度**，他對周遭世界有什麼意見和觀點；還有他的**主要興趣**，或許是某一個議題、衝動或一種強烈的使命感，驅使著你的角色，就像在《體熱》裡拉辛的熱情，或《梅爾吉勃遜之英雄本色》裡華萊士（Wallace）對於自由的奉獻；最後還要考慮**細節**，那些使人獨一無二的小東西，同時也會帶給他真實的生命，就像在《公寓春光》裡，巴斯達（Baxter）用網球拍來濾意大利麵，在《當哈利碰上莎莉》裡，哈利先讀推理小說的最後一頁，再來讀第一頁。你可以不斷去為角色增添潤色，藉此維持讀者的好奇心、驚喜以及興趣。

矛盾——要創作複雜、動人的角色，另一個辦法是製造衝突，使他們自我矛盾。你可以把**矛盾**

的特徵放在角色身上，在同一個身體裡呈現不同側面，最好是彼此對立。喬・埃澤特哈斯（Joe Eszterhas）〔《第六感追緝令》、《刀鋒邊緣》（Jagged Edge）、《父女情》（The Music Box）〕曾說過：「我喜歡看到角色陰沈的一面。我喜歡角色在他唯一的表面底下，還有一層又一層的面貌。我喜歡複雜。我喜歡人格的多重面貌為人帶來驚喜。我喜歡角色裡頭的驚喜，還有矛盾。」所以要做到出其不意，在同一個角色裡製造反差，就像惡棍也會喜歡小鳥，或慈善團體裡充滿貪汙——當然，這些都是老套，但你的工作就是超越老套，獨自創造你自己的反差。不要把自己限定在正派的特質或價值。你可以把**需求跟渴望對立起來**，像在《愛在心裡口難開》裡，梅爾文需要愛，但卻討厭其他人；或者把**各種抱負對立起來**，像在《公寓春光》裡，巴斯達一方面面臨職涯晉升，另一方面是他對佛蘭（Fran）的愛，他必須從中作抉擇。一名角色身上愈多反差、愈多矛盾、愈多疑惑或猶豫，這角色就會愈迷人。角色的自我衝突也會增加劇本的情感力量，讓讀者牽涉在故事裡頭，難以自拔。

缺陷與問題——你已經知道為什麼不能把主角設計成完人，你也知道，缺陷會增加可信性，提高讀者的興趣。事實上，相較起來，角色的缺陷往往比他的長處更有趣，因為缺陷會產生衝突。讓專業船夫來撐船，一點刺激都沒有，沒有衝突、沒有情感。但假使他怕水呢？像《大白鯊》裡的布洛迪警長（Sheriff Brody），不習水性，那才好玩呢。在《法櫃奇兵》裡，勇猛過人的印第安那・瓊斯偏偏就怕蛇。在你能夠給予角色的種種缺陷當中，其中一種最有力的是**恐懼**，尤其是情感上的恐懼。它可以是對承諾的恐懼，或對成功的恐懼，或害怕自己做得不夠好，或害怕沒有人愛自己。這些恐懼通常關係著角色的轉變，因此我們會追隨他們的歷程，看他們如何改變或繼續一成不變。羅伯特．唐尼（《唐人街》、《最後行動》（The Last Detail））說：「一位編劇必須對角色提出的，也是唯一一個最重要的問題是：他們到底怕些什麼？要鑽進角色之中，這或許是唯一最好的辦法。從這裡可以說很多故事……加上一位真實的角色。在《唐人街》，傑克．吉斯最怕當傻瓜……而且會過度反應：『想騙過我，沒那麼簡單』。然後這會變成自我預言，而且真的實現了。他正好走到他自己最不想要的地方。他那麼害怕當傻瓜，以至於正因為這樣而應驗了。他曾經多麼不想被人家發號施令。」所以說，我們能使角色迷人的另一種辦法，就是藉助角色的缺陷，尤其是他的情感恐懼，使他退縮不前，令他難以靠近自己的目標。

主角不討喜——我前面就說過了，寫作者可以試著創造不討喜的角色，或顛覆傳統角色，這方法特別有用。比方說，歹徒擔綱主角，讓警察做他的敵人，就像在《熱天午後》或《城市英雄》（Falling Down）裡那樣。在這一類故事中，主角都是讀者心目中的反英雄。他或許不是那裡最好的人，但劇本裡最有趣的卻必定是他。

如果你處理的是罪犯英雄，你就要把「罪犯」和「英雄」這兩方面平衡一下。試想《計程車司機》裡的崔維斯．拜寇、奧利佛．史東（Oliver Stone）；在《疤面煞星》所描繪的東尼．莫塔納（Tony Montana）；《人魔》（Hannibal）裡的漢尼拔．萊克特，或《黑道家族》（The Sopranos）裡的東尼．索波諾（Tony Soprano）等角色——全都說不上討喜，或多麼受人欽佩，你絕不會想把他們當死黨。但他們每一個都很迷人，對我們來說都相當吸引，足以讓我們忍不住想站在安全距離觀察，看看他們後面要做什麼、說什麼。我們之所以能接受這些反英雄當主角，是因為他們的缺陷和邪惡的特徵恰好跟那些正面的、人性的趣味達成平衡。比方說，我們「在乎」漢尼拔．萊克特的原因，除了因為他這個人夠迷人，部分還因為他慘遭奇頓醫生折磨，使我們為他感到難過。雖然他精神有問題，他嗜食人肉，但他也受到不公平待遇。此外，他也展現出人性的一面，好比說，他樂於助人、聰明絕頂、魅力超群、妙趣橫生、老謀深算、學識淵博，這些都是「正面」的特質。所以，要化解主角「不討喜」的一面，就要創造一些對讀者來說有品德的角色，或者讓反派比主角更邪惡、更令人噁心。所謂品德，像是：力量、才智、勇氣、能耐、氣量、忠心等等，這些都是值得我們欽佩的人性特質。一旦我們看出某些角色具有品德，我們便會進入故事的道德系統裡，判定他們的所作所為也是道德的。正因如此，我們才會喜歡漢尼拔．萊克特，即便後來他繼續犯罪都沒關係。只要在壞蛋身上加入某些有吸引力的成分，品德跟邪惡之間便自然達到平衡，從而產生複雜和迷人的特性。

背景故事與幽靈——最後，我來介紹另一種容易讓讀者著迷的方法，就是：重述角色的過去或所謂的背景故事。它能增加劇本的質感和情感內容，但當然，前提是不能老套。這是主角在故事開始以前的歷史。背景故事可以包括：他從何處來、他如何長大、他的過去如何影響他現在的人格。例如在《北非諜影》裡，瑞克．布賴（Rick Blaine）過去在衣索匹亞走私槍械，是西班牙內戰的共和派，這些都是他的背景故事。現在正值二次大戰，他是卡薩布蘭卡一間夜店的老闆，他的態度、價值和人格都受到他過去的影響。

有人已經忍不住想問：為什麼我沒有提到他在巴黎跟伊露莎（Ilsa）的那段風流韻事？原因在於，這事件其實是屬於精神創傷，或所謂的「幽靈」。這是背景故事的一部分，但它對於角色現今生活的影響更為顯著。所謂幽靈，就是角色在過去受到某種具體創傷的影響，迄今依然揮之不去，形成他內心需求或角色弧線的一部分。對瑞奇來說，伊露莎對他不忠，他情感上受到傷害，造成他日後生活上的憤恨和孤寂感。幽靈經常牽涉到某一類創傷，就好像：被拋棄、被背叛，或一宗意外慘劇使角色傷殘或破相，或角色因為造成他人死亡而悔恨終身〔《巔峰戰士》（Cliffhanger）和《迷魂記》〕。或者是愛人的離世。基本上，它就是造成創傷的意外，形成某種失落感，或心理、情感上的傷口。在《凡夫俗子》裡，康拉德（Conrad）的幽靈就是在划船時發生意外，失去了哥哥，自己卻倖存下來。在《大國民》中，凱恩（Kane）的幽靈就是他小時候被帶離家裡，從此失去家庭溫暖，產生被遺棄感。背景故事和幽靈之不同之處，在於前者是塑造角色人格的原因，而後者是還沒癒合的傷口，在角色心裡縈繞不去，造成他的需求。這兩點，只要夠有趣的話，都能增添角色的情感複雜度，使他的特質更迷人。

③神秘（好奇和期待）

保持神秘，這是另一個有效的方法，讓讀者離不開你的角色。尼可拉斯・卡山（Nicholas Kazan）〔《親愛的！是誰讓我沈睡了》（Reversal of Fortune）、《墮落天使》（Fallen）〕就說過：「好角色都需要保持神秘。」他說的是情感上的神秘，像是：「這角色待會會做些什麼？」而不是說電影的類型，像是偵探故事那樣。神秘感可以吸引讀者注意，引起他的好奇和期待，這兩種情感對說故事來說是最重要的。這種關係到角色的神秘感，可區分成三部分，即：神秘的過去——角色的神秘往事，他的能力和秘密；神秘的現在——為什麼他的反應和行為這麼特別？以及神秘的未來——他碰到未來的處境時會作出什麼反應？角色以後會有什麼被揭露出來？他會在什麼時候、會怎樣為讀者帶來驚喜？

神秘的過去（能力和秘密）——這裡所謂的神秘過去，跟前一節我們談到的背景故事或幽靈之所以不一樣，當然只是取決於我們讓讀者知道的東西有多少。你是創造故事的人，你有權選擇透露什麼、隱藏什麼，從而製造出神秘感，在讀者心裡產生強烈興趣，勾起他的求知慾。在《北非諜影》裡，瑞克．布賴的角色之所以成功，原因之一是：我們只略約知道他有過不愉快的經歷，一直等到鏡頭閃回巴黎時，整件事才被和盤托出。我們對他的過去深感興趣，因為每當尤加特（Ugarte）和雷諾等人提出疑問時，都被他迴避和搪塞過去。他愈是這樣，便讓這些人和觀眾愈感興趣，甚至開始自行推測答案。此外，為加強角色的吸引力，我們也可以展現他某些**能力**，逐步揭露這些能力的神秘來源，把線索安排分配好，像是緩釋錠等藥物一樣。例如，在《奪命總動員》（The Long Kiss Goodnight）裡的薩曼莎（Samantha）、在《神鬼認證》（The Bourne Identity）裡的傑森．包恩（Jason Bourne），他們都不記得自己過去作為特務的身分，所以不僅讀者，連這些角色都想知道自己神秘能力的來源。此外，為角色保留一些**秘密**，這也是增加神秘感的好方法，令這角色更迷人——尤其是，當他誓死保守秘密，或當這秘密太令人尷尬、傷害性太大、太危險，所以難以公開。就像《唐人街》裡，艾弗琳．莫瑞（Evelyn Mulwray）便暗藏著見不得人的秘密。

神秘的現在——這是指：在現在的處境下，你可以為角色的行為和反應創造好奇心。比方說，某個角色可能怪裡怪氣的，可能對某些事特別敏感或迴避談論某些主題，這一切都會讓讀者想知道為什麼，或他到底隱瞞了什麼。同樣，其他角色也可能以奇怪的方式回應他，令讀者感到好奇：他們是否知道他什麼東西，是我們不知道的？

神秘的未來——知道角色的人格和態度後，便會好奇他未來在某個處境下的行為和反應，所以能進一步提高讀者的好奇心、期待和疑惑。正因為難以預料，讀者才離不開劇本，想知道這角色在其不什麼時候、會怎樣給他驚訝。**驚訝**可以是多方面的，包括對白、行為或反應，但至少要出意，而且跟角色的態度和渴望相吻合。角色的性情愈複雜愈迷人，便愈有機會為讀者帶來驚喜。其中一種做法，就是讓角色面臨強烈的**兩難**。亞里士多德在《詩學》裡表示：戲劇之所以能吸引觀眾，大多是因為包含著一個強烈的兩難，它能導致危機，迫使人作出抉擇、採取行動。換言之，讀者在情感上跟某個角色有所關連，正是由於他面臨著難以取捨的抉擇；他必定是出於某些強烈的理由，而不得不那樣做或擁有那樣的東西，然而基於同樣強烈的理由，卻偏偏不能遂其所願。兩邊都對，也可能兩邊都錯。擺在角色面前的是一個分岔路口，他被迫要選一邊，就好像：選擇愛情或責任、婚姻或前程、抱負或犧牲。如此一來，讀者在心裡就會產生好奇、期待和疑惑，他會異常興奮地等候這角色作出困難的決定。在《蘇菲的抉擇》中，蘇菲的兩難是她必須在兩個孩子中間選一個來救，另一個則不能留活口。這是相當有力的困境，以至於常有作家把不可能的兩難稱為「蘇菲的抉擇」。

如何瞬間提升對角色的興趣和同理心

在下一章你將會看到，讀劇本是一波波情緒的躍動——在角色這方面，則是沿著同理線（我在乎、我喜歡）或反對線（我不管、我討厭）而波動。這都是一瞬間的事情。我們是一群嚴厲又武斷的人。從角色出現在銀幕的那一秒鐘起，我們就對他產生了固定印象。他每說一句話、每做一件事都算數。所以，想喚起我們同理心的話，要多快都行。假使審稿員根本不在乎你的角色，從一開始到最後都不會在意他們，連故事說什麼都不想管。

一般來說，作家可以運用某些策略，讓讀者立刻代入到主角之中。因為這些策略有很多，我把它們分成三大類別：

- 我們在乎受害者，替角色感到難過
- 我們關心那些有人性、有品德的角色
- 我們喜歡角色具備可取的特質

受害者，替角色感到難過

我們生而為人，很難不對受害者表示同情和憐憫。所以，角色一旦成為受害人，讀者便會立即產生同理心，並且在辨識清楚所處環境和後續情感以後，便會設身處地地代入其中。我們有很多方式使角色成為受害人，下面是其中最有效的辦法。一如往常，到底是否要做到不落俗套，以新穎、原創的方式呈現這些技巧，都要看你自己。

◆無端受虐、不公和侮辱

讓人看到你的角色遭受不公平對待吧。包括：被人無理**取笑**〔《城市之光》裡的流浪漢（Tramp）、《小飛象》（Dumbo）〕；**受辱**、**被笑**、**受窘**〔《美國心玫瑰情》，妻子和女兒拿萊斯特（Lester）開玩笑〕；**被冷落**、應得的晉升機會**不被接受**〔《迷失的美國人》（Lost in America）、《上班女郎》（Working Girl）〕；或者隨便一種不公平的**歧視**，例如種族或性別歧視而造成**社會不公**〔《惡夜追緝令》（In the Heat of the Night）裡的提布斯（Tibbs）、《費城》裡的貝克特（Beckett）、《美麗人生》（Life Is Beautiful）裡的圭多（Guido）〕；**誤判**所造成的不公也常常感人肺腑〔《北西北》、《絕命追殺令》、《刺激1995》〕；加上一些**殘忍**的行為，同理心也會相應加倍——一方面同情主角，一方面對虐待者嗤之以鼻，想一下被強姦的角色〔《控訴》（The Accused），或被施以毒手的人《愛在心裡口難開》裡的西蒙（Simon）〕；當角色**孤立無援**，卻被**虐待**、**利用**或**受苦**〔《象人》裡的約翰．梅里克（John Merrick）、《紫色姐妹花》裡的賽莉（Celie）、《孤雛淚》（Oliver Twist）裡的奧利佛（Oliver）和其他孤兒〕，更會讓人生起椎心的感覺。

◆無妄之災（悲慘遭遇、不幸）

災禍是不幸的一種。如果災禍是不應得的話，就會生起同理心，就像某個角色經歷極度悲慘的遭遇，如：**愛人離世**〔《殺無赦》裡孟尼的愛妻〕、**痛失某物或某人**〔在《風雲角色》（It's a Wonderful Life），丟失了八千塊美元；在《海底總動員》，兒子不見了〕，或**觸霉頭**〔《午夜牛郎》裡的巴克（Buck）和瑞佐（Rizzo）、《一路到底：脫線舞男》（The Full Monty）和《憤怒的葡萄》裡大部分的角色、《你整我，我整你》（Trading Places）裡的比利・雷・華倫泰（Billy Ray Valentine）〕、**發生意外**〔《永不妥協》〕，或純粹是**運氣差**〔《鬼牌逆轉勝》（The Cooler）裡的伯尼・盧茨（Bernie Lootz）〕。

◆ 身體、心理、健康或經濟上的障礙

你的角色要獲得額外同理心，方式是：他天生**畸形**〔《象人》裡的約翰・梅里克、《鐘樓怪人》（The Hunchback of Notre Dame）裡的加西莫多（Quasimodo）〕、**殘障**〔《我的左腳》（My Left Foot）裡的克里斯蒂・布朗（Christy Brown）、《剪刀手愛德華》（Edward Scissorhands）裡的愛德華〕，或**智障**〔《無為而治》（Being There）裡的錢斯（Chance）、《雨人》裡的雷蒙・巴比特，以及《阿甘正傳》裡的阿甘〕；**受制於某種情境**〔像《後窗》（Rear Window）裡，L. B. 傑弗里斯（L. B. Jeffries）受制於腳上的**石膏**，被迫做了偷窺者、《迷魂記》裡的史考蒂・弗格森（Scottie Ferguson）〕受制於**懼高症**、《馬蒂》（Marty）裡的馬蒂・皮烈迪（Marty Pilletti）和《幽靈世界》（Ghost World）裡的西摩（Seymour）；受制於他們的**醜陋**和**害羞**、《愛上羅姍》（Roxanne）裡的C. D. 貝茲（C. D. Bates）受制於他的**大鼻子**、《七月四日誕生》（Born on the 4th of July）裡的羅恩・科維克（Ron Kovic）受制於他的**輪椅**〕；因**成癮**或**頑疾**而受累，例如：酗酒、重度憂鬱症、癌症

或阿茲海默症〔如《大審判》裡，法蘭克．蓋凡（Frank Galvin）**酗酒**、《親密關係》（Terms of Endearment）裡，艾瑪（Emma）得**癌症**〕；陷入**赤貧**或**經濟拮据**的處境，或許連買麵包的錢都不夠。一言蔽之，就是**弱勢**。事實證明，他們這種人最能得人同情和憐憫。試想想，像是《洛基》、《永不妥協》裡的艾琳．布羅克維齊（Erin Brockovich），甚至《神鬼戰士》（Gladiator）裡的麥希穆斯（Maximus），每一個都誓死克服眼前的不利條件，最後得償所願。

◆ 纏繞著過往的傷痛、壓抑的苦楚

我們前面探討了背景故事和幽靈，它們都可以為角色增添迷人色彩。假如這幽靈造成痛楚或傷口，就會產生同理心。就像《凡夫俗子》裡，康拉德為溺斃的哥哥深感歉意；在《阿瑪迪斯》裡，薩里耶利（Salieri）因殺死莫扎特而產生罪咎感；在《北非諜影》裡，因過去與伊露莎的感情無疾而終，瑞克．布賴於是變得麻木不仁。

◆ 脆弱的一刻

要引起同理心，你也可以描繪角色最最脆弱的一刻，他希望全無，陷入谷底，在最支持不住的時候，受苦不已。這裡包括展現角色的痛苦、哀傷、缺乏自信、不安全感，還有恐懼，就像大部分伍迪．艾倫（Woody Allen）的電影，或《法櫃奇兵》裡，印第安那．瓊斯對蛇的恐懼。

◆背叛與欺瞞

當主角受到另一個角色的欺騙或背叛時，我們便會為他感到不值（假如這主角是壞蛋的話，便會產生相反效果）。這是另一個被證實有效引起同理心的方法。就像《大審判》裡的法蘭克・蓋凡，他的戀愛角色（love interest）其實是來自反方的奸細；或者像《北西北》裡的伊芙那樣。

◆說真話，但沒有人相信

當角色說真話卻得不到相信，這便帶有一點戲劇性反諷（dramatic irony）的成分。我們也會因此而感受到他的挫折感。例子包括：《E・T・外星人》裡的艾略特、《第六感生死戀》裡的茉莉（Molly）、《北西北》裡的羅傑・桑希爾，以及《比佛利山超級警探》裡的阿克塞爾・佛利（Axel Foley）。

◆被拋棄

另一個根本的方法，就是讓角色被心愛的人拋棄，這樣就能產生憐憫。試想，像《孤雛淚》裡的奧利佛，他怎樣被未婚媽媽遺棄在孤兒院裡；在《克拉瑪對克拉瑪》的開頭場景裡，泰德・克拉瑪（Ted Kramer）跟兒子怎樣被太太（母親）拋棄；以及在《小鬼當家》，父母怎樣出外渡假而把凱文（Kevin）給忘記。

◆被排擠或拒絕

希望屬於某個團體或家庭或渴望愛情，這些是每個人的普遍需求；所以，角色一旦被人排擠或拒絕，就能立刻有效地令我們心有戚戚焉。這裡說的包括**單戀**，就像《天才雷普利》（The Talented Mr．Ripley）裡，湯姆．雷普利（Tom Ripley）向迪克．葛林立夫（Dickie Greenleaf）示愛，但被拒絕；或像《阿甘正傳》裡，阿甘被珍妮（Jenny）婉拒。此外，所有非自願的流浪漢、獨行俠、跟人生正軌格格不入的人，正因他們被排除在正常以外，只要加上其他技巧，他們都會顯得很迷人——就好像：《無為而治》裡的錢斯，和《剪刀手愛德華》裡的愛德華等等。

◆寂寞或被人遺忘

當角色感到寂寞，或被其他人遺忘而鬱鬱寡歡，我們便會想為他加油打氣。好比《大國民》裡的凱恩獨自死在自己的宅邸，或《愛在心裡口難開》裡的梅爾文．尤德爾，因為個人身體狀況和刻薄的性格而倍感孤獨。這技巧也常用在少年角色身上，像在《養子不教誰之過》裡，父母不顧小孩，由詹姆斯．狄恩（James Dean）、娜妲麗．華（Natalie Wood）和薩爾．米涅奧（Sal Mineo）飾演的幾個年青人煩悶透頂，逼不得已讓自己惹上麻煩，拼命爭取父母注意。

◆犯了錯，再來後悔

人都會犯錯。所以，主角犯下我們都會犯的錯誤，並不會讓我們討厭他，我們反而會同情他。

這一點能讓我們站在主角位置——他是人，他也會像我們一樣犯錯。當角色後悔自己所犯的錯時，我們便更能跟他關連起來。在《海底總動員》裡，馬林（Marlin）因為兒子不見而自責，後悔過去對他過分保護。在《蜘蛛人》裡，彼得．帕克（Peter Parker）忽視的某個持槍匪徒，後來竟成了殺他叔叔的兇手。我們不會因此而責怪他疏忽，反而因為他悔不當初，加上痛失親人而替他感到難過。正因愧疚不已，他後來為補贖過失而致力打擊罪惡，成為超級英雄。

◆痛苦的傷害

每次只要角色受傷或需要醫療照顧，不管他需要的是醫生還是愛人，我們都會產生同理心。在冒險動作片和驚悚片裡，大部分角色都屬於這一類。就像印第安那．瓊斯、詹姆士．龐德，還有《終極警探》裡的約翰．麥克連（John McClane）等等。更不用說《生死格鬥》（D. O. A.），你還要偵破自己的謀殺案。在這部超高概念的電影裡，法蘭克．畢格蘿（Frank Bigelow）被下毒，而且只能再活幾個小時。我們在這裡感到的，是無以復加的難過。

◆置身險地

觀眾最喜歡看到的，莫過於他們在乎的角色陷入絕境。他們麻煩愈大，我們就愈愛看。當角色有可能失去最寶貴的東西，像他自己的生命、愛人，或者他人對他的尊重時，我們便會擔憂他的幸福。任何潛在的威脅都很有效，包括：可能被逮到、身分曝光、受傷或被殺。像是《蹺課天才》

（Ferris Buelle's Day Off）、《軍官與間諜》（No Way Out）和《法櫃奇兵》……等等，主角都一直處於危險之中。《窈窕淑男》的例子比較有趣，因為麥可並沒有主要對手。最主要的衝突是在於他能否隱瞞下去——每一次他喬裝打扮，他便得不停面對被揭發的危險。就是這樣，讀者便被故事吸住不放了。

我們關心有人性、有品德的角色

品德是人之為人的特質，是影響別人的正面力量。品德是做人的方式，也是待人接物的態度。諸如：愛情、禮貌、公平、慷慨、同情、包容……等等，都是品德。一旦我們看出別人懷有品德，便會忍不住把目光投注他們身上。所以讓角色懷有品德，也是有效連結讀者的方法之一。舉例來說，品德包括下列幾種：

◆ 幫助別人，尤其是較不幸的人

這是引發同理心的另一種主要技巧。畢竟，施以援手是我們普遍認可的做法。我們都認為人類在艱難時應互相幫忙，度過難關。我們喜歡這些互助互愛的人。就像德蕾莎修女，或在電影史上其中一個我們最愛的角色：《風雲角色》裡的喬治．貝里（George Bailey）。他做過一大堆無私的行為——他救了遇溺的弟弟，左耳因此失去聽力；他寧願挨打，也不要讓藥商因悲傷而毒害生病中的孩子；為了維護貝里營造與借貸，不讓顧客失望，他不惜打消上大學的念頭，也放棄計劃已久的歐洲之旅。我們這麼喜歡他有什麼好奇怪的嗎？假使你的角色是從事服務行業，幫助別人就顯得再自然不過了，像是做醫生、心理治療師、教師、護士、牧師、警員或消防員……等等。任何角色，只要他一心照料別人，奮不顧身，都必定會贏得觀眾讚賞。

♦ 跟小孩有關，或讓小孩喜歡上他

小孩代表天真，只要是喜歡小孩的角色、或跟他們有關、能跟他們玩耍、或受他們愛戴的人，都自然變得有吸引力。就像《歡樂滿人間》（Mary Poppins）裡的瑪莉·包萍（Mary Poppins）、《真善美》（The Sound of Music）裡的瑪莉亞（Maria）、《靈異第六感》裡的兒童心理治療師麥爾康·克羅醫師（Dr．Malcolm Crowe），還有《征服情海》（Jerry Maguire）裡的傑利·麥高瑞（Jerry Maguire），桃樂茜（Dorothy）的小朋友也是很快便喜歡上他。

♦「拍拍小狗」（喜歡動物，或讓動物喜歡上他）

跟前面說的差不多，喜歡動物或被動物喜歡的角色也很迷人。「拍拍小狗」是劇本創作的術語，就是指角色在某些場景裡疼愛動物的舉動，就像拍拍牠們的頭、撫摸牠們，或餵牠們吃東西。這樣便能顯示他們關愛的一面，展示他們的利他和無私。例如：《致命武器》裡馬汀·瑞格斯（Martin Riggs）拯救了被虐待的小狗；《意外的旅客》裡的馬貢·利瑞（Macon Leary）；以及《笨賊一籮筐》（A Fish Called Wanda）裡面那個大舌頭的愛魚人。況且，只要動物對某個角色有意思，不論他本人有多令人反感都好，我們都會開始喜歡他，因為我們相信動物的直覺，牠必定能看穿他社會的假面目，嗅出他的真本性。《愛在心裡口難開》便是絕佳例子，即便小狗被梅爾文丟進垃圾桶，牠依舊對他不離不棄。

◆改變心意或寬容大量

觀眾喜歡看到角色寬恕別人或改變想法。比方說，對於從前不喜歡的或意見不合的人，現在終於能接納他。在《洛基》裡，有人因為欠債不還，洛基本來就要斷他拇指了，但後來卻換了想法，改成對他說教；另一方面，在《世界末日》（Armageddon）裡，油田老闆哈利・史坦伯（Harry Stamper）因為A・J・佛羅斯特（A. J. Frost）追他女兒而暴跳如雷，打算除之而後快。但片子到後來，他反而在小行星上犧牲自己的生命，而且對這位未來女婿送上祝福。

◆為他人冒險或犧牲性命

甘願為別人犧牲自己，尤其是為了喜愛的人，這一點將引起不少同理心。譬如，在《美女與野獸》裡，貝兒（Belle）為拯救父親而奉獻自己；在《北非諜影》裡，瑞克為了讓伊露莎拿到通行證而不惜一切代價。

◆為正當理由而戰或殺身成仁

同樣，只要角色為了其他重要的事而奮不顧身，也會收到相同效果。為正義而戰往往是勇敢和無私的行為。再回想一下《世界末日》裡，哈利．史坦伯怎樣為人類犧牲吧；還有瑞克，他為了對抗納粹而犧牲了他和伊露莎的幸福；在《梅爾吉勃遜之英雄本色》裡，華萊士為自由而戰，甚至戰死沙場；在《岸上風雲》（On the Waterfront）裡，泰瑞．馬洛伊（Terry Malloy）站起來反對約翰尼．佛蘭德利（Johnny Friendly）。

♦ 忠誠、可靠、講道義、有道德感、有責任心

這些是最迷人的品德。角色一旦有這些特質，尤其是絲毫沒有自私成分的話，都會被正面看待。好比說，在《窈窕奶爸》裡，丹尼爾（Daniel）表達他的道德立場，因擅加反對小孩抽煙的對白而被開除。其他例子還有：《風雲角色》的喬治．貝里、《梅崗城故事》的阿蒂克斯．芬奇（Atticus Finch），還有《阿甘正傳》的阿甘。

♦ 深愛某人（家庭、朋友、鄰居）

如果角色深愛某事或某人，尤其是家人或朋友，就會有吸引力。事實上，這是作家慣用在「罪犯」或反英雄身上的一招，用來產生同理心。就像維特．柯里昂和東尼．索波諾這些壞蛋，他們行事雖在法律之外，但畢竟也有他們心愛的家庭和朋友，所以怎麼說也不算壞到底。

◆ **受他人重視**

顯然，假使故事裡的其他人也喜歡某個角色，他就會有吸引力。假使在家裡或在辦公室，圍繞他身邊的人都愛戴他、仰慕他、尊敬他有本事，假使他是某方面的專才，地位非凡，就會人見人愛。再回想一下阿蒂克斯・芬奇、喬治・貝里和阿甘吧，你就會懂他們為什麼吸引人了。

◆ **在四下無人時顯露人性**

角色以為四下無人，開始撤下防線，展露其人性的一面，這時候我們便會對他寄以同情。你可以在這時候加上譏笑或侮辱，這些無理對待會令主角更脆弱，於是產生更多的同情心，對於那譏誚他的人，由於侵犯隱私，也會引起我們更強烈的厭惡。

◆ **展示關愛的一面**

角色任何形式的仁慈、照顧或慷慨，都可以讓人立即跟他建立連結。包括：幫別人，尤其是幫小孩蓋被子、療傷，或把錢拿給無家可歸的人……等等。

我們喜歡角色具備可取的特質

藉著慷慨無私的行為，角色的品德可以直接對他人產生影響。但下列幾項特質不太一樣。它們更多是牽涉個人特徵和行為，對別人影響沒那麼大；可是，這些特質依然極其迷人，角色亦因此散發無窮魅力，令人爭相仿效。

權勢、魅力、具領導風範——這些角色通常權傾一方〔《教父》、《大國民》、《巴頓將軍》（Patton）〕；義不容辭〔《第一滴血》（Rambo）、《梅爾吉勃遜之英雄本色》〕；指揮若定〔《比佛利山超級警探》、《飛越杜鵑窩》〕。

令人景仰的行業——任何吸引人的工作，包括：藝術家、廣告經理、建築師、作家、攝影師、冒險家、飛行員、賽車手、間諜、高級小偷、運動員、廚師……等等。

身體或精神上的勇氣——我們敬佩那些有勇氣克服困難的人。這並非表示角色必須經常勇氣過人，只要他最後能勇於解決問題就夠了。在《愛在心裡口難開》裡，梅爾文決定把小狗扔進垃圾桶，而非在牠小便完幫牠善後——我們當然做不出這樣的事，但我們卻會暗暗佩服他採取行動的勇氣。同樣地，我們也會敬佩救贖自己的勇氣〔《大審判》、《溫柔的慈悲》（Tender Mercies）、《辛德勒的名單》〕、反抗體制的勇氣〔《諾瑪蕾》（Norma Rae）、《他不笨，他是我爸爸》（I Am Sam）、《鯨騎士》（Whale Rider）〕，以及身體上的勇氣〔《搶救雷恩大兵》、《太空先鋒》（The Right Stuff）〕。

熱情——這裡指的是強烈的情感。角色的情感充滿五內，對從事某些活動具有深刻的愛好和熱忱。只要看過《梅爾吉勃遜之英雄本色》或《莎翁情史》（Shakespeare in Love）就很清楚了。提高角色的熱情，觀眾便會把埋藏在心裡的相同感覺召喚出來。

技能、專長——讓角色擁有一技之長，是某領域中的佼佼者，就像是：印第安那．瓊斯或詹姆士．龐德。

美貌——這一點沒什麼特別的，長得漂亮當然比較吸引人。

智慧、機智和聰明——這些特徵是專門留給導師（《星際大戰》裡的歐比王・肯諾比（Obi-Wan Kenobi）、《魔戒》（The Lord of the Rings）裡的甘道夫（Gandolf）），或騙子《今天暫時停止》裡的菲爾（Phil）、《比佛利山超級警探》裡的阿克塞爾・佛利。讀者喜歡他們運用機智解決難題，以聰明才智擺脫麻煩，巧妙地在現實中打滾。

幽默、玩世不恭——某些角色可能很討人厭，但只要他們夠有趣的話，我們也會想跟他們混上幾個小時，就像《蝙蝠俠》裡的小丑那樣。其他好玩的角色還有：阿克塞爾・佛利、《王牌大賤諜》（Austin Powers）裡的奧斯汀・鮑爾斯（Austin Powers）、《二八佳人花公子》（Arthur）裡的亞舍（Arthur）、《第凡內早餐》裡的荷莉・葛萊特利（Holly Golightly），以及《開放的美國學府》（Fast Times at Ridgemont High）裡的傑夫・斯皮可利（Jeff Spicoli）。

童真或熱忱——就像《無為而治》裡的錢斯、《阿甘正傳》裡的阿甘、《艾蜜莉的異想世界》（Amelie）裡的艾蜜莉（Amelie），還有《綠野仙蹤》裡的桃樂茜・蓋爾（Dorothy Gale）。

體格健壯——像是舞蹈家、戰士或運動員。

堅持不懈（即使處於劣勢仍盡力而為、艱苦奮鬥）——角色為解決難題而付出不懈努力，讀者當然會寄予同情；尤其是處於劣勢的人，他們盡力想做得更好，像是洛基或阿甘那樣。當角色面臨障礙、挫折和劣勢時仍堅持不懈，便會贏得觀眾敬佩。他們都尊敬那些不輕易言敗的人。他們較喜歡主角主動採取行動，解決困難，而非被動地對意外作回應。而且如果他們在脆弱或身心障礙的條件下依然堅持下去，就會更受喜愛。像在《海底總動員》裡，假若馬林只是因失去兒子感到難過，而完全不採取行動的話，我們便不會一直同情他了。

在社會中格格不入、離經叛道——在讀者眼中，我行我素的角色也相當迷人。他們蔑視權威，在世界中踽踽獨行，自得其樂，笑罵由人。他們基本上在這世界中格格不入，是局外人，或用我們的術語說，就是「如魚失水」的個案。例子有：《哈洛與茂德》（Harold and Maude）、《緊急追捕令》（Dirty Harry），和《飛越杜鵑窩》。

躍然紙上：角色的運作

我們現在來看看《愛在心裡口難開》裡的梅爾文．尤德爾，他是電影史上最複雜、最具色彩的角色，這個人太心術不正，同時又極其迷人，就像童話故事一樣如幻似真。我們就來一頁一頁地跟著劇本，深入探索馬克．安德勒斯（Mark Andrus）和詹姆士 L．布魯克斯（James L．Brooks）這兩位編劇所運用的技巧，學習如何令人離不開這位有缺陷的角色。他兩人匠心獨運，準確點出了這角色冷酷、厭世，和令人不悅的一面，例如：他被鄰居討厭；把鄰居的小狗佛代爾（Verdell）拋進垃圾桶；辱罵周邊的人。他們也適當地為他加上些迷人的特徵，以彌補梅爾文的諸多缺點。我下面只指出其中一些技巧，看它們如何帶來正面效果。

首先是他應付鄰居西蒙的方式。他砰一聲把他家的門關上，把他鎖在家門之外達五次之多，而每一次他都需要重新打開新的肥皂，用接近滾燙的水把手徹底洗淨，然後把肥皂丟掉。這也沒什麼，因為他家的藥箱裡就有一大堆肥皂。但這奇特行徑已經暗示我們，其實梅爾文得了強迫症（精神障礙）。

我們都知道他是言情小說作家，而且看到他在紐約那華麗的住所後，我們便會設想他相當成功——後來，我們也聽到他正在創作的是他第62本書（一技之長、令人景仰的行業）。當西蒙為了小狗去找他時，梅爾文恃勢凌人，根本不把他放在眼內，一心只想回去工作，而且再三聲明不要打擾他（權勢、勇氣、聰明）。但到了西蒙的藝術品經銷商法蘭克去找他、恐嚇他時，我們卻開始同情他的強迫症，因為梅爾文陷入恐慌，不停說：「不要碰我，不要碰我。」（脆弱的一刻）。

後來，我們進一步了解梅爾文的身體狀況。他走在人行道上，總是避開地磚的縫隙。他去上他最愛的餐廳，坐在相同的餐桌，點同樣的早餐。卡蘿（Carol）這位女侍應，是全紐約城唯一一個對梅爾文怪異性格感到著迷的人，甚至能在他刻薄的言辭背後察覺到一絲絲的禮貌。當梅爾文問到卡蘿兒子的病情時，我們首度瞥見他的人性（這是他第二次在餐廳時問到的；在第一次，他提起她兒子時是說：「他可能快死了吧」，被卡蘿立刻糾正過來）。

在西蒙被搶跟被嚴重打傷後，他進了醫院，法蘭克便命令梅爾文照顧佛代爾——很諷刺的一幕，因為他先前曾經這樣對牠（小狗推給了梅爾文，這是他倒霉）；然後有一幕精彩的自我剖白，他說：「這裡都沒人來過」（脆弱與孤單）。最好玩的是，梅爾文的心正因為這隻小狗而感到溫暖

（動物所喜愛的角色），他的鐵石心腸開始軟化。雖然，他還是會設立防線，用直率的話侮辱人，從而跟身邊的人保持安全距離。在餐廳裡，他讓我們看到他在乎小狗的樣子。他緊盯著牠，還把剩下來的培根留給牠（拍拍小狗）。

有一天，卡蘿沒有出現在餐廳，梅爾文因為得不到她的服務，日復一日的常規被破壞了。他跑到她的住宅，跟她說他餓了，需要她回去上班。為了不耽誤行程，他自發提出對她兒子的醫療和照顧（樂於助人、受他人重視）。他後來還拿中式羹湯給康復中的西蒙（仁慈之舉）。

最後，梅爾文被迫開車載西蒙和卡蘿去巴爾的摩（Baltimore）；在酒店中途下車時，出現了本片最動人的一幕。卡蘿硬要梅爾文稱讚她一句話，否則她不再上車。他難以啟齒地跟她說：「是妳，讓我想做一個好人。」過了好一會兒，卡蘿回答說：「這可能是我這輩子聽過最好的稱讚」（他改變心意，答應服藥，跟卡蘿展開還不錯的關係）。後來，他又不小心侮辱了她（因傷害別人而感自責），一直回到紐約前她都不再跟他講話。事實上，她不再想看見他，即便他曾經對她提供不少經濟援助，照顧她的兒子（拒絕）。當梅爾文知道西蒙的房子要被轉租以後，他向西蒙提出可以住在他那裡（施以援手）。

梅爾文明白他生活裡不能沒有卡蘿，為了重新獲得她的愛，他對她說出她對他多重要，他是地球上唯一一個真心欣賞她的人，甚至終於親吻了她（脆弱與勇氣）。

你現在看到了，別人用了什麼技巧來讓梅爾文變得迷人。有些讀者會想反駁說，單是梅爾文尖酸刻薄的個性就夠迷人，就足以讓他們離不開劇本，想看他後續會做什麼、說什麼了。的確如此。

但前提是，假使他不是主角，假使我們不用透過他的眼光來感受故事。但現在，他既然作為我們唯一在意的角色，而且從一開始就不是一個令人喜歡的人，所以安德勒斯和布魯克斯這兩位編劇才會費煞思量，用了那麼多的技巧來讓人喜歡上他。

利用不討喜的角色來讓讀者反感，這不是什麼難事。但要讓讀者代入角色之中，充分在乎這角色，緊隨他的歷程，直至劇本結束為止——那就需要功夫了。在看完專業作家的做法之後，現在輪到你發揮這些技巧，把它們用在你的角色身上吧。一旦角色變得逼真，一旦你找到方法讓他們躍然紙上，令讀者在情感上跟這些角色關連起來，情節就會一點一滴地逐漸浮現。但這樣還不足以創作出一個吸引讀者的完整故事。所以，我們接下來便要來探討一切好故事所必備的基本情感……

36〔譯註〕「Gertrude」跟「Richard」都是老一輩較常用的名字。
37〔譯註〕即維特．柯里昂（Vito Corleone）。

6

故　事
提升緊張氣氛

「作者不流淚，讀者也不流淚。作者沒驚喜，讀者也沒有驚喜。」

——羅伯特・佛羅斯特（Robert Frost）

一旦前提和主角都開發完畢，那你也已經大致把故事勾畫好了。尤其是，我們知道，故事主要就是關於角色的目標、他的情感弧線，以及他的押注。現在就只差了衝突——就是那些妨礙角色達成目標的障礙。

初學者常常以為寫故事很簡單，因為它基本上只不過是一連串的事件——某些人做了什麼，或者發生了什麼事。但顯然不止是這樣。所以，有志於從事編劇的人，他們最好先對故事是什麼有充分理解，才能避免一次又一次的重寫或修改。

你必須知道的基本原則

何謂戲劇性故事

到底何謂故事？大部分的編劇課本都有明確定義，雖然深淺不一，但大部分都有用。比方說，你會學到故事的核心都是關於一個角色，帶著一個問題，或者，就是在某人身上發生了某些事，讓他必須採取某些行動。按照洛杉磯加大（UCLA）前教授威廉·佛洛哥（William Froug）的說法，一個故事就是「一連串的事件，其中包括各種趣味或結果，每一個都相當鮮明，帶有情感和衝突，令人印象深刻。作家詹姆士 N．傅瑞（James N. Frey）把戲劇性故事說成是「對某些影響重大的事件的敘述，角色則身在其中，不斷奮鬥，並在經歷過這一連串事件之後產生變化，令人刮目相看。」對於編劇顧問麥可．豪格（Michael Hauge），故事應該包含「一位值得同情的角色，經歷過一系列愈來愈艱辛的挑戰，克服看似不能逾越的障礙之後，終於遂其宿願。」

像這樣的定義當然還有很多，但你現在應該大概懂了。他們說的大致上都一樣，因為這就是故事最純粹的形式——就像哥倫比亞大學電影系的共同主持人法蘭克．丹尼爾（Frank Daniel）所說，就是「一個角色，他希望得償所願，卻處處事與願違」，這也是我碰過最簡單的定義。請用馬克筆把這些字寫下來，釘在佈告板上，讓你在故事開發時不斷警惕自己——「某人想得到什麼，卻困難重重」（或者隨便怎麼寫，只要對你有用就好）。

重點是，假如你的故事沒有符合上述標準，就很難稱之為戲劇性故事。這就是戲劇的由來——衝突，不斷為克服困難而奮鬥。每一個故事都在講述某個角色如何應付某種挑戰。正因如此，只要是說故事，重點都必定在於衝突。

換言之，故事總是包含三大成分——衝突、奮鬥和解決。某人發生了某些事，問題於是產生（衝突）；他必須採取行動，為解決問題而面對困難（奮鬥）；他最後不是贏就是輸（解決）。這看起再熟悉不過了，因為這是大多數故事的古典結構——開始（佈局——衝突）、中間（錯綜（complication）——奮鬥），以及結尾（解決）。我們在下一章再來討論結構，至於現在，我要先確定你有搞懂故事是什麼。

故事vs.情節

這是另一個我常常發現被搞混的地方。故事和情節到底有什麼不同？很多寫作者認為兩者沒什麼差別，但其實這樣的看法對他們訓練手藝來說，傷害很大。因為很多想從事編劇的人，他們一直在找撇步、公式或故事模型，他們花全部精力在建構情節，但最後卻沒辦法把它轉變成好故事，實在可惜。這樣產生出來的故事軸數量驚人，全都是大量生產、平平無奇又公式化。我不是說故事比情節更重要，只是想指出它們之間的不同，而且要提醒你應該把焦點集中在故事上。麗蓮．海爾曼（Lillian Hellman）說過：「故事是角色想做的事。情節只是作者希望他做什麼。」

故事是你的創作，是你的藝術。情節是你以有趣的方式，把故事講述出來的工具，是你的手藝。故事可以讓讀者感受完一連串事件之後，對人的生活條件有更深入的理解。情節是事件的推進，是你選擇用來組織故事的方式。經典電影《大國民》便是絕佳例子，我們可從中區別兩者的不同。查爾斯．福士特．凱恩（Charles Foster Kane）的故事是：他嘗試一輩子無所付出而獲得關愛。情節卻是：記者尋找「玫瑰花蕾」的意義，以及編劇為披露凱恩的故事而對場景作出安排。

情節回答某些基本問題，像是：誰？什麼？哪裡？何時？如何？和為什麼？這樣才能讓故事的深層意義說得通。它只是不同戲劇處境的邏輯關連，比如說：這事情之所以發生，是因為先前怎樣怎樣。

那麼，當你構造故事情節或對事件作安排時，要考慮的重點是：你想在讀者身上引起怎樣的效應？設計情節，只是為了讓故事在情感上滿足讀者，它本身並不會創造出故事。創造故事需要運用概念、主題、前提，還有角色刻畫。再依循情節，用你想要的方式來鋪陳故事。這是本章將要探討的手藝——怎樣安排情節，以引發主要的情緒反應，如：期待、緊張、好奇、驚訝……等等。艾爾文・布萊克爾（Irwin Blacker）便曾經說過：「情節不僅僅是被排列起來的一堆事件；而是情感的排列。」

手藝：從頭到尾吸引讀者

你現在知道故事應有的東西，包括：角色心裡想要什麼；什麼東西從中作梗；他如何作出改變，那麼，我們接下來就來創造一個戲劇性的歷程，一直吸引讀者，讓他們看完１００到１１０頁左右之後依然興味盎然，最後的解決也令他們感到滿意。在我看來，創造故事還不難，難就難在怎樣鋪陳故事，從而把讀者吸引、迷住，讓他們目瞪口呆——這也是最需要手藝的地方。

我們到底要怎樣做呢？要怎樣才能從頭到尾，一直保持情感的吸引力？

興趣是一切的關鍵

說到底，讀者的情感關連來自於他們的興趣或注意。這裡是一切的起點。所謂興趣，就是要從頭到尾吸引讀者的注意。

興趣和注意的相反是什麼？沈悶、無動於衷——這是好萊塢編劇的大忌，是寫劇本唯一不能犯的錯誤，但很不幸的，也是新手劇本裡最常見的通病。審稿員不會推薦無聊的劇本，經理不會讓它製作成無聊的電影（當然，除非是哪一位大明星想要擔綱），觀眾也不會花三百塊錢，無聊地乾坐兩小時。暢銷作家埃爾摩・倫納德（Elmore Leonard）有一次跟我們分享他收到的粉絲來函。信裡面說：「我老公在抱怨，因為我在床上跟倫納德的小說在一起，比跟他上床的時間還要多；我便跟他說：『你有本事就讓我多看看你啊』。」

一切關鍵都在於吸引讀者注意，利用情感關連來維持他的興趣。好作品之所以好，正在於它讓人有感覺。所以，一部好電影即使演三小時，你也不會覺得長。引用威廉・吉布森（William Gibson）的話：「身為編劇的首要工作，就是不能讓審稿員把你的劇本扔到『不予採納』那一堆裡。」你一旦坐下來寫，每寫一頁都應該心存戒懼，時刻想著有被審稿員扔掉的可能。

想從頭到尾維持讀者興趣，就要讓他體驗到他最主要想得到的內心情感。試想想我們最希望從故事中得到什麼感覺吧，絕不僅是看到問題被解決的快感，而是一些平日沒辦法被觸動起來的密集感受，就像：好玩、期待、好奇、同理心、刺激感、迷人、恐懼、希望、趣味、緊張……等等。我們就是為了它們才付錢的，它們也是審稿員要在劇本裡找的東西。這些情緒反應正是娛樂的關鍵，我們這一章就來逐一探討。首先是最重要的感覺——興趣。

興趣、著迷、啟發、敬畏

我之所以說興趣是讀者最重要的情感，是因為它本身已把一切說故事的情感囊括其中。當你讀劇本或看電影時，場景裡有什麼引起你的好奇，嚴格來說都是你的「興趣」。當某個角色表示他有目標，而你開始期待他成功或失敗時，這是你的興趣。當你看驚悚片，被緊張氣氛吸引住時，你也是很有興趣。就像我說的，興趣的反方是沈悶，在好萊塢，沈悶是十惡不赦的重罪。換言之，理想上，你每一頁所必須達到的要求都一樣，就是：吸引、維持讀者的興趣。

無疑，故事是否有趣往往取決於個人，但假使你研究過最成功的故事，或那些評論人眼中最經典的電影，便會發現他們的手藝都大同小異，他們想引起全世界觀眾的情緒反應都差不多。如果一部電影能打動各式各樣的觀眾，包括：不同年齡、不同種族，來自不同地方、一代又一代的人，那無庸置疑，劇本裡頭一定有用到什麼技巧，能夠引起讀者的情緒反應。韋恩·C·布斯（Wayne C·Booth）曾在《小說修辭學》（The Rhetoric of Fiction）中說到：「任何文學作品，不論它的力道如何，其實都是作者精心佈置的系統，旨在用不同的興趣軸來控制讀者的牽連程度——不論作者是否刻意為之，有沒有時刻將讀者放在心上。」如果是寫劇本，理想的做法就是在開頭場景中吸引讀者興趣，在開發第一幕的時候緊抓住他，讓興趣在重重障礙和複雜性中得到提升，直至在高潮達到巔峰，然後在最後的解決裡獲得滿足。

我們稍後將會探討哪些戲劇性技巧會引發好奇、期待、緊張以及驚訝，雖然如此，現在不妨就先看看我們如何在字裡行間勾起簡單的興趣，包括相關的某些感覺，舉例來說就像是：著迷、啟發和敬畏。

因果關係

人類是邏輯動物，我們是靠理性吃飯的。故事是我們生活的寓言模型，我們打從心底便希望故事的情節軸遵照因果關係，逐步發展到高潮，再到解決。刺激與反應則是故事的建築材料，因為我們正是靠它們來理解自己的生活——到底某些事如何對其他事作反應，或如何由其他事所生成。這是我們打從心底的需求，我們需要理解事情、理解世界和宇宙。我們知道凡事必有因，當我們找到因時，就理解果了。E・M・福斯特（E. M. Forster）曾經給過一個例子：「王上死了，王后跟著也死掉。」這只是事件先後的紀錄。但你也可以說：「王上死了，王后跟著也哀慟而死。」這樣的句子更令人滿意，因為你加上了起因。這起因把兩件事連接起來，令我們產生興趣和情感上的滿足。因此，如果我們能在一個清晰的情節中理解事情的來龍去脈，而非僅僅看到一些散亂無章的片段，我們的興趣就會提升。我不是說要避免散亂、或非線性的情節，或者它們在每一個場景都全無趣味可言。我只是想說，一個情節如果是根據線性因果發展的話，便能更緊湊地抓住讀者的興趣——一個動作引發另一個動作，堆疊出一個較完整的意義，以至於觸動到讀者的思緒和感情。

角色

你已經在第五章裡看到，奇特的角色是相當迷人的，他可以保持讀者的興趣。事實上，角色刻畫中的一切要素——目標、動機、押注、特徵、缺陷，和關係，它們之所以重要，正是因為有辦法在字裡行間引發興趣。每當你為角色展現一個新層次（layer），都會引起興趣。假使你還沒有做到這一點，可以回去再參考一下第五章。

衝突

大部分的書本跟研習課都強調衝突，介紹它如何在故事中產生戲劇性效果。理由很簡單：沒有衝突，就沒有戲劇性；沒有戲劇性，讀者就不會有興趣。要在故事和角色身上維持讀者興趣，衝突是很關鍵的。但大家都談衝突，到處都在談，我想就不要再重複別人的話了。反之，我會把焦點集中在有關讀者興趣的重點上。如果你已經很熟了，就把它當作複習來看吧。如果還不熟的話，就請你提起精神，因為衝突對說故事來說是最關鍵的，它是驅動故事的燃料，也是把讀者貼緊書上的黏著劑。

我不是說既然它是吸引讀者注意的技巧之一，你就必須每一頁都製造衝突，以引起興趣。但你應該意識到它是最好的方法之一，你要時刻惦記這一點。說故事會帶來衝突和衝擊，這對人類來說是相當有趣的矛盾現象：我們在日常生活中總是設法避免衝突，但在戲劇性故事裡頭卻是產生趣味的成分。現實生活中愈被我們討厭的衝突，放在虛構角色身上卻愈能引起興趣。

那麼，衝突到底是什麼？有人會把它說成是「兩條狗，一根骨頭。」當**角色的意圖（目標、渴望、需求）**受到**阻撓（或障礙）**時，便會形成衝突。角色被束縛在兩股力量中間，這種衝突是興趣和緊張感的來源。原則上，只要有目標跟障礙的衝突，就會創造出戲劇和一開始的興趣，但如果想把衝突變得更有戲劇性，就要加上第三個成分——**誓不妥協**。假使押注很大，雙方都不讓步，這戲就會緊湊。試想想，假使相反的話效果會多差。設想某個角色為了母親動手術，急著要一筆錢。他向億萬富豪的好友開口借錢，卻借不到。這角色的回應是：「好吧，沒關係。」這種妥協會令讀者多麼失望啊。誓不妥協的做法是：角色堅持到底，苦苦哀求，威脅他朋友，掏出手槍，再沒辦法就打傷他，甚至情急之下殺了他，緊張氣氛節節上升。那麼，我們就把衝突想成三角形吧——目標、障礙，還有誓不妥協。

寫作者還需要想想**衝突的後果**。一般來說有三種可能發展：一、角色或者贏、或者輸，但緊張感都會消失；二、角色妥協，但你剛剛才看到，要保持讀者興趣的話就不能這樣做；三、就讓衝突愈演愈烈。最後這做法才能把讀者黏在書上，讓他們好奇結局會變怎樣。

注意，**同樣的衝突不要重複**。你必須要有連綿不斷的新資訊、新衝突、新的扭轉和轉折。你要讓劇本動起來，一個接一個的衝突，每個都不一樣，逼迫角色採取新行動，克服更多不同的挑戰。

衝突要有強制性。障礙不能太過簡單，否則沒辦法使讀者在意。比爾．蓋茨掉了幾千塊，那根本不是什麼問題。但假使郵遞員本來就窮，還弄丟了腳踏車，工作沒了，沒辦法照顧家人，這樣的衝突才有力。衝突愈大，事情發展愈不舒服，角色狀況愈糟，讀者就會愈想知道他們怎樣走出你所設下的困局。這樣才有趣嘛。在《101種習慣》裡，麥可．希佛（Michael Schiffer）就說過：「好戲需要的，是一路困難重重。如果其中有哪一節平平無奇的話，作者可以自問：『這樣對他們太容易了，要怎樣搞才能讓他們的生活絕頂困難、痛不欲生、忍無可忍？如果從A到B點之間已經有好故事，那就問自己怎樣才能讓這歷程看起來更刺激、更有趣。阻礙愈合理、愈困難，角色愈希望達到目標的話，故事也會愈刺激。』」

注意，**衝突不是指爭論或吵架**，就像：「是……不是，是……不是，那個太……才怪，是紅酒……不，是勃艮地」！很多新手會誤以為兩個角色吵架的場面是衝突。但爭論或意見不合的衝突都是空洞的，除非對主角來說有什麼情感上的押注。這樣的話，對角色的渴望或需求才算是障礙。記住，衝突是**慾望遇上障礙**。

改變

生命就是變化，一切故事都是關於變化——外在變化、內在變化、改變原狀。**每個故事**、**每個場景**（scene）、**每個拍子**（beat）**都跟變化有關**——發現會改變知識，角色的決定會改變行動。某個角色從A點出發，正值壯志未酬，到達Z點以後，終於得償所願——或者假如是悲劇的話，便化為泡影。怎樣都好，這段歷程都會讓事情有所改變，讓結局跟一開始時有點不一樣，不然我們幹嘛要說故事呢？無論是故事、場景或拍子，無論在哪裡有些什麼改變，都會引起興趣。

阿爾弗雷德．希區考克便說過，觀眾只能忍受一個小時聽故事。過了這時間之後，他們便開始厭倦，需要行動、動作等刺激的調劑，這些都是為了佔據他們的心靈。快動作、快剪，角色走來走去，這些做法都不對。把觀眾抓住的秘密，在於**不停改變處境**。正因如此，我們才會建議寫作者在故事裡逐步提升動作和押注。假如第90頁的衝突跟第30頁一樣，那中間那60頁要來做什麼？至於內在衝突和角色弧線，它們指的是角色在故事結束前的情感轉變，所以道理都一樣。

無論是故事之中，還是日常生活上，最有力的兩類改變就是發現（改變知識）和決定（改變動作）。在故事裡，我們稱這些時刻為「情節點」。在場景裡則稱為「拍子」。不管如何，這些發現和決定都能在讀者身上引發對角色的感情。

原創性和新鮮感

原創、新穎的主題能引起讀者興趣，這一點根本沒什麼稀奇的。因為人人都說：「太陽底下沒有新鮮事」，因此一切新鮮感都必須來自你的觀點，以及你以如何另闢蹊徑，以別的方式講述平平無奇的事。讀者總是希望看到不尋常的東西，以此激發他們的興趣，不論有創意的是結構，還是情節、角色、主題，或對白。專業編劇大多都把重心放在概念的創意上，因為它是驅動故事和吸引人買劇本的主要關鍵。所以我們才會有「高概念」這名詞——概念愈創新，就愈有吸引力。

潛台詞

雖然我們會在第十章深入探討這一點，但如果可以的話，在場景裡加入潛台詞也會引發讀者額外興趣。顧名思義，潛台詞就是潛藏在文本底下的意義。雖然表面上說的是別的事，但場景真實想要表達的卻是它。假如場景對於想表達的事直言不諱，結果通常都會太乏味，也很難達到情感的滿足。之所以用潛台詞，就是想在場景裡暗示衝突，而非直接指出來。讀者通常樂於接受潛台詞，因為潛台詞對他們而言是挑戰，他們會被牽連進去，在閱讀中變得主動。一旦讀者的心思被牽連進去，他們自然就會對劇本產生興趣。

啟發性的鋪陳

引發讀者興趣的另一方法，就是藉助有趣的鋪陳（exposition）來創造思考空間，要嘛像《美國心玫瑰情》那樣運用啟發性的旁白，要嘛便加入吸引人的資訊，把故事建立起來，就像《星際大戰》片頭那種滾動文字的鋪陳，又或者像《北非諜影》開頭的圖案那樣。當然，關鍵依然在於：鋪陳必須新穎、迷人、有啟發性，而且趣味盎然。

背景故事

背景故事有兩種，即：**角色**和**處境**。對於角色的背景故事，經過我們在前面一章的討論，談到它跟角色吸引力的關係之後，你現在應該不會陌生了。顯然，假如你被角色的過去所吸引，你便會對角色在劇本裡的一舉一動感興趣。但你也可以創造一個有趣的處境，作為背景故事，藉此告訴我們故事開始之前所發生的事。故事必須在某一具體的時間點開始，這就是故事本身的特性；嚴格來說，只要是發生在這時間點以前的都算是背景故事。以處境作為背景故事，我們也可以稱之為故事的**脈絡**（context）。舉例來說，在《侏羅紀公園》開始之前，約翰・哈蒙德（John Hammond）成功將恐龍複製出來，這就是背景故事。在《駭客任務》開始前，大多數人類都脫離了現實，他們的能量被利用，而且全被蒙在鼓裡；在《沈默的羔羊》裡，在電影還沒開始前，連環殺手水牛比爾便已經殺了幾個女人。當然，你加入的背景故事必須夠獨特、夠吸引人，才能引起讀者興趣。

好奇、驚奇、耐人尋味

所謂好奇心，就是在情感上需要知得更多，是理智**對解答問題和理解事物的需求**。我們之所以愛看故事，正是因為我們渴望知道**後面會發生什麼事**。不是一直有好奇心撐著的話，故事就會嘎一聲停住。這感覺就是關鍵，一位作家只要有辦法引起好奇，便能保證有人捧場。

問題的力量

好奇心來自於想要回答問題的渴望，所以，如果想引發讀者好奇，提升他們的興趣，最好的辦法莫過於**提出故事問題**。有問題，便需要有答案。正因如此，提出了問題，自然就會讓人在情感上癢癢的，讓人想去抓它。情節上的每一個轉折點都會觸發好奇心，令讀者追問後面發生的事。做法可以是：隱瞞某些事，不要把資訊通通丟出去，也可以對結局稍作預示或暗示；這些做法都能迫使讀者更加主動——做填空、猜測或假定。一旦讓讀者變得主動，他們便會被牽連進去，因此也會感到有趣。

你在前面看到，情節是一連串的事件。但設計良好的情節會向讀者提出一些戲劇性的問題，讓他為了追尋答案、滿足好奇心而緊貼著每一件事，一直到結尾為止。你稍後會看到，故事裡的每一幕都有它自己要回答的問題。每一幕（act）裡頭的每一個段落（sequence）則提出較低一層的問題，每一段落裡頭的每一個場景，甚至每一場景裡頭的每一個拍子都是如此。基本上，你要創造的是接二連三的問題，讓讀者有跡可尋，隨著每個問題得到解答而增加追尋的樂趣，也隨著旅程中的每一步發現而獲得滿足感。

雖然說，編劇最好是從頭到尾都在提出問題、解答問題，但最理想的地方其實是在開頭段落。因為從你一開始說話，差不多就可以立即勾起好奇心。不妨用醒目的畫面作開始，就像《體熱》的火，或《唐人街》的麻面照片，立刻會激發一些問題：「這是什麼……我們在哪裡……要去哪裡……這代表什麼？」引入一個角色，我們便想知道他是誰，我們是否在意他。你也可以在場景中間，以對白作開始，就像《血迷宮》（Blood Simple）的開場那樣耐人尋味，讓讀者好奇地追問下去。我們就是從開頭的第一頁開始，提出一系列的問題，把讀者從頭到尾推進故事裡。但關鍵是，不要一口氣塞太多東西，也不要讓讀者等答案等太久，不然便會適得其反，造成讀者的困惑或煩燥。我下一章會再多談一下開場的技巧。

在劇本接下來的地方，你可以用下面幾種技巧來引起讀者興趣：

◆提出一個核心問題

每一個故事都有它主要關心的一個戲劇性問題，需要整部劇本來回答它。事實上，某個情節之所以有力，就是因為它具有這樣的問題，讓讀者為獲得答案而願意從頭到尾跟著故事跑。舉例說，在厄尼斯．里曼的經典《北西北》裡，廣告經理羅傑．桑希爾因被誤認作間諜喬治．柯普朗（George Kaplan）而逃命，同時確認真正的柯普朗到底是誰。這裡的核心問題就是：「桑希爾被誤認為間諜，他有辦法逃出生天嗎？」我們要到劇本最後才看到答案。

◆提出每一幕的問題

每一幕都回答一個不同的問題。在《北西北》裡，第一幕提出的問題是：「桑希爾有辦法證明自己不是柯普朗嗎？」這一幕結束在聯合國大樓，他在那裡被誣陷殺害一位外交官。這便把我們推向第二幕，並提出以下問題：「桑希爾能否洗脫罪名？」第一幕的問題還沒解決，但這裡有一場鋪陳場景，讓我們知道柯普朗是虛構角色，目的是為了分散注意力，隱藏某位特務真正的身分。第二幕的結束是當桑希爾被伊芙出賣，在拍賣會遇見她，然後為再次逃避壞人而讓自己被警方逮捕。就這樣，我們被帶到第三幕去，「教授」（Professor）揭開柯普朗的真相，並把伊芙的特務身分透露出來。這便回答了第二幕的問題，並為第三幕提出問題：「桑希爾救得了伊芙嗎？」這問題要一直等到拉什莫爾山（Mt. Rushmore）的高潮才獲得解答。

你的終極目標在於維持讀者的參與感，在每一幕提出一個核心問題是好開始，但還不夠。一不小心，沈悶的感覺就會竄進來，尤其是第二幕，這對任何編劇來說都是一大挑戰。所以你要進一步考慮每一幕裡頭的段落。

◆ 提出每一個段落的問題

我不會詳細討論整個劇本的每一個段落，只會說明厄尼斯·里曼怎樣在整個第二幕裡維持引人入勝。這一幕的開始是桑希爾在逃，警方為謀殺案而緝捕他。第一個段落是在火車上，它提出的問題是：「桑希爾逃得過警方追捕，成功到達芝加哥嗎？」第二個段落是伊芙出賣他，提出以下問題：「桑希爾會被怎樣殺死呢？」這問題在噴灑飛機的場景裡獲得答案。第二幕的第三個段落也是最後的段落，講述桑希爾在拍賣會碰到伊芙和范丹姆（Vandamm），一心想進行報復。這段落提出的問題是：「他會知道關於伊芙的真相嗎？」

只要在每個段落提出一個不同的問題，就能在大約每10頁的地方提升讀者的興趣，但你也可以進一步把焦點放在個別場景之上。

◆提出每個場景的問題

我們來看一下火車段落的個別場景。我把這些場景的每一個問題寫下來。第一個場景是火車站——桑希爾上得了火車嗎？然後，在火車上，他必須閃避那些警員——他逃得過他們嗎？他遇到伊芙，在她幫忙下躲起來了——伊芙會把他交出去嗎？稍後，乘務員讓他坐到伊芙那一桌——為什麼？伊芙跟桑希爾顯然對彼此有意思，而桑希爾也甘於玩伊芙那一套誘惑遊戲——他們會睡在一起嗎？火車停下來，讓偵探進去搜尋桑希爾——他會被發現嗎？伊芙把他藏在她的床舖上，一邊接受偵探盤問——她會為桑希爾說謊嗎？他們繼續互相誘惑，當桑希爾走進浴室後，伊芙把一張便條拿給服務生——這便條上寫些什麼？我們看到便條上寫著「你想我明天早上怎樣對付他？」，這時我們便發現伊芙是為范丹姆做事。於是顯然提出另一個問題——桑希爾早上會發生什麼事？這問題便把我們吸引住，把我們帶到另一個段落去。

◆提出每個拍子的問題

你還可以更進一步，在某個場景中為每一個拍子提出問題。但礙於篇幅，我不打算仔細進行分析。但你可以參考第八章，看看寫場景拍子時需要注意些什麼。你暫時只需要知道，場景就像微型故事，構成它的是一個個的拍子，每一個都是說故事的最小單元。拍子的改變，通常取決於角色在場景中的情感轉變，或者他策略上的變化，為求達到他想要的目的。拍子在場景的作用，正好跟場景在情節裡一樣，所以，如果在每一個拍子裡提出問題，就能讓讀者在整個場景裡保持好奇。

隱瞞資訊，保持神秘

好故事都充滿了作者所提出的問題，正因如此，所有故事嚴格來說都是一團謎。意思不是像偵探片裡問「誰做的？」，而是問題不曉得最終得到怎樣的解答。試想想，這些問題就像是一個個的小圈套，吸引讀者從頭看到尾。故事的運行總是從問題走向答案，從疑惑走向肯定。沒問題的話，便沒有劇本；沒答案的話，便沒有情感上的滿足。

建立疑團的其中一種方式就是隱瞞資訊，讀者所渴望知道的事，就是偏偏不讓他知道。比方說，你可以塑造一個動機模糊的角色，如果故事裡其他成分也夠有趣的話，我們便會從頭到尾都處於好奇。在塞吉歐・李昂尼（Sergio Leone）的《狂沙十萬里》裡，口琴人跟法蘭克一決生死的動機，一直要等到結尾才被揭曉。

強調不法勾當或秘密，耐人尋味

誘發好奇心的另一種方式，就是利用角色的秘密，耐人尋味，就像《唐人街》的艾弗琳那樣暗藏秘密。每論何時，只要你設立秘密，包括：秘密計畫、背後操作、隱瞞真相，或刺殺行動（《誰殺了甘迺迪》（JFK）全部都有），就會耐人尋味，尤其計畫是非法的話。我會在本章稍後談驚訝一節裡再來多談一下秘密。

期待、希望、擔憂、恐懼

期待就是對未來將會發生的事抱有盼望的感覺，它可以是正面的，就像贏得大獎，也可以是負面的，就像面臨強大對手的決戰。只要提供一項資訊，就能促使讀者期待故事的未來發展，好奇後面會發生什麼事，迫使他不斷翻頁以獲得答案。阿爾弗雷德．希區考克是公認的懸念大師，他曾經說過：「產生恐怖的不是砰地一聲，而是對這聲音的期待。」沒有期待的話，故事會顯得拖拖拉拉，讀者也會失去興趣。事實上，設計情節就是要在一系列的事件中創造期待的感覺，或許是以不同形式，包括：好奇（會發生什麼）、**懸念**（到底會不會發生）、**緊張**（什麼時候會發生）、**希望**（盼望它發生），或**擔憂**（不想它發生）。期待一旦實現，又會出現一群有力的內在情感，視乎結束的方式，分別是：**驚訝**（非預期的期待）、**失落**（希望落空），或**緩和**（恐懼結束）。有一點很重要：期待的事必須得到實現，否則便有可能引起讀者不滿。這就像是別人答應打電話來，等了又等還是沒有來電一樣，相信大多數人都有過這經驗。所以，假使你設立了什麼期待，便必須確定它能兌現。

期待是驅動故事的力量，你可以運用下列幾種技巧來產生期待：

建立角色特徵

正如前面一章所說，塑造主要角色，關鍵條件是建立角色特徵。特徵一旦建立起來，讀者便會對角色的行為有所期待。例如，在《沈默的羔羊》中，漢尼拔．萊克特被塑造成連環殺手兼食人魔頭。我們於是期待，假使萊克特逃脫了，便會成為危險的掠食者。事實上，這猜測後來在逃脫的段落裡應驗了，他狠毒地攻擊守衛；加上他在前一個場景裡也暗示過，他說他要「找老友來吃晚飯。」

設立角色目標

同樣地，你也可以為角色設立目標，產生期待。寇特．馮內果（Kurt Vonnegut）有一次說過：「要不停讓角色想要些什麼，哪怕是一杯水也好。」而且不僅是主角和反角，你故事裡的每一個角色都應該想要些什麼東西，因為只要有慾望，就能產生期待。這不是說你需要單為那個慾望創造一整個次要情節（subplot），但你至少能以它為中心，建立一個時刻。比方說，我們注意到故事裡的一位角色——我們叫她苔絲（Tess）。在某個場景裡，我們知道有壞人想加害她，因為她目睹他另一次做案的經過。一旦你建立了這事實，我們便會開始擔心苔絲，也會希望壞人殺不了她。我們既擔憂，又抱持希望，這是因為我們已經在預想壞蛋謀殺苔絲那一刻了。在這裡，推動故事前進的是對某個既定目標的期待，而非對白或行動。我們想像一下，壞蛋跑去找苔絲，我們對他的意圖一無所知。對白既時髦、新穎、又妙趣橫生，讀者還沒感到無聊以前，這一場便結束了。這樣的場景全無前進可言，因為我們並未對任何目標或意圖有所期待。現在再來想像一下，我們在這場景之前就知道他打算殺害苔絲。當他遇上她的時候，他根本只在寒暄。但無論對白有多無聊，意圖既然已經建立起來，場景便會向前推進。現在的情況是既有懸念（他能成功達成目的，還是會無功而返？）又令人緊張（他打算什麼時候動手？）。你也可以再加上好奇，令這場戲更加迷人。如果讀者並不知道他打算殺這女人，而是他獲知被她出賣，那會怎樣？當他去找她時，他們只是談談天氣，我們便好奇他稍後會對她做些什麼，怎樣去做。這情感混合了懸念、緊張和好奇，在《北西北》，在噴灑飛機的場景以後，當桑希爾碰見伊芙時，我們便明確體驗到類似的強烈情感。

重疊的難題與解答（或問題與答案）

這技巧的原理在於：我們的注意力會被難題所吸引，直到它被解決為止。好比說，一旦某個角色達成任務，我們便會對他失去興趣。所以，要延長興趣，最好是延遲解決時間，而且把整個故事創造成一整束的小難題和小目標。更重要的是，在另一個難題出現以前，絕不能把前一個難題解決掉。換言之，你要排列好一組組的難題與解答，不要讓中間露出任何能造成無聊的空隙。只要還有待解決的問題，讀者在情感上還是會積極參與，看完一頁又一頁。

預告未來

無論何時，只要角色提到未來任何一件事，我們都會有所期待，引頸期盼那件事的來臨。舉例來說，在《日落大道》的一開頭，喬．吉理斯的旁白便告訴我們：「一位年青人的屍體浮在公寓的泳池上，背後被開了兩槍，肚子也中了一發。說真的，他也不是什麼大角色。只有幾部B級片的編劇是掛他的名。可憐的笨蛋。他一直想要游泳池。行，現在終於得償所願了，只是代價有點兒太高……我們倒帶回到六個月前，一切就是從那一天開始的。」這就能產生有趣的效果，當我們確實回到過去，卻開始期待吉理斯被謀殺，在電影中期盼未來那一天的到來。《美國心玫瑰情》也用了類似的技巧，電影一開始時我們便聽到萊斯特的旁白：「這是我的社區。這是我的街。這一位……是我老婆。我行年四十二。在不到一年以後，我就會死掉。」這便為他的死亡作了預告，引起讀者的好奇心：到底他被誰殺死？

這技巧不一定要用旁白。你也可以讓任何一個角色來預告未來。在《北非諜影》的開頭場景裡，正是由一位「歐洲人」說明卡薩布蘭卡的規矩：「按慣例，難民和自由派人士都會在幾小時後獲釋……那位小姐待會就會被放了。」這便把我們帶往未來，我們會想像場景，咀嚼他的含義。稍後，在瑞克的夜店裡，我們偷聽到一段對話，是男人的聲音：「等啊，等啊，我要永遠留在這裡了。我會死在卡薩布蘭卡。」然後又聽見雷諾說：「瑞克，今晚這裡有好戲了，我們要在你店裡逮人。」這些全都是很好的例子，我們在這裡看到角色如何預告未來。

計畫與白日夢

當角色確立意圖，計劃如何達成目標時，很自然就會讓讀者產生期待。我們再以《北非諜影》為例，當雷諾對史特勞塞（Strasser）說他們知道是誰殺死特使時，他附帶說：「不用急。他今晚就會到瑞克店裡。人人都會去瑞克店裡。」他就是這樣提起了計畫，讓我們期待稍後的逮捕行動。同樣，尤加特對瑞克說：「過了今晚，我就要跟這場生意做個了結。瑞克，我要離開卡薩布蘭卡了。」稍後又說：「我會把這些都賣了，拿到我從未想過那麼多的錢。然後……便跟卡薩布蘭卡告別。」這些計畫和白日夢都是有效的工具，能引起讀者期待，從而參與其中。

甚至也不需要把這些計畫和白日夢和盤托出。假使保持秘密的話，還可以為複雜的情感增添好奇，效果會更好。這是秘密計畫，就像某位角色說：「我知道該怎樣做了。」然後對另一個人低聲耳語，跟著便跳鏡頭（cut away）。這也可以是壞蛋想要達成目標的秘密計畫，就像在《終極警探》裡，我們都以為他的目標是交換人質的贖金，但事實上，他是想讓ＦＢＩ把大樓的電源切掉，好讓他把保險庫打開。還記得《不可能的任務》的電視影集嗎？一開頭的場景通常是一組人討論計畫，我們雖然不知道全部內容，但看到道具介紹以後，我們便會假定已經有明確計畫，然後期待執行任務。

約定和期限

我們可以這樣說，跟人約定碰面或約好去哪裡，這些都算是目標，所以也會產生期待。期限也一樣。當有人被迫在某個日子或時間前完成一件事時，那也是目標——縱然這目標要強烈得多。正因如此，我們才常常限制時間，以產生更強烈的期待或懸念。我會在下一節再來討論時間限制，或「滴答鐘」；現在，我們先把它看成是引起讀者期待的另一種技巧。每當角色對別人說：「下午三點約在公園碰面。」或「你最好在電視劇開始前就把作業寫完。」我們很自然就會對未來的事產生期待。你當然可以想到很多電影裡的例子。就好比，在《北西北》裡，當桑希爾從飯店逃出來，進計程車後便說：「去聯合國大樓。」嚴格來說，這就是約定在某個地點，讓我們的心思立刻飄到那裡去。

擔憂或不好的預感

所謂擔憂，就是對未來的事感到憂慮。所以，讓角色擔憂或對某事感到不放心、有不好的預感，都會產生期待。如果你有辦法讓讀者同時也感到擔憂，讓他在乎角色的生死安危，這一招就會更強而有力。在《北西北》的某個鋪陳場景裡，情報局討論到桑希爾的困境，既然被誤認作一個不存在的特務，家庭主婦便擔心桑希爾活不了多久，股票經紀附帶說一句他們已經等不住，很想看到誰先殺了他，是范丹姆還是警方。這小小的場景令讀者期待後面出現的危險，也令人為桑希爾感到擔憂。

警告

警告包括了**預測**和**預兆**，通常指出了未來將發生什麼不愉快的事，所以便能建立對衝突的期待。每當有角色向別人提出警告，便會把我們帶往未來。你應該不會對「前兆」這字眼感到陌生，它就是向人提示未來的衝突。只要你建立前兆，讀者便會有所期待。在《E・T・外星人》裡，艾略特媽媽提議請人把外星人帶走，艾略特的反應是：「他們會對牠做腦葉切除或對牠做實驗什麼的。」而在《北西北》裡，當伊芙看到偵探上了火車，她便警告說：「順帶一提，如果我是你的話，我就不會叫甜點。」稍後在她的車廂裡時，她又說：「我在想，你這樣在芝加哥走來走去，到處去找你口中那位喬治・柯普朗，確實不安全。只要你一露面，警察就會把你帶走。」

麥高芬

麥高芬（MacGuffin）是阿爾弗雷德・希區考克自鑄的新名詞，在他的驚悚片中便大量用到這種情節設計。它的唯一用途就是刺激角色，推進故事。它往往是無價之寶，卻難以獲得，故事中幾乎人人都想奪得它，甚至會為它大開殺戒。麥高芬的例子多得很，像《梟巢喋血戰》裡的鷹隼小雕塑；在《美人計》（Notorious）就是裝在酒瓶裡的鈾；在《大國民》，就是「玫瑰花蕾」的不解之謎；而《北西北》的麥高芬，就是那個名為「喬治・柯普朗」的虛構角色，他被敵方特務追緝，而桑希爾也在尋找他的下落，想搞清楚他到底是誰。同樣地，這設計也是用來產生向前推動的力量，因為嚴格說來它也是被追求的目標，能夠引發讀者期待。

情調

設定正確情調，便能在讀者身上創造特定傾向，較易受到故事未來的情感所觸動。這情調就像是你故事或場景中的情感氛圍，你可以把它設計成有幽默感或充滿懸念氣氛。它之所以能引發期待，是因為它向讀者預示了未來可能出現的情感。就好像《沈默的羔羊》或大多數驚悚片的開頭段落，它建立起來的情調既緊張又懸念，下意識地告訴讀者：「待在這裡，你待會還會體驗到更多類似的感受呢。」根據故事類型而設定正確情調，這是引起讀者期待的有效方法。它不像前面介紹的技巧那麼公開，而是在潛意識裡起作用。關於怎樣具體地創造情調，我們會在第九章詳加討論。

戲劇性反諷（讀者優先）

我把最有力的工具留到最後；要製造推動故事或場景的力量，沒有方法比它更有效。所謂戲劇性反諷（dramatic irony），就是置讀者於「優先位置」，向他披露一些角色本人所不知的資訊。這就像是窺進了別人的秘密。讀者掌握了這些資訊以後，對於仍被蒙在鼓裡的角色的未來動向便知得一清二楚，他只能祝願這角色能作出正確選擇。讀者對於未來同時懷有希望和恐懼，使他總是處於期待，積極參與其中。就好像，為了營造懸念，阿爾弗雷德．希區考克曾讓兩個人在餐廳裡同坐一桌，炸彈在桌子下滴答在響，在相同的場景裡同時表現兩個版本。其中之一就像這兩個角色一樣，我們不知道有炸彈。等到爆炸時，我們便會感到驚訝。另一個較有力的版本是把攝影機傾斜，進入桌子底下，讓我們知道炸彈的存在；當炸彈在滴答倒數時，我們便能感受到自己情緒高漲，五味雜陳。當然，資訊不一定是炸彈。讀者可以偷偷聽到其他角色的耳語，知道他們有破壞性的秘密，就像殺手躲藏在家裡，盟友暗地裡是敵人，或者同命鴛鴦在鐵達尼號難逃一劫。以《北西北》為例，厄尼斯．里曼便在運用戲劇性反諷來保持觀眾的參與感：我們早就發現了「喬治．柯普朗」是虛構角色，即便桑希爾和范丹姆都還不知道；即便伊芙在便條上寫了「你想我明天早上怎樣對付他？」；即便她安排了跟柯普朗會面，到後來變成了致命的噴灑飛機；即便伊芙才是真正的天字第一號；即便桑希爾在范丹姆面前「中槍」；即便范丹姆終於得知伊芙是間諜，打算把她丟出機外；即便桑希爾還是想拯救伊芙。

戲劇性反諷也可以倒過來，讓角色知道一些我們所不知道的事。這時候便是「讀者落後」，我們知道的比角色少。這樣便能觸發好奇心。我們想知道角色為什麼怪裡怪氣，我們期待秘密揭曉的一刻，就像《唐人街》裡的艾弗琳那樣。

戲劇性反諷也可以是出於兩個主角之間的誤會，這是喜劇的慣用技巧之一。當我們知道其中一個角色被另一個誤會以後，我們便期待什麼時候他們會發現搞錯。我們想想，有不少喜劇都是靠誤會來驅動的，就像：《育嬰奇譚》（Bringing Up Baby）、《奇愛博士》（Dr. Strangelove）、《熱情如火》和《窈窕淑男》。電視劇《三人行》（Three's Company）也一樣，驅動它的是誤會和誤解：其中一位講的是一件事，另一位卻聽成是另一件事。在悲劇裡，誤會通常會導致死亡，就像《羅蜜歐與朱麗葉》和《奧塞羅》那樣。我們身處優先位置，對受害人產生同情，卻愛莫能助。這技巧對恐怖片來說也相當有用，比如我們知道殺手躲在家裡，受害人卻渾然不知。

同樣基於優先概念的另一種技巧是**欺瞞**，使讀者提出以下問題：「我們在意的角色會否因此受到傷害？」以及「他們能否及時發現？」如此一來，除了產生期待，還能製造懸念。因為，對於不愉快事件的期待，會在讀者心裡產生不確定感，因此形成懸念。我在下一節再深入討論這技巧。

懸念、緊張、不安、擔心、疑惑

從標題看，這些全都是跟緊張、不安和疑惑有關的內心重大反應，都是從不確定、尚未決定，或疑團重重的情景所產生的。於是便出現有趣的矛盾：在現實生活中，我們絕不想承受這種壓力，卻願意花錢去電影院感受它。它很可能是戲劇性故事中最重要的成分，因為它能從頭到尾把讀者抓住。任何故事都必須維持一定程度的不確定性（接下來會怎樣），要讓人不停猜測，不能被輕易說中。懸念絕對是一切故事的必要條件，並不只限於驚悚片或冒險動作片而已。每一個故事都應該創造這感覺，讓人一直渴望知道後面會發生些什麼。

劇本被拒絕的其中一個主要原因，經常在於缺乏懸念或不確定感。換言之，太容易被猜出來了。劇本裡到處都要有懸念：無論是在故事層次上——主角能達成目標嗎？在場景層次上——主角有辦法拿到他想要的東西嗎？甚至在拍子層次上——主角心裡會作何反應？

懸念不僅是感到不確定而已。我有可能不確定明天會怎樣，卻全無不安或張力可言。必須要加點東西進去。加些什麼呢？我們現在來看看懸念的成分。

首先需要**在乎角色**。所以我才把角色那一章放在前面。一切都由角色開始。一旦你運用工具，產生跟角色的連結之後，便能開始建立威脅和不確定的情景，引發懸念。假使讀者對角色根本無感，無論角色面對怎樣的危險，都不會產生懸念。

下一步是設定**面臨威脅的機會**，意思是：威脅愈容易發生（炸彈還有七秒鐘便爆；飛機沒有油；潛水員缺氧；橋樑快要倒塌……等等），懸念便愈強。假如角色有一整個月的時間拆炸彈，我們便沒有那麼緊張了，因為它不大可能會爆炸。所以最好的做法是讓讀者處於優先，讓他參與在潛在危險之中，然後把他蒙在鼓裡，直至炸彈不知從哪裡爆起來，引起驚訝。知道有炸彈存在，便提高了危險的可能性。所以製造懸念的一個最有效的方式，是設定時間限制，就像滴答在響的炸彈或缺氧的情況，這樣便相當於增加失敗的機率。事實上，威脅愈可能發生，便有更多的懸念。好比說，在《捍衛戰警》裡，整場戲都讓人緊張不斷，這是因為公車要保持高速，它很難不會爆炸。

最後一個成分是**後果不確定**。意思是，我們所同情的這位角色，他成功或失敗的可能性都一樣，這樣才能讓讀者猜測和懷疑，一方面期待勝利（及時拆除炸彈）另一方面害怕失敗（角色被炸得粉身碎骨）。就是要這樣，既知道有些事會發生，但又不知道是否一定會發生，在這兩者之間擺盪，才能產生有力的懸念，令人緊張刺激。我們於是得出懸念的公式：對角色的同理心＋面臨威脅的機會＋後果不確定＝懸念。

雖然很多人把懸念當成緊張，但你必須注意，緊張其實是懸念的一個小小的分支。所謂緊張，即**拖延對後果的期待**。事實上，任何能產生懸念的東西，只要還沒被解決，都會產生緊張的感覺。設想一根橡皮圈，慢慢地拉啊拉……拉啊拉……拉……你感到緊張了嗎？有本事的編劇，就是會讓讀者擔心事情演變成怎樣，而且不斷拖延，盡可能把事情延後解決。拖得愈久，便愈緊張。威廉・戈德曼（William Goldman）說過：「逗他們笑或令他們哭。怎樣都好，最重要的是：讓他們等。」或許是整部戲都緊張（主角能達到目的嗎？），或許是其中一場緊張（這角色能否拿到他想要的東西？）。

我要再提點一下，有些人會把懸念跟其他類似的感受混為一談，好比：好奇和驚訝。好奇心常被誤會作懸念，這是因為兩者的反應差不多——從心底裡的懷疑開始，引發強烈的參與感。在這兩種情形下，我們都想知道後面會發生什麼事。但差別是：好奇心是出於不曉得角色想要什麼，而懸念則是出於不曉得他能否達成目標，抑或一敗塗地。比如電視劇《24反恐任務》（24）就是這樣，一直周旋在這兩種情感之間：首先是建立好奇，讓人看到殺手準備好來福槍，等候著。到底他打算向誰開槍？於是激起了我們的好奇心。當我們知道目標是美國總統之後，好奇心便退場，取而代之的是懸念——他能達成目的嗎？好奇乃在於我們希望知道目標，而懸念則在我們知道目標以後才能存在。一旦知道了目標，好奇心就會消失，懸念立即登場。

此外，一般人會把搞不清它跟驚訝的分別。希區考克的例子是：讓兩個人坐在餐廳裡，炸彈就在他們桌下，還記得嗎？當炸彈忽然爆炸，我們便感到驚訝——一件震撼的事突如其來，只在幾秒鐘之間發生。但假使你給人看到的是餐桌下的炸彈滴答在響，然後兩個人卻在吃飯，鎮靜如常，我們便會有懸念。愈是拉長等候炸彈爆炸的時間，就會讓人愈緊張，隨著炸彈滴答倒數，這感覺可以一直維持下去，像十五分鐘都可以。希區考克說過，十五分鐘的緊張，勝過十秒鐘的驚訝，真是說得好。

接下來，你又該如何達到懸念和緊張，這兩種最有力的情感狀態？你可以參考下面幾種戲劇性技巧：

控制挫折和報償的平衡

正如剛才所說，懸念的一大關鍵在於後果並不確定。為了達到這一點懷疑，便要控制好挫折和報償之間的平衡。換言之，要讓人抓不準某個角色的輸贏。他的挫折來自於目標受阻或被延誤；當達成目標便得到報償。重點在於讓角色有時候贏，有時候輸，令人難以預料。如果角色一直贏，或一直輸，便毫無懸念可言，因為後果並非不確定。關鍵是：來來去去。這是惡搞恐怖片的常用技巧，女主角剛脫離怪物不久（報償），又被牠趕上（挫折）；她到了她車子那裡（報償），但找不到鑰匙（挫折）；她終於找到了（報償），但她開門時不小心掉在地上（挫折）；她撿起來，把門打開，進去，在怪物剛到她身邊時把門關上（報償）；她發動車子，但點不著（挫折）；怪物撞向擋風玻璃，車子終於發動，開走，揚長而去（報償）。

創造迫切性

所謂迫切性，就是你現在必須行動！快！刻不容緩！現在！身而為人，我們一聽到「現在」就會激動起來，因為這是我們最有活力的時候。驚悚片和恐怖片最擅長製造迫切感，而且常常發生在生死關頭的時候。理由來自於面臨威脅的機會。時間過去，押注愈來愈高，緊張度和迫切性亦隨之而提升。《神鬼尖兵》（Sneakers）裡頭有一個場景令人印象深刻，其中比舍普（Bishop）和他的團隊跟國安局（NSA）通電，彼此達成協議，在全球九個地方設立轉播站，以防止洩漏行蹤。比舍普一邊講電話，我們一邊看著世界地圖，看到國安局一個一個地追蹤這些轉播設備。正當最後追蹤到比舍普的實際所在位置時，緊張度上升，惠斯勒（Whistler）大叫：「掛線！他們快找到我們了！……快掛線！」這就是迫在眉睫的感覺，是強烈刺激讀者的方法。

創造阻擋、障礙、錯綜

在達成目標途中，假使沒有遇到阻擋，便不會產生疑惑，所以製造衝突是懸念的先決條件。沒有衝突就是沒有疑惑，沒有疑惑就是沒有懸念。所以說，衝突是一切戲劇性故事的要素。但關於衝突，在別的編劇課程和參考書已經討論夠多，加上我們前文在產生興趣的章節裡也曾作過探討，這裡就不再贅述了。到目前為止，我們應該清楚知道：戲劇性衝突在角色達成目標途中產生疑惑，懸念便是這樣誕生的。

兩項不同事件的橫切（平行行動）

所謂「suspense」（懸念），原來在拉丁語中即是「懸掛」的意思。照字面意思，你要把讀者懸掛在懸崖邊，愈久愈好。這是電視影集長久以來的傳統，在某一季的結束時你總是會看到「待續」的字樣。這就是橫切的技巧，也是所謂的「平行行動」。這對場景也有用，你可以在每個場景的結尾時對兩個懸念式結尾（cliffhanger）進行橫切。《沈默的羔羊》就是橫切的絕佳例子，它一方面讓克勞福特和SWAT（特種武器和戰術部隊）處在某地，然後切到水牛比爾，看到他對付受害人和他的狗，再換到克莉絲對第一位受害人進行調查，終於找到水牛比爾的下落。

拖延緊張，延後結果

你已經知道，緊張就是把期待延後。你愈是延後實踐期望，便能創造愈多緊張。你可以延遲任何期望，比如陪審團判定某人是否有罪，或角色對某事作出重大決定。拖延緊張的最佳地點，通常是在某個驚人發現之後。再以希區考克的餐廳炸彈為例。當發現有炸彈時，我們一開始感到驚訝；然後回到用餐者的談話，他們對此一無所知，我們便感到緊張了。在《北西北》中，當我們發現伊芙給范丹姆寫了什麼，我們也感到驚訝。對於她為敵方工作，我們深感震驚，但從這一點開始，我們都一直處於緊張，直至劇本的結束。在老套動作片裡的高潮場景，我們也看到這一點。壞蛋隨時都能把主角幹掉，但總是遲遲不動手，一直講話，直到主角想到怎樣逃出生天。

搬動角色（如魚失水）

把角色搬到反差大的環境裡，這是一般所謂「如魚失水」的做法，讓人觀看角色如何作出反應，這是另一種常見製造衝突和疑惑的方式。想想角色的特徵或態度，找出和他相反的特質，把他放進對應的環境裡，就像是：把內向的人送到派對上，或把怕水的人帶上遊艇。很多劇本都可作為例子，包括：《比佛利山超級警探》、《綠野仙蹤》、《鱷魚先生》、《E・T・外星人》，以及《飛越杜鵑窩》。

把焦點放在東西上

如果某樣東西會對我們在意的角色構成潛在危險，那麼把焦點放在它身上也是很好的做法，可以造成緊張。設想索橋的繩子慢慢鬆開；桌子下的炸彈；兩個互相憎恨的角色同時瞄到桌子上的武器；《美人計》裡的鑰匙；《奪魂索》（Rope）裡的大箱子。首先，確定你設計好一件東西，再把焦點放在那裡，造成緊張。

把角色逼進兩難

角色在處於兩難時，必須在兩個同等有利的條件中作出關鍵性的抉擇，在兩害之中取其輕。這個分岔路口，通常是在第二幕結束時發生的危機。要記住，一個好的衝突並非黑白分明、對錯立現。假如衝突有清楚答案的話，根本不算是衝突。設想你為了保命，必須殺死一位戀童癖或一位竊盜狂，這選擇並不是那麼難（但願如此）。這不是兩難。但要從一位無辜的警員和消防員中間作抉擇，那就不簡單了。你愈是拖長角色做抉擇的痛苦，就愈能造成緊張。試想，在《北非諜影》裡，瑞克必須在愛情和政治中作選擇；《震撼教育》（Training Day）（道德和敬仰）；《教父》（道德和家庭）；《蘇菲的抉擇》，必須在兩個小孩中間選擇誰存誰亡——堪稱兩難中的兩難。

逼角色面對恐懼

在前面一章，我們談到把恐懼加進角色，可以大大提升複雜度。如果逼角色面對他所害怕的東西，也會增強懸念。其中一個好例子，是《法櫃奇兵》開頭段落裡的最後一刻，印第安那．瓊斯在駕駛艙裡遇見了蛇，以及後來在墓穴裡也發生同樣的事。假如在某個場景裡有必須面對的恐懼，就可以造成緊張——角色會如何反應？後面會發生什麼事？

增加危險

只要是角色有很高的機會受傷或死亡，或在任何有風險的處境中，便處於危險，讓人懷疑他能否存活。所以說，增加危險常常是創造懸念的好方法。增加危險，相當於提升緊張。顯然，這是驚悚片、冒險動作片，以及恐怖片裡編劇所慣用的方式，可以提升讀者的參與感。

增加情節披露

一旦角色知道某些對情節相當重要的事，就算是情節披露。傳統上，在驚悚片或懸疑片裡，情節披露愈多，便表示主角愈靠近他的目標，讓人產生迫切感，也因此造成緊張。同樣，在前面關於拖延緊張的一節裡，我們也談到延後某樣事情的發現之後，該發現會變得更驚人，同時帶來緊張。

在《帝國大反擊》（The Empire Strikes Back）中，達斯．維達披露他是路克的父親——這震撼的發現造成強烈的懸念，因為我們都在等待路克的反應。

增加難以預料的程度

你已經知道，暴力威脅會產生懸念，但如果你不曉得這威脅何時、何地會真正實現的話，緊張感就會大到令人難以忍受。一切關鍵都在於「難以預料」這四個字。你還可以違背讀者的期望，讓事情變得更糟，緊張感便會進一步提高。就是說，假使讀者以為知道會發生什麼，例如某個角色有七天時間拯救人質，殊不知前面有更糟的事等著他，就像核武襲擊，這樣便能增加緊張。你也可以弄得抓不準期限，例如提前到期日子或計時炸彈在剪錯電線後加速倒數。

讀者優先

就像前面說的，我們現在回來談談這項強大的工具。它又被稱為戲劇性反諷，就是說，向讀者披露角色所茫然不知的資訊，讓讀者產生期待。現在，如果這資訊會威脅到角色的話，懸念就會建立起來。事實證明，這樣做可以令讀者情感洶湧，提升他的參與感。比方說，《終極警探》其中一個較緊張的場景，是主角跟反派面對面的時候。我們知道格魯伯（Gruber）是反派，他假裝成其中一個人質，但麥克連不知道。懸念於是建立起來，在整場對話中緊張感節節提升，直至麥克連向他開槍時達到頂峰。

提醒讀者押注是什麼

所謂押注，就是角色追求目標成功或失敗的後果。編劇應該常常自問，假設角色得不到他想要的東西，最壞的後果是什麼，這樣才能使他們行動的動機更可信，也更有強制性。既然你在前一章讀過關於押注的討論，我就不要再重覆了。我只想提醒你押注的重要性，就像你可以經由角色提醒讀者，他們在故事裡的押注是什麼。想一下，在《北非諜影》裡，曾經多少次提到通行證多麼重要。每一次提到它，都不只是為了怕你忘記，而是為了灌輸更多的懸念。顯然，要產生效果，押注一定要夠高，因此大多數都生死攸關，無論是身體上的，還是情感上的。

提高押注

押注愈高，懸念便愈強；既然如此，逐漸提高押注的話，角色也會慢慢陷入絕望，從而提升緊張感。我們在前一章談到馬斯洛的需求層次理論，此時正好派上用場。當需求按照重要程度作排序時，便正好跟押注的概念相關，其中最次要的是自我實現，最重要的是生存。如果你的押注已經到達最高一級，你還可以進一步從個人生死提升到整體存亡。讓你的角色情況愈來愈糟，直至到達高潮為止。這不僅涉及主角的個人生死，更與全世界的命運有關。

為角色設定模糊動機

隱瞞角色的動機，便能建立好奇心。只要動機依舊不明，讀者便很難放得下他們緊張的心情，直至真相大白為止。在經典西部片《狂沙十萬里》中，其中最主要的驅動因素之一，是口琴人要跟壞蛋法蘭克一決雌雄的秘密動機。整部電影不停散佈提示，但緊張感依然未減分毫，直到電影最後，終於把動機和盤托出。當然，你不一定要整部戲都保持動機不明。但你可以在某一個場景的這裡或那裡用上這一招，額外增加緊張感。

設立「鬥氣冤家」的處境

跟設立「如魚失水」的技巧一樣，現在，你不但可以藉由角色跟環境的反差，也可以藉由角色之間反差或鬥氣冤家，來創造懸念。你已經知道，這是增加概念吸引力的好方法，所以搭檔戲才會總是受人歡迎。只要你想在某個場景注入額外懸念時，便可以運用這技巧，可以在個別場景使用，也可以用在配角身上。

設立危險工作

說起緊張感，我們通常會聯想到某些做危險工作的人，就好像：拆彈專家、深海潛水夫、消防員、警員或間諜。因此，設定危險工作或任務，便能產生懸念。或許是腦部開刀、飛往太空、在亞馬遜叢林探險或追緝連環殺手……等等。

設立限期或時限（滴答鐘）

炸彈會在八小時後爆炸。潛水艇的氧氣只夠我們用一小時。你必須在21歲前結婚。這些都是有名的滴答鐘的例子，這是最常用的技巧之一，因為它的確有效。時間壓力可以創造懸念，這是因為它引入新的障礙——時間，從而增加了失敗的可能性。我們可以在整部片子設立時間限制，就像《日正當中》那麼；或者，也可以只設在某一個場景裡，就像在《金手指》（Goldfinger）裡，詹姆士·龐德拆除核彈一樣。

期限不一定只用在時間，也可以用在**潛在受害人**身上，就像大多數的連環兇殺電影（《沈默的羔羊》、《火線追緝令》）裡，探員都必須在兇手再次犯案前阻止他；也可以用在無辜的人被冤枉的**危急關頭**，就像在《北西北》或《絕命追殺令》那裡，主角必須在被警方組拿以前證明自身清白。它可以是某人從大樓掉下來時的**地面**，就像《超人》裡的露薏絲·蓮恩（Lois Lane）快要摔死的情景——她能否在著地前被救？也可以是《捍衛戰警》裡的**車速**，或者是《阿波羅13號》的**空氣**。

空間上的懸念

時間限制可以增加能否及時達成某事的疑惑，但我們也可以設立空間上的懸念，讓人搞不清威脅將從哪裡來。這不過是對未知的焦慮。殺手在哪裡？炸彈在哪裡？當然，空間上的懸念必須發生在受限的範圍內，好比某人在狹窄的太空船裡跟蹤外星人那樣。現在，我們並非等待時鐘倒數，而是外星人不曉得從哪兒出來突襲。我們之所以膽顫心寒，在於我們知道威脅逼近，卻又不曉得它的確實位置。在《異形》裡，大部分的緊張感正是由此而來。

角色難以預料的反應

無論哪一方面，只要是難以預料，都會創造疑惑，從而產生懸念。現在要談的這一個技巧，是把角色的反應設計成難以預料的處境，讓人搞不清他對於某件事會作出什麼反應。《四海好傢伙》（Goodfellas）有一個場面特別令人難忘，就是喬．派西（Joe Pesci）說出一句可怕的話：「很好笑是嗎？」當雷．李歐塔（Ray Liotta）天真地說他「有趣」時，派西忽然變臉，嚇人地說：「我有趣，這啥意思呢？……怎樣有趣法？像小丑那樣子，是吧？很好笑是嗎？」另一個緊張場面是《越戰獵鹿人》（Deer Hunter）裡的俄羅斯輪盤，同樣是使用了角色難以預料這一招。還有，在《霸道橫行》裡，布隆德先生（Mr. Blonde）不穩定的行為讓警察的耳朵被割掉，讓緊張感從而被推至頂峰。

陷阱或鍛爐

衝突包含目標、障礙，而且更重要的，還有誓不妥協的因素，還記得嗎？角色必須跟他的目標綁在一起，不能說他隨時想走就走，不然就沒戲唱了。他別無選擇，必須達成目標。這就是所謂的「陷阱」或「鍛爐」，通常是一個密閉空間，角色避無可避。例如：《阿波羅13號》、《浩劫重生》（Castaway）、《絕命鈴聲》（Phone Booth），或《終極警探》的驚悚片系列……等等。那些角色都不想待在那裡，只是無可奈何。他們被卡住了。只要讓角色受困，都能算是陷阱，包括：婚姻、家庭、監獄、滴答鐘、小島、幽靈太空船，甚至可以是角色本人的特質，就像《愛在心裡口難開》那樣。至於《魔鬼終結者》，鍛爐就是賽博格生化人（cyborg）本人，因為莎拉．康納根本別無選擇，必須陷入衝突之中。假使她對他置諸不理，她就會死掉。於是所謂陷阱，可以是角色必須採取行動的任何原因，尤其是當他無可奈何的時候，也沒有回頭路。

緩和緊張感

緊張感畢竟是身體反應，太過分的話便會不舒服。影評人羅傑．伊伯特（Roger Ebert）在評論《顫慄汪洋》（Open Water）時說過，他看完這部戲以後，感覺到必須出去走一走，曬曬太陽，才能把緊張感通通甩掉。這是因為這部戲從頭到尾的緊張感都很強，沒有一點點放鬆。不管你的電影類型是什麼，如果你打算設計一個高度緊張的場景，最好也安排一下緩和的時候，讓人笑一下或哭一下，什麼都好。在《魔鬼終結者》裡，那些放慢的場景就是鬆弛劑，在這部戲裡達到平衡的作用。不妨設想一下，假使這部戲的強烈動作段落一個接一個，此起彼落，情形會變怎樣？在《法櫃奇兵》裡，最好笑的部分是當印第安那．瓊斯向刀客開槍，剛好是他舞刀舞了很久以後。加上前面的追逐段落，累積起來的整個緊張感在這快速的射擊、造成大笑之後，一下子全都放鬆下來，既有創意又出人意表。顯然，奧利佛．史東在《疤面煞星》也用了一樣的技巧。當東尼把老闆的兩個保鑣幹掉以後，第三個保鑣一直堅持著，就這樣過了一段又長、又緊張的時候。直至後來東尼跟他的伙伴說：「給他一份工作吧。」我們跟那個保鑣都鬆了一口氣。當情人破鏡重圓，也可以用眼淚來舒緩緊張，就像《喜福會》（The Joy Luck Club）的結尾那樣。

驚訝、錯愕、好玩

在討論完說故事的四大情感（興趣、好奇、期待、懸念）以後，你應該已經可以抓緊讀者的注意力不放。不幸的是，劇情總是有可能被猜出來。這是因為讀者總是不停推估、設想可能性、猜測下一步會怎樣。這也是他覺得好玩的地方。他猜得愈準，劇情愈容易被說中，對你的劇本來說就是致命一擊。故事發展被猜中，角色的下一步動作或他想說的話被說出來，這是最令人氣餒的。身為編劇，你可以利用讀者愛作推測的天性，給他們一點驚喜，以免劇情一直被說中。

當尚．考克多（Jean Cocteau）被問到：「我要怎樣做才能成為好作家？」他的回答是：「讓我意想不到吧。」驚訝是懸念中最有力、最濃縮的部分，它常常在懸念之前或之後而來。好比說，當我們知道殺手匿藏在家時，我們感到驚訝，緊張感隨之而來，直至受害者走進家門為止。然後，到底故事發展是正如期待那樣，殺手動手了，還是受害人向殺手翻桌子，扭轉我們的期待，一切都取決於編劇的創意。

驚訝的全部重點在於出其不意。威廉・戈德曼的建議是：「給觀眾想要的東西，但不要按照他們預期的方式。」讀者心裡真正的問題，並不是「主角最後會不會贏」（這是屬於緊張的範疇），而是用什麼方式。假如一個男人想親吻一個女人，我們便期待他會這樣做。如果他真的做了，那本身沒什麼大不了。重點是他是怎樣做到的？這中間的過程最好是讓人感到意外。

造成驚訝的方式，當然是要靠劇情**離奇的扭轉**。出人意表的發現或意料之外的逆轉。讀者最喜歡被巧妙的劇情扭轉殺個措手不及。扭轉愈大就愈好。事實上，能夠造成故事逆轉的巨大驚訝並不多見，因此這樣的劇本通常當場就會賣出去。例如：《亂世浮生》、《刺激勁爆點》、《靈異第六感》或《火線追緝令》。

好劇本都是充滿驚訝的。但不一定都只在情節上動手。你可以令角色出人意表，方法是：在主角身上意外發現缺陷或反派居然也有他可敬之處。你也可以用對白來帶給讀者驚訝。只要確定它出人意表，邏輯上也沒問題，你怎樣做都可以。換言之，扭轉也不能無中生有。它必須要說得通。

驚訝來自於期望落空，所以你一開始便需要建立期待，後面才能用得上。事實上，喜劇令觀眾哄堂大笑的方式就是驚喜。妙語之所以令人莞爾，也正因為它扭轉了我們的期望。接下來，我們來探討一些能造成驚訝的方式：

出人意表的障礙和錯綜

我們在前面幾節已經談過衝突。現在，我們再來探討它如何關係到突發障礙和錯綜。很多寫作者都搞不清這兩點，所以我們分開來討論的話，或許會有幫助（雖然它們是一體的兩面）。這一邊是障礙，它是阻擋角色達成目標的東西。這擋路的東西可以是人、物件，或事件。關鍵是它令角色多花心思、努力，和時間，才有辦法越過它。一旦障礙被克服以後，角色又重新回到軌道上。試想像你由洛杉磯開去約紐，途中被大水阻撓，但稍稍繞路以後終於又踏上正常軌道。

另一邊是錯綜，就像你車子不見了，必須搭飛機過去。同一個目的地，但採取完全不一樣的路徑。跟障礙一樣的是，它可以是人、東西或處境，只是會改變接下來的行動而已。障礙只會造成暫時改變，但錯綜卻把你帶往完全不同的軌道，事情完全變不一樣。你去面試途中電梯壞了，這只是障礙。瘋狂愛上了面試官，那就是錯綜了。正因如此，錯綜又被稱為「情節扭轉」。它們偏移了角色先前期待的軌道。不用多說，要在你故事裡運用障礙和錯綜，關鍵依然是出人意表，造成讀者的驚訝。

發現和披露

無論主角知道了什麼能推進故事的資訊——任何線索、秘密、證據、武器或日記等等，都可以稱為發現或披露。為方便討論，我們區分了發現和披露：發現是主動過程，意思是主角親自找到資訊，而披露則是被動地向主角洩露的過程，資訊來自另一個來源，主角只是被給予的一方。《唐人街》最大的秘密，艾弗琳的女兒同時也是她妹妹，雖然這是艾弗琳受到傑克（Jake）逼迫進而說出來的，但也屬於披露。假如是傑克自行調查，像翻閱檔案等等，把這驚人秘密揭露出來，那便屬於發現了。然而，這小小的差別也不能說不重要，至少可以讓主動發現和被動披露在你故事中取得平衡。

發現可以是：讓角色忽然明白一個重大的事實，當謎底揭曉時，就像是頓悟、燈泡點著，或阿基米德大喊「Eureka」的一刻。好比在《火線大行動》中，法蘭克．荷瑞根（Frank Horrigan）終於想通殺手的計畫，忙不迭地往酒店衝去。

通常，無論經由發現或披露，主角和讀者都會同時知道某些事，造成兩者一同驚訝。但唯有披露能使用讀者優先的技巧，讓我們知道一些主角所不知的關鍵資訊。好比說，在《北西北》裡，教授向我們解開了喬治．柯普朗的謎團，雖然揭露了天大的秘密，桑希爾卻依然被蒙在鼓裡。

當發現或披露是發生在故事結束的時候，通常會扭轉結局，不僅令我們震驚，也會改變我們先前看過的一切，就像《靈異第六感》和《刺激勁爆點》的結尾那樣。

當然，一定要先把東西藏起來，才能有所發現。而發現先前所不知道的事，便會帶來驚喜。因此，要有驚人的發現和披露，你必須掌握收藏和披露資訊的手法。你必須控制好何時、多常給讀者資訊，還有給多少。最好的做法是把某些事留在畫外（off-screen），就能讓後來的發現帶來情感上的滿足。就像《靈異第六感》裡，偏偏不讓我們看到最關鍵的場景，即：麥爾康．克羅之死、他的喪禮，或其他人提起他過世的事；如此一來，當我們最後發現它時，便改變了我們對整個故事的看法。

逆轉

逆轉是發現或披露的一種更有力的形式，因為它把故事整個倒過來。這名詞本來就是從某個處境變成相反的意思，即是從富到貧，從喜到憂，從友到敵等等，或反過來也可。就像《熱情如火》裡，當喬跟傑瑞在火車站再次現身時，他們的女裝打扮就是逆轉的一種。

逆轉之所以引人入勝，是因為你找不到比它更難以預料的事。１８０度是轉變的極限。當我們期望一吻時，卻獲得一巴掌，就像《發暈》裡那樣，真是驚人的逆轉。或者像在《法櫃奇兵》裡，我們都預期主角跟刀客大戰一場，卻只是快快地射他一槍，這一下子的逆轉引來哄堂大笑。這是帶來驚訝的關鍵：假使讀者預期某事即將發生，你就一定不能讓它總是這樣。

跟發現或披露一樣，逆轉也可以是任何東西，包括：動作、事件，或言語，只要跟讀者的預期相反就好。在《美國心玫瑰情》裡，我們預期萊斯特會被開除。但他反而勒索老闆，拿了錢一走了之。或在《海底總動員》裡，最精彩的地方之一就是多莉（Dory）這角色，她有短暫失憶的問題。整部戲充滿了逆轉：每次多莉要幫馬林時，我們都滿懷希望，但當我們發現多莉記不起她要幫他什麼時，我們的心情便立即翻轉過來，變成失望和挫折。在《北非諜影》裡，最經典的逆轉例子是路易（Louis）說：「搜捕慣犯。」在瑞克向史特勞塞少校（Major Strasser）開槍後，我們本來都預期路易會把他帶走。以逆轉的方式帶給讀者驚喜，這是保持你故事新鮮和難以預料的強大工具。

秘密

揭穿秘密是引發驚訝的關鍵。你不能只要其中之一而不要另一個。它可以是驅動整個劇本的**故事秘密**，到高潮才揭露出來，就好像《唐人街》、《刺激劲爆點》，和《靈異第六感》那樣。它也可以是只驅動某一場面的**場面秘密**，就像是求職面試時不把某些東西寫進履歷一樣。或者也可以是**角色秘密**，類似角色的秘密特質或過去不為人知的隱秘等等。我們都喜歡看到角色的新層次被揭露出來，尤其是當我們自以為已經對他瞭如指掌的時候。在讀者知道秘密之後，當然就處於優先了，因為不知道秘密何時被揭穿，他的緊張感便會一直維持著。試想想，《窈窕淑男》和《熱情如火》便是這樣。如果角色和讀者都對秘密毫不知情，就會帶來驚訝，就像《刺激劲爆點》那樣。

讀者落後

正如讀者優先是讓讀者比主角知道得更多，現在這是反過來的技巧——讓主角知道的比讀者多。這會產生好奇心，但更重要的是，一旦資訊向讀者披露出來，就會帶來潛在驚訝。這工具常在搶劫片裡使用，就像《瞞天過海》（Ocean's 11）和《長驅直入》（Ocean's 12）裡，角色對他們的計畫和方案都知得比觀眾多。就這樣，我們講完了披露資訊時可以用得上的三種創造性策略：首先是**發現和披露**，角色和讀者同時接受資訊；然後是**讀者優先**，讀者先知道某些事，角色仍蒙在鼓裡；最後是**讀者落後**，角色知道一些讀者所不知的事，最終達到驚人的披露。

震撼

當驚訝既突然又強烈，或讓你難以置信，充滿噁心或反感，甚至是恐怖或顫慄時，就可以說是震撼。想想某些電影最令人震驚的時刻——《異形》裡幼蟲從胸腔跑出來的場面、《教父》裡的馬頭，或《大法師》（The Exorcist）裡大部分的場面。它不一定是恐怖片裡的血腥時刻。或許也可以出現在喜劇裡，就像《窈窕淑男》的麥可第一次穿上女裝的時候。事實上，喜劇的震撼時刻通常都會引起哄堂大笑。那一刻的關鍵在於：完全出乎意料、突如其來，而且夠極端。第一幕就把主角做掉，結果是滿震驚的，希區考克在《驚魂記》就是這樣做。但你要確定這樣做在故事裡說得通，否則便有可能令讀者大失所望。

紅鯡魚與錯誤指引

驚訝是基於非預期的期待，所以，其中一種引起讀者驚訝的方式就是誤導他，讓他期待別的東西——用跟魔術師一樣的障眼法，在給你看袖子的同時，把硬幣藏在手心。在故事中，它被稱為「紅鯡魚」[38]（red herring），可以是偵探追查案件的假線索，可以是一位可疑角色，或一件事，就像在《沈默的羔羊》裡，聯邦調查局搜錯了房子。還記得嗎？當看到甘柏[39]（Gumb）應門，而站在那裡的是克莉絲時，你是多麼驚訝？我們被編劇故意誤導。還有，我們怎能忘記《靈異第六感》那些聰明絕頂的誤導手法？當真相最後曝光時，你重看每一個場面，發現編劇並沒有騙你，只是誤導你相信克羅被射中後依然生還而已。

雖然紅鯡魚這一招對懸疑片來說很重要，但其實可以用在別的類型裡，就像某個角色追錯目標，或信錯了人，後來被他背叛等等。不用管它是什麼，重點是它能讓你刻意將讀者引向錯誤方向，而依然跟隨故事原有邏輯。但不要忘了，你稍後必須公開誤導之處，才能在讀者身上產生驚訝的效果。

伏筆與分曉

好電影之所以難忘，是因為裡頭有很多驚喜。到了現在，你應該曉得驚喜的來源是觀眾在期待某件事時，編劇卻給出另一套東西。這是藉由伏筆（setup）和分曉（payoff）來做到的。在你整部劇本裡頭，你應該在不同地方「種下」種子，以便劇本後面能結出果實——無論是一件東西、一個動作、一處地方，或一句對白也好，在稍後分曉時便能引起驚訝。就像《北西北》裡的火柴盒、《沈默的羔羊》裡的筆、《法櫃奇兵》裡的恐蛇症、《唐人街》裡「對玻璃不好」的嘮叨，或在《魔鬼終結者》裡「我會回來的」的台詞。但千萬記住，你的伏筆可以老套，但結果或分曉時必須夠獨特，才能令人驚訝。《黑色追緝令》（Pulp Fiction）雖然有很多暴力成分，但在慣用的伏筆下運用了驚人的分曉，帶給我們不少歡樂，就像一對情侶意圖去搶餐廳，或拳擊手沒有在比賽時放水，最後變成跑路。

救生索

南加大前教授保羅・盧西（Paul Lucey）在《故事意識》（Story Sense）一書中提到救生索（lifeline）。它是主角用來解決故事問題的任何一樣東西，可以是技能、工具、武器、盟友、情報或策略。你可以把它想成是主角的殺手。救生索的例子有：《異形2》（Aliens）裡的太空衣，以及起重機器人；或《終極警探》裡貼在麥克連背上的槍。顯然，你必須事先埋下救生索的伏筆，到後來分曉時才會有感覺；不然就有可能變成接下來要談的「天降救星」。

巧合（天降救星）

雖然我們強調事態發展必須合乎邏輯，但你有時候也可以偷偷在故事裡用些巧合、裝置，或意外事件，就像在不對的地方、不對的時候目睹罪案發生，或角色之間碰巧遇到。事實上，你也可以說，大部分觸發事件其實都是巧合，卻能激發故事到達合乎邏輯的結局。

所以也不是說不能用巧合。你可以把它弄成障礙或錯綜，用來對付你的角色。通常不被贊成的，是用巧合來解決問題，或令主角在危機中如釋重負。這樣的做法被稱為「天降救星」（Deus Ex Machina），源自古希臘戲劇中，諸神下凡為故事解決疑難。今天，懶人編劇也可以弄一陣狂風，把主角從火災拯救出來；或者讓他中樂透，剛好拿來還賭債。這些出路對角色來說太容易了，你必須盡量避免。它們不僅侮辱讀者，也不能帶來情感的滿足。記得先設計好邏輯，讓後面的巧合說得通，而且不能讓它來解決主要的危機。你要讓主角做事，靠他自己的能耐或盟友來解決困難，贏得他自己的勝利。

把緊張和緩和連結起來

很多編劇都喜歡發動情感上的三重打擊，尤其是恐怖片裡，將驚訝、懸念跟緩和三者湊在一起。比方說，一位少女聽到聲音。我們都知道有殺手等著，只有她不知道——懸念。少女感到害怕，但我們比她還要緊張，因為我們處於優先位置。她在黑暗裡找遍每一個角落——緊張。她又聽到聲音了。她的貓從沙發跳起來——驚訝，慢慢放鬆下來。然後，殺手動手了——震撼。當然，這場面很熟悉，但還是有用，尤其是對於說故事能手，他們精於操控情緒，便更加有效。這種組合技巧的方式牽涉到懸疑性伏筆，然後是對這伏筆的假分曉。我們期待悲劇，已經準備好迎接一陣震驚，但當沒事發生時，我們便放鬆下來，後來悲劇出現，我們就真的被震撼到了。

興奮、喜悅、歡笑、悲傷、勝利

我們現在處理的這一組情緒，一方面既是共鳴的感受——角色因為經歷某些事而有所感；另一方面也是發自內心的——讀者也有同感。假使讀者跟角色產生連結，無論角色是喜、是憂……等等，讀者也會一樣。但讀者也會因為處於優先位置，知道一些角色所不知的事而感到快樂或憂傷。

這些情感並沒有像前面我們談過那五種那麼關鍵，但也算相當重要，值得我們花一點時間看看它們是怎麼回事。我們花大錢去看戲，就是為了體驗它們，尤其是興奮、勝利和歡笑。我們下面就來看看產生它們的工具吧。

壯觀場面

大部分編劇都靠壯觀場面，在讀者身上產生興奮，包括：描述誇張事件、驚險特技或刺激感官的特效，讓你大呼「哇塞！」想想《詹姆士龐德》系列的開頭場面、《鐵達尼號》的沈船段落、《侏羅紀公園》裡面的恐龍、《駭客任務》的特技和影像，以及《星際大戰》裡大部分的內容。讓你的劇本由壯觀場面開始，亦不失為一個好策略，因為它可以用力地抓緊讀者的注意力。只是要記住，千萬不能做得太過份，以免故事因此被犧牲。所以，你要確定它是屬於情節的一部分，主角也牽涉在場面之中。

性和暴力

性和暴力是另一種形式的壯觀場面。佛洛伊德說過，性和暴力是我們最簡單的衝動。這也是它們令故事如此引人入勝的原因。暴力，是衝突在視覺上最吸引人的形式；性，是愛情在視覺上最吸引人的形式。兩者都會在讀者身上產生強烈情緒反應，要謹慎使用。跟壯觀場面一樣，它們可以用作開頭場面的一部分，如同《第六感追緝令》，兩者結合起來，一開始便收到啟動故事的效果。

幽默

對製片人來說，喜劇通常都是頗受歡迎的類型，在票房上有一定保證，可見摻入好笑成分顯然是提升讀者參與感的有效工具。礙於篇幅，我沒辦法在這裡詳細分析幽默如何運作。其實坊間也有不少出色的資考參料，它們分析引人發笑的因素；對於未來想從事編劇的朋友，我會強烈建議他們花點時間去研究一下。現在，我們只需要知道幽默通常是基於驚訝，或非預料的期待，因此前面一節討論到的大部分技巧，正是產生歡笑的第一步。

不用說，幽默是喜劇的必要成分，但其實它也可以用在任何類型上，包括戲劇。理由是，它可以作為緊張的舒緩劑，在戲劇性強烈的故事中稍事休息。

逃脫

主角從危險處境、或從監獄等侷限中逃脫，可以提供緩和的感覺，在新獲得的安全和自由中無比興奮。想一想，就像《法櫃奇兵》裡，印第安那．瓊斯從貝洛克（Belloq）手上死裡逃生，以及開頭段落裡的那些印第安人；或者像《第三集中營》（The Great Escape）裡，希爾茨上尉（Captain Hilts）如何逃出生天。如果是我們在意的角色，我們的確會為他成功脫身而感到快慰。假如是危險的壞蛋，像《沈默的羔羊》裡的漢尼拔．萊克特，他的精彩脫身反而會引起我們的驚慌和恐懼。

離、合

假如是我們深深在乎的兩個角色，你把他們拆散或重聚，便會分別造成我們的哀傷和歡樂。回想一下，在《E．T．外星人》裡，當艾略特跟他的外星好朋友分離在即；或在《鐵達尼號》裡，蘿絲（Rose）放開凍僵的傑克（Jack）時，我們的感覺多麼悲傷。再想一下，像在《他不笨，他是我爸爸》或《喜福會》裡，對於父母和子女間姍姍來遲的重聚，我們又是怎樣地歡喜？

勝、負

勝利和失敗的道理一樣。比方說，當角色在比賽中難得獲勝，我們會對他得勝的喜悅有所共鳴，尤其是獲得這場勝利（無論是實際上、或情感上的勝利）是相當不容易的（《洛基》、《功夫夢》、《奔騰年代》（Seabiscuit））。同樣地，當角色輸了比賽，或失去對他來說很重要的東西時，我們會感到痛哀（《鐵達尼號》、《E．T．外星人》、《第六感生死戀》）。你在前一章已經看到，對於我們在乎的角色，他的失敗或不幸都帶來哀傷，勝利和幸運則造成歡樂。想要讀者的眼睛離不開劇本，你可以讓主角反反覆覆，在故事中不斷獲勝和慘敗，事實證明這是相當有效的方法。當讀者提出核心問題：「主角會達成目標嗎？」你可以藉由小小的勝利來回答他「會」，然後回答他「不會」，給他一下子的落敗，反反覆覆——會、不會、會、不會，讓讀者不斷經歷希望和害怕、歡樂和憂傷、勝利和悲劇。

詩的正義

對比於法律上的正義，這概念跟超自然的業報或天譴比較相關。當我們看到法律無法伸張正義，而無辜者最終依然能含冤昭雪或惡人罪有應得，這時候，「詩的正義」（poetic justice）的確讓我們在情緒反應上獲得高度滿足。好比說，你可以寫一個丈夫殺妻的故事，丈夫完事後想遠走高飛，用保險金買了一艘船，但船後來沈沒了，他也因此而溺斃，這就是詩的正義，會帶來感足感。重點就是：善惡到頭終有報，在劇本結束時，這一招尤其有用。

同理心、同情心、敬佩、鄙視

雖然這些感覺已經在前一章出現過，但它們對故事的正面感受相當重要，使我不得不在這裡重提一次。我們或許能從故事發展感受到好奇和驚訝，但假如沒有跟角色建立連結的話，其他帶來更多滿足感的感覺，類似期待、恐懼、懸念、喜悅或憂傷等等，便不會出現。沒有對主角產生同理心或同情心，沒有對反角產生鄙視，這樣的話，讀者便不會參與到故事之中。

通俗劇和無病呻吟

在某些戲劇性處境裡，角色的情感不宜過度。當角色忽然淚如泉湧或暴跳如雷時，讀者需要看到這些極端情緒是在如何強烈環境中產生。不然的話，你創造出來的便不是戲劇，而是通俗劇（melodrama），或無病呻吟。要使戲劇性場面可信，必須先為角色加上一定的情感事實作為基礎。假使讀者不相信他的情感，你就是在寫通俗劇。對於真正的戲劇，每一次情感的表達都是由衷而有動機的；對於通俗劇，動機則通常不足，反映出來的情感變成過度戲劇化。它們通常都很粗淺、逗笑，像肥皂劇那樣，因此在情感上不足以令人滿足。

要寫情感事實，最好是想像自己像角色一樣處於故事環境時，你會有怎樣的感受。問問自己：「假如我是這角色的話，在這處境中我會有什麼感覺？我會做些什麼？」就像羅伯特·佛羅斯特說的：「作者不流淚，讀者也不流淚。」

躍然紙上：故事的運作

我這裡選了《北西北》，因為它的故事從多個方面看來都很刺激，這一章談到的很多技巧也可以從中舉例說明。

由於篇幅所限，我不能對整部劇本逐一分析。更何況，我在前面舉例子時，已經提過第一、二幕中大部分的內容。剩下來的，我就專注在第三幕上，把劇本中顯然用到的多個技巧圈點出來。我會一個個拍子慢慢談，指出它用了哪一種技巧，在讀者身上引起哪一些感受。這樣，你便可以清楚看到這些技巧的運作，它們如何創造出徹頭徹尾都刺激的一幕。

第三幕的開始，是桑希爾在拍賣會上被警方逮捕（勝、負），被送到教授那裡（逆轉），在那裡聽到了一切事情的真相（披露）：范丹姆想把拍到政府秘密的微型膠卷偷帶出國；喬治・柯普朗這人並不存在——他只是誘餌，用來分散對真實特務的注意力。

教授請桑希爾幫忙，多做24小時的柯普朗，拯救真實特務的生命危險（迫切—兩難—高押注—危險工作），但被桑希爾嚴詞拒絕，宣稱他自己不過一介草民（阻擋）。教授於是披露伊芙・坎多（Eve Kendall）的反間諜身分，有危險的人正是她（披露—逆轉—秘密—震撼）。桑希爾不情願地答應前往拉皮德市（Rapid City），跟隨范丹姆，為了救伊芙一命而繼續假扮成柯普朗（計畫－期待）。

來到拉什莫爾山的飯堂，桑希爾和范丹姆、倫納德（Leonard）、伊芙等人碰面，提出：他讓范丹姆出國，不加阻撓，但要以伊芙作交換（好奇—緊張）。范丹姆拒絕。桑希爾抓住伊芙，但她拔槍射他，跑出門，開車離開（驚訝—逆轉—震撼）。桑希爾在教授的協助下，躺在擔架上被送走（好奇）。

稍後，在樹林裡，桑希爾平安無事，跟伊芙碰面（逆轉、暗地欺瞞、重聚），她為曾經欺騙他而跟他道歉（同理心）。她披露了她是怎樣跟范丹姆搭上的，而現在的她則對桑希爾一往情深（披露）。他們接吻，但伊芙說她必須回去范丹姆那裡，繼續做間諜（失落—阻擋）。桑希爾說，在范丹姆出國以後，他希望更長時間跟她在一起，這時候，他從教授那裡知道伊芙的任務是要跟范丹姆一起飛走，永遠離開（披露—逆轉—提高押注）。桑希爾受騙，知道自己將失去伊芙而怒不可遏（分離）。

在電台新聞報導聲中，我們聽到在拉什莫爾山槍戰後，柯普朗情況危殆，而桑希爾也在醫院房中被鎖起來（失敗—障礙）。他請教授出去帶威士忌回來，趁機從窗口逃到另一個房間，嚇到那裡的女住客（逆轉—逃脫—緊張）。她大喊「停」，但戴上眼鏡後，轉而低念一聲「停」，略帶邀請的味道（幽默—緩和緊張）。

桑希爾搭計程車，到達拉什莫爾山下范丹姆的住宅，試圖阻止伊芙離開（危險—高押注）。他從窗外無意中聽到范丹姆和倫納德的對話（優先位置）。倫納德不相信伊芙，認為她槍開得太俐落（錯綜—危險—迫切）。他拿了伊芙的槍射向范丹姆，證明他的看法（角色意外反應）；范丹姆極為震驚，對伊芙背叛他感到失望（發現—逆轉—失落）。他計劃把她從飛機推出去（計畫—高押注—優先位置）。

伊芙下樓，在客廳跟他們喝一杯（拖延緊張）。桑希爾情急，在印有ROT字樣的火柴盒上寫下「他們要對付你。」（聚焦在物件—警告—分曉—披露）丟到她身邊。伊芙警覺後，說個藉口回到房間（報償），遇到桑希爾，被告知她生命有危險（提醒押注）。但她想要完成任務的決心勝出，結果便跟范丹姆和倫納德一起，在他們護送下上機（逆轉—分離—拖延緊張）。

女傭從電視屏幕反光看到桑希爾，發現了他。她用槍口抵住他，不讓他走（聚焦在物件—障礙—逆轉）。伊芙正要登機之際，聽見從屋裡傳出砰砰兩下槍聲（意外錯綜—在乎角色—救生索）。

在一片混亂中，伊芙拿走了范丹姆的塑像（內藏微型膠卷），衝進桑希爾開來的車逃走（報償—勝利）。然而社區被圍牆包著，大門上了鎖（挫敗—障礙），他們只好棄車，走進樹林，最後到了拉什莫爾山的山頂上（障礙—危險增加）。

倫納德和他的隨從步步進逼，迫使伊芙和桑希爾從總統頭爬下去（壯觀場面—陷阱），當桑希爾向伊芙求婚時，緊張感稍稍緩和起來（幽默）。一位隨從手帶著刀向桑希爾撲去（危險增加—難以預料—挫敗），但很快就被推下懸崖（報償—希望）。倫納德從伊芙手中奪去塑像，把她推下石壁，讓她懸在半空（高押注—挫敗）。桑希爾爬下去拉住她，另一隻手扒著岩石（危險—報償—希望）。倫納德走在上面，用腳踩他的手，死死地碾著（挫敗—逆轉—高押注—恐懼）。一聲槍響，倫納德便倒在地上（逆轉—報償）。

范丹姆被教授逮捕，桑希爾努力從岩石把伊芙拉上來（最後危險—挫敗），忽然變成把她拉進火車的上層鋪位上，跟她說：「來吧，桑希爾太太」（報償—勝利—歡樂）。

這就是一部經典劇本的最後一幕，你現在看到了裡面用到了多少的戲劇性技巧，以及它們的運作模式。無疑，它們大多數都是用來引起期待、緊張，和驚訝，畢竟這是希區考克的電影。但你必須知道，這些技巧也可以用在別的類型，用來說任何故事。這些技巧可以使任何故事更加豐富。

現在，既然你已經開發出有力的故事，接下來就要把它兜起來，放進一個普遍認可的形式裡頭。下面我們就來談談結構……

38〔譯註〕即燻鯡魚，英語中指用來轉移別人注意力的東西，類似我們的「幌子」或「聲東擊西」的意思。

39〔譯註〕即水牛比爾。

7

結　構

吸引人的設計

「寫劇本就像服裝設計：每一件襯衫的結構都一樣，兩管袖子再加些鈕扣，但就不是每一件都做得一樣。」

——艾齊瓦．高斯曼

要記住：說故事，一言蔽之，就是要引發最多的討論。關於結構，已經太多人在寫，太多人在教了，我沒有什麼好補充的。基於這理由，這將會是本書最短的一章。以防你對這主題還有搞不清的地方，我下面就來重溫一些最重要的基本原則。

你必須知道的基本原則

所謂結構，基本上就是故事的形式或外形；對於你為故事創造出來的所有事件，你怎樣把它們兜在一起，放進一個統一的整體，引發最大程度的情感。結構是建築的學問，是你故事的設計。正如大樓不能沒有建築構造，故事也不能缺少結構。故事是事情的發生，結構則是說出故事的方式。故事是創造物，結構則是讓創造物灌進來的模子。用骨架的類比來說，就像你研究完每根骨頭和它們在人體的作用以後，接下來就要把它們組合起來，為人體建立基礎，以便把你故事的肌肉、神經，和皮膚掛上去。要記住，所有故事都需要結構，就像任何人體都需要骨架一樣，沒了它，身體便只像布玩偶而已。

不管哪一個結構理論對你有用——不管是英雄歷程、22個步驟，還是七幕劇結構……等等，都可歸結為同一件事。無論你怎樣看，任何故事都包含三段發展——開始、中間和結尾。你可以把故事結構視為：佈局、錯綜和解決；或用情感的術語來說，就是在讀者身上創造吸引、緊張和滿足。無論你從哪方面看，「三」都好像是神奇數字。正因如此，只要談到普遍的說故事藝術，三幕劇結構還是最常教的，也是最被採納的範式。

要記住，這種戲劇結構不是某個人坐著，忽發奇想而弄出來的說故事定律。它們在人類開始講故事時便已經存在。亞里士多德在2400多年前首次發現它們，情形跟科學家發現自然定律一樣。他所做的只是觀察，發現那些成功的、令人情感滿足的、深受人喜愛的戲劇都遵從類似的原則，於是便把它寫在《詩學》裡。

我知道你們某些人會覺得三幕劇的結構有點公式化。可是，雖然它在大部分故事裡都長得一樣，但不能就此認為大多數故事都相同。就像人類的骨架相對來說都差不多，但大多數的人都獨一無二。因此，假使你決定建造的是人類，便必須從「公式化」的骨架開始著手，否則結果會變得人不像人。對說故事而言也是一樣。例如，《美國心玫瑰情》和《E・T・外星人》兩部戲簡直天差地別，但結構依然相同。

所以，不要把結構和公式混為一談。秘訣在於你用結構來做些什麼——你從哪裡開始，在哪裡結束，中間放什麼東西進去。你創造時刻和事件，把它們放進場景，又將場景放進段落，段落放進幕，幕放進一個統一的成品，便成為所謂的「劇本」。這些時刻要有辦法讓讀者好奇，想知道接下來發生什麼事，不然你就會帶來沈悶——身為作家，這是十惡不赦之罪。三幕劇的結構可以安排事件的秩序，避免沈悶：衝突造成改變，接下來引起更多衝突，再不斷地建構啊建構，直至到達故事最終的對峙或解決。這三幕戲包括：開始、中間、結尾。從情節來看是：佈局、衝突、解決；從情感來看是：吸引、緊張、滿足；從主題來看是：主旨、發展、實現。

手藝：每一幕的情感因素

現在，我們就情緒反應來探討結構——看看怎樣來設計每一幕，以達致讀者最大程度的情感衝擊。正如剛才說的，你最好還是把故事分成三部分：第一幕是開始，必須吊讀者胃口，吸引他們一直看下去；第二幕在中間，必須在邁向高潮對決的同時，引發緊張和期待；第三幕則是結尾或解決，必須能產生情感上的滿足——這是一切娛樂的目的。

我們下面來看看每一幕的情感要求。我只想為你提供某種說故事技巧的基礎，請不要把這些關鍵要素當成公式。

第一幕——吸引

第一幕是用來設立故事，讓它動起來的，關鍵是抓緊讀者的注意力，抓住後不要放手，直至劇本上的字「淡出」為止。做法是設定好類型和情調，令人期待你心目中想達到的感覺，像是喜劇裡的歡笑，或驚悚片裡的緊張等等。首先，你要引介主角，稍後讓讀者跟他產生連結；然後是建立主要問題，吸引讀者興趣，令人產生期待，好奇主角會怎樣解決他的兩難。因為你必須從第一頁開始吸引讀者注意，這一幕的關鍵要素便是開場鈎子。

開場鈎子

你的開頭場面必須一下子抓緊審稿員的興趣，讓他忘記自己在審劇本。你沒辦法跑進辦公室，跟他說：「不要管前面那幾頁，讀下去就對了。後面更有看頭喔。」假使審稿員沒有立刻覺得好玩，他很快就會覺得自己又要寫一篇無聊的報告，後面也不會有什麼刺激的體驗。只要開場鈎子夠成功，便會告訴審稿員在他眼前這一位是專業編劇。下面有幾種開場方式：

行動中的主角 —— 在衝突途中引進主角。這不單是最一般的開場方式，也是最有效的，因為它從兩方面吸引注意 —— 分別是角色的連結以及戲劇。回想一下，《神鬼玩家》（The Aviator）的開頭場面裡，我們第一次看到霍華．休斯（Howard Hughes）時，他正學到關於病菌的事，後來長大了，成為史詩式電影《地獄天使》（Hell's Angels）的導演；在《大審判》，酒鬼法蘭克．蓋凡在殯儀館裡尋找客人；在《午夜狂奔》，傑克．華許為獲得懸賞而追捕重罪犯。以行動中的主角作開始，可以為你開出更多焦點的可能，比方說，你可以把焦點集中在**角色的獨特性**上，就像《虎豹小霸王》（Butch Cassidy and the Sundance Kid）裡的開場牌局；或《哈洛與茂德》裡的假自殺；或在《末路狂花》裡，你開始認識賽爾瑪（Thelma）和露易絲（Louise）的生活。也不妨以**對角色的同理心**作為焦點，以不幸或虐待作開場（或用第五章討論到的任何技巧），產生瞬間的同理心。想一想，就像在《永不妥協》裡，主角應徵工作失敗，收到停車違規罰單，又被攪進車禍裡，都在劇本短短幾頁之間發生；或者像在《海底總動員》裡，馬林痛失妻子，還有那些還沒出生的小孩。

行動中的反派——除了引入主角，你也可以讓反角先出現，以刺激的動作段落作開場。就好像《星際大戰》、《刺激勁爆點》、《大陰謀》（All the President's Men）裡的竊案；或《熱情如火》裡的靈車被警察追趕；或《驚聲尖叫》（Scream）裡兇手搞定他第一個受害人。

背景故事（序幕）——我們曾經在第五章探討過這一點，當時是把它看作角色生命的一部分。現在，你也可以在劇本中用一件刺激的事作開場，在主要故事還沒開始前，引起對後續事件的期待。就像《迷魂記》和《巔峰戰士》便是以一段痛苦經歷作為序幕。

壯觀場面——我們在前一章也談過，壯觀場面可以引發讀者興奮，像特技、特效，或誇張的事件等等。正因如此，壯觀場面是開啟故事的理想方式，但千萬記住，它必須跟故事有關，而非無厘頭的視覺效果，造成讀者的注意力被分散。舉例來說，就像《搶救雷恩大兵》裡的激動場面或《捍衛戰士》裡的特技飛行。壯觀場面也可以包括性和暴力，就像《第六感追緝令》和《巴黎野玫瑰》（Betty Blue）的開場，以及像《教父》的婚禮等喜慶場景。

疑團——只要能引起讀者好奇，讓他想知道接下來的發展，都是開始劇本的好方法。回想一下，像《異形》、《駭客任務》、《血迷宮》、《刺激勁爆點》、《大國民》，或《E・T・外星人》等開頭場景，都是經過設計，務求引起讀者的疑問——我們在哪裡？這些角色是誰？他們在聊些什麼？接下來會怎樣？這樣便能吊住讀者胃口，讓他好奇想知道答案。

奇特世界——向讀者介紹一個聞所未聞的奇特世界，也能吸引他的興趣，讓他好奇讀下去。例子包括：《星際戰警》的外星人、《楚門的世界》（The Truman Show）的美國小鎮（其實是一部巨型電視）、《證人》（Witness）的阿米許教派（Amish）、《教父》的黑手黨或者《銀翼殺手》（Blade Runner）裡對未來洛杉磯的鳥瞰全景。

鋪陳——提供關於故事世界的基本資訊，這也可以是很好的開場策略，但資訊必須有趣或者是理解情節的關鍵，就像《星際大戰》開場的滾動文字，以及《北非諜影》裡的地圖和電台旁白。

打破第四面牆——這是罕見但有效的方式，開始時由某位角色直接跟讀者講話，從而創造迫切性，也能產生連結。你可以利用**旁白**，就像《美國心玫瑰情》或《日落大道》那樣；或讓**角色直接在鏡頭前講話**，即「打破第四面牆」，就像《失戀排行榜》、《蹺課天才》或《安妮霍爾》那樣。

書擋式倒敘——童話故事都會以「從前有一位……」作開場白，吸引我們注意。這通常用在歷史作品或偵探故事，查探過去發生的案件，是很受歡迎的技巧或結構。從一開始便插入一段「書擋」，以說故事的方式把鏡頭閃回從前，例子是：《鐵達尼號》、《阿瑪迪斯》、《大國民》、《麥迪遜之橋》（The Bridges of Madison County）、《雙重保險》（Double Indemnity）。只是要注意，過去的故事必須比現在這一個更重要。

關於你劇本的開頭幾頁，重點是：假使它沒辦法做到引人入勝，讀者便會立刻產生一種想法——你後面也沒有能力吸引他。他會先入為主，讓他的負面判斷一直停留到劇本的最後一頁。你不會想處在這位置上，尤其是當你後面有更精彩內容的話。

引進主角

就像剛才所說，讓主角在開頭場面出現，這種開啟劇本的方法既普遍又有效。但假使你選了別的開場方式，你便要盡快把主角引進來，才能讓人對他產生代入和同理心。理由在於，基於讀者潛意識的期望，他在劇本看到的第一個角色，通常會被當作是主角。所以，大多數編劇都會選擇以行動中的主角作開場。此外，當你介紹主角時，一定要設法讓讀者在乎他，或者替他難過，第五章討論過的技巧都可以用，之後再來披露他的缺陷。對於我們喜歡的人，我們比較容易接受他的缺點，但對於一個本身有缺陷的人，就不是那麼容易了。

觸發事件

在第一幕裡頭，這是唯一最重要的事件，沒有它，就沒有故事。它有很多別的名字——觸發事件、觸媒（catalyst）、導火線（trigger），因為沒有這事件的話，故事就不會動起來。它也叫作騷動（disturbance），因為這事件相當有影響，擾亂了主角的日常生活，使他不得不對它採取行動。在這事件發生以前，你的角色只是在蹉跎光陰，一點都不吸引人。觸發事件為情節打進一檔，開始點燃讀者一點興趣；它讓主角離開安穩，走進混亂，逼迫他尋找新平衡。這事件可以是任何東西，包括：巧合、碰面，或發現。好比說，在《E．T．外星人》裡，對外星人的故事來說，擱淺在異域就是他的觸發事件，但對於艾略特的故事，觸發事件卻是遇上外星人。在《教父》裡，麥可的故事中，導火線是有人試圖行刺他父親。在《熱情如火》裡，喬和傑瑞的騷動是他們目睹了情人節大屠殺。記住，為了達到最大程度的情感衝擊，觸發事件必須對你的主角產生重大影響，使他不得不去面對它。如果它的強制性不足，可以不加理會的話，便沒有故事可言。

核心問題

假使觸發事件的力道夠強，自然會產生以下問題：「主角會怎樣解決這難題呢？」這也是你故事中的核心戲劇性問題。為了維持好奇、期待，和緊張，這問題的解答最早也要在第二幕結束時才能出現，當然可以更晚一些。再看看上面提到的那些例子，你便知道觸發事件產生的核心問題可以令我們怎樣如痴如醉，直至它最後被解決為止。當艾略特遇到E・T・時，我們便好奇這段友誼會如何發展下去。當麥可的父親被槍擊時，我們便好奇麥可會不會從此插手家族事業；當他真的做了，我們又好奇他會涉入多深。當喬和傑瑞開始逃亡時，我們便好奇他們能否躲得過歹徒。

一發不可收拾的一點（第一幕的高潮）

核心問題一旦建立起來，你的主角便面臨兩難：他該涉入嗎？還是坐視不理？他站在十字路口，必須作出重大決定，影響未來人生。這就是一發不可收拾的一點，主角再往前一步，便永遠回不去原來的樣子。可以把這裡出現的高潮看作單向門。他一通過閘門，便進入某個獨特處境（第二幕），從此變得不一樣。顯然，假使他忽視問題，便沒有故事了，所以他的決定永遠都是採取涉入。這決定正好是第一幕的結束，驅策讀者進入第二幕。對於《E．T．外星人》，轉折點在於艾略特決定把外星人留下來，把他當作朋友，收在衣櫥裡。在《教父》，正是麥可選擇把父親藏在醫院，嚇跑殺手，對抗麥克勞斯基（McCluskey），收買打他的警長。在《熱情如火》，正是當喬和傑瑞決定男扮女裝，逃離芝加哥的時候。

第二幕——緊張和期待

大多數行動都在這裡發生，因為你的主角此時必須追求他的目標，排除眼前產生威脅的障礙和錯綜。這一幕所佔篇幅最多，對寫作者來說這是技術上最大的挑戰，大部分劇本也是在這裡搞砸的。你必須特別留神，控制好這部分的速度，可以混合使用前一章介紹的說故事技巧，把某些重要情感引發出來。緊張感是這裡最關鍵的，因為讀者會不停自問，到底你的主角會不會成功。達成目標的衝突愈大、愈迫切，讀者的興趣就會愈高。總言之，第二幕就是關於主角的奮鬥，以及緊張感的提升。

障礙和錯綜

你需要衝突，才能確定角色必須奮鬥。衝突好比路障，只是以障礙和錯綜的形式出現。關於這一點的詳細討論，你還是可以參考前一章。但要注意，你必須確定劇本裡的各種障礙都不一樣，多餘的衝突最後反而會減弱情感衝擊。來看一下《熱情如火》，它包含以下各項障礙和錯綜：必須穿上女裝，參加全女子樂團；避免被樂團領班發現；在女人中間抗拒誘惑；迷戀上蘇嘉；在佛羅里達飯店躲開那些男人的求愛，尤其是奧斯古菲爾汀三世（Osgood Fielding III）對達芙妮（Daphne，即傑瑞）的追求。

中間點

正因為第二幕這麼長，注意力又不能集中太久，我們便需要中間點（midpoint），同時作為高度強烈的關鍵時刻、扭轉，或逆轉，為追尋目標的主角加油。之所以稱為中間點，是因為它通常位於中間，剛好把這一幕分成兩段。主角常常在中間點下定決心，從被動變成主動，或是逼不得已而如此。他開始全心投入在這目標上，行動起來更加奮不顧身。《E‧T‧外星人》的中間點，就是外星人跟艾略特說他要打電話回家，而他決定要幫他；在《教父》，就是當麥可把索拉索（Sollozzo）和麥克勞斯基幹掉，逃往西西里；在《熱情如火》，就是當喬決定引誘蘇嘉，把自己偽裝成殼牌石油的繼承人，殼牌二世（Junior）。

漸進式錯綜，以及逆轉

從這一點開始，你要把障礙和錯綜的強度提升，逐步向第二幕的高潮邁進。更多的逆轉，或者發現，可以激起讀者更多的情感。在《熱情如火》，在喬決定追求蘇嘉以後，出現一連串漸進式的錯綜（progressive complication）：傑瑞嫉妒心起，試圖破壞喬的好事；他必須接受奧斯古的晚餐約會，喬才能用遊艇打動蘇嘉；蘇嘉相信喬是億萬富豪；達芙妮在美妙的約會後，宣佈她跟奧斯古訂婚；斯帕茨（Spats）跟黑幫來到飯店開會。

黑暗時刻（第二幕的高潮）

主角經歷故事中的漸進式錯綜階段，作出一系列的選擇後，最後到達沸騰點上——這便是第二幕的高潮，稱為黑暗時刻（darkest moment），是帶來重大危機的事件。反派佔上風；主角完蛋；看起來已經一敗塗地，他甚至打算放棄。這時候通常是抉擇的一刻，是分岔路口，是測試主角決心的的兩難——看起來已經一敗塗地，他還能怎樣達成目標呢？在《E．T．外星人》裡，外星人就在這時候死掉；在《教父》裡，麥可的西西里太太被殺害，堂．柯里昂只好放棄原則，答應敵方休戰，以換取麥可平安返回美國；在《熱情如火》裡，喬和傑瑞為逃避斯帕茨，收拾行囊，喬也跟蘇嘉決裂。這是第三個轉折點，驅策讀者進入最後一幕。

第三幕——滿足感

這第三幕是最後一幕，也是你故事中的解決。你在第一、二幕裡創造了難題，加以發展，到了這裡終於獲得解決。這裡也是主角排除萬難，到達目標的地方，戲劇的緊張感提升到前所未有的高度。假如你在情感上下足功夫，假如你創造出足夠的衝突、緊張和迫切性，假如你把所有懸而未決的問題通通解決完，假如你已經提出難以預料、但又必不可免的解答，這一切假如你都做到的話，這最後一幕應該能為讀者帶來情感上的滿足。

主角的回復和成長

第二幕的結束通常是某個低谷，因此，第三幕必須以主角的回復作開始，才能讓他參與最後的決戰。這時候，你必須把你一手推下山谷的主角拉拔出來。特別需要注意的是，他的回復必須可信，在你故事的脈絡裡說得通。不知有多少糟透的動作片，我們看到主角大概都流掉一半血了，還可以若無其事地跟歹徒周旋到底。還有，千萬不要試圖用「天降救星」的辦法來解救他。假如你要讓一名次要角色救他，或讓他在巧合中得救的話，記得要事先確立好這可能條件，以免破壞讀者跟劇本間的連結。

主角的回復通常意味著角色弧線的結束，意思是說，你的主角在這裡得以成長，消除了他的內在缺陷，獲得他尋求目標的力量和勇氣。黑暗時刻逼迫他變好（或變壞，假如你要寫悲劇的話）。一旦你的主角在身體或精神上回復過來，他便準備好面對決戰。注意，這情感上的轉變也可以在高潮之後發生，雖然說，觀眾一般還是喜歡前一個做法——把角色的成長放在高潮以前。

最後決戰

如果你把前兩幕視為伏筆，那這最後一幕便是分曉。如果前兩幕是緊張，那這一場決戰便是滿足，是核心衝突得以解決的地方。這是主角跟反角之間面對面的最後決戰，也就是所謂的高潮或必備場景（obligatory scene），稱為必備，是因為這場面已經在第一幕發生的事件中得到預示。比方說，在《E．T．外星人》裡，外星人逃跑，躲開科學家，這件事便要求在另一個場景中，令他們再次碰面。在《教父》裡，核心的緊張感，在於麥可會否變成另一個堂．柯里昂，這便要求在另一個場景中，他證實自己有能力繼承堂．柯里昂。到了高潮，正當他教子接受洗禮途中，他把敵人通通幹掉，從而證明自己才是老大。《熱情如火》的最後決戰，是當喬和傑瑞逃離斯帕茨和酒店裡其他暴徒的時候。不管這決戰是史詩般的戰爭場面，還是小型但有力的時刻，關鍵是：高潮必須帶來情感的滿足。

引人注目的結局

你結束故事的方式讓你有最後一次機會，在審稿員心中產生持久印象。你要小心選擇結局方式，這是審稿員在撰寫報告前最後留在心裡的東西。如果你是觀眾，你也會認同好的開場會把你吸引住，而精彩結局則會口耳相傳，在你離開電影院後還是久久難忘，一直談起它。電影的結局又稱為解決，因為這裡是一切衝突得以解決的地方，所有懸而未決的問題都會在情感滿足中結束。所以說，它必須令人驚訝的同時，又讓人覺得不得不如此，而不是「無事生非」。就像前面提到的「獨一無二，但又為人熟悉」，現在，「令人驚訝，卻又不得不如此」的概念也像是矛盾修辭法，但事實不是這樣。「不得不如此」意思只是說，這是你故事中最合理的解決；「令人驚訝」則是由於你以出其不意的方式解決衝突。換言之，是難以預料的。前一章說到，驚訝是最關鍵的內在情感，還記得嗎？因此，任何結局都必須帶來驚喜，即便我們都知道主角會打敗壞蛋，或者男生會追到女生。

我們可以從底下五種結局中作出選擇，分別是：美滿、悲劇、苦樂參半、扭轉，以及未定。

美滿結局 —— 主角勝出，反角落敗，一切都完美解決。這是好萊塢最受歡迎的結局，所以也是最常用的。例子包括：《星際大戰》、《終極警探》、《當哈利碰上莎莉》、《神鬼尖兵》，以及《刺激1995》。

悲劇結局 —— 反角勝出，主角落敗，雖然主角為得到這樣的結局而被犧牲，但仍能帶來情感上的滿足。回想一下，就像《唐人街》、《火線追緝令》、《虎豹小霸王》、《失嬰記》、《無懈可擊》（Arlington Road），以及《計程車司機》那樣，都屬於這一類。

苦樂參半 —— 也稱為反諷（ironic），這類結局的特色是：主角或反角雖勝猶敗或雖敗猶勝。就是當主角為全體利益而犧牲小我；或當獵人變成獵物，命運忽然顛倒；或在你自己的遊戲中被打敗。雖然要創造這類結局並不容易，但它的高度滿足感卻不容忽視，因為這就是我們看待生命的方式 —— 人生沒有絕對的輸或贏。例子包括：《北非諜影》、《E·T·外星人》、《教父》、《沈默的羔羊》、《飛越杜鵑窩》、《鐵達尼號》、《羅馬假期》（Roman Holiday），以及《末路狂花》。

結局扭轉——也稱為驚喜結局（surprise ending），驚喜是在於其中披露的事實，改變了你對整個故事的看法。如果你搞得定的話，結局扭轉的方式或許最能令人在情感上得到滿足，也會被那些經理拿來爭相討論。這樣的劇本也很可能當場就賣掉。例子有：《靈異第六感》、《刺激勁爆點》、《驚心動魄》（Unbreakable）、《陰森林》（The Village）、《神鬼第六感》（The Others）、《決戰猩球》（Planet of the Apes）、《驚悚》（Primal Fear）、《軍官與間諜》、《鬥陣俱樂部》（Fight Club）、《未來總動員》（12 Monkeys），以及《致命ＩＤ》（Identity）。

未定結局——這樣結束故事也能令人印象深刻，只是受歡迎程度比不上其他方式。你讓審稿員來決定故事該如何結束，就像查理・卓別林的《城市之光》，結局就有點模棱兩可。以這種方式結局，就是要告訴我們：「各位，還沒結束啊。」這一類結局可以是壞蛋表面上被殺死，但當主角走開以後，我們最後還看到他的手在動，或者，本來身體躺下來的地方變成了空地，就像《月光光心慌慌》（Halloween），或其他恐怖片系列那樣。

當然，無論你劇本以哪一類結局作為解決，就像我一直說的，重點都在於：情感上的滿足。否則，你的劇本一定過不了審稿員這第一關。

躍然紙上：結構的運作

同樣，這題目是所有編劇教材和基本研習課的討論焦點，我就不再多花時間去分析某部經典電影的結構了。大多數書籍都能準確指出上述關鍵要素，也舉出不少例子以作說明。假如你覺得有必要多探討這題目的話，便請你研究這些書所作的詳細分析。但現在，你已經有故事，也有結構了，接下來我們要深入探討組成你故事的個別事件。下一章，我們來談談戲劇性場景……

8

場　景
醉人的一刻

「劇本是經過悉心安排的創作，以至於編劇想要觀眾感受什麼，
他們便感受什麼，除此之外他們根本別無選擇。」

——　F. 史考特・費茲傑羅（F. Scott Fitzgerald）

場景是你說故事的基本單位，或許也是劇本中最重要的成分，因為對讀者產生的情感衝擊排山倒海而來，但都來自於一個個的場景。我們人人都記得我們喜愛的電影中出現過什麼場景。事實上，一部電影之所以受人喜愛，正是因為個別場景帶來衝擊。

你必須知道的基本原則

三類場景

你必須注意，很多書會把所有場景都說成一樣——都是戲劇性場景，但其實它一共有三種。學生沒搞清楚的話，便會一頭霧水，寫出來的劇本錯漏百出。劇本裡頭最重要的無疑是戲劇性場景，但這並不代表所有場景都必須寫成戲劇性的樣子。我們來簡單看看每一種場面：

鋪陳場景

顧名思義，這一類場面目的是提供資訊，為接下來的場面設定情調，就像《體熱》以烈火作開場那樣。也有人也稱之為定位場景（establishing scene），因為它能設定地點，就像《銀翼殺手》那樣；或稱為變遷場景（transition scene），因為它也被用來標示角色的位置移動，就像《法櫃奇兵》連點成線的地圖場景，顯示印第安那．瓊斯坐飛機去西藏。不管別人怎樣叫它，鋪陳場面的作用就是提供讀者資訊，讓他對後續的戲劇性場面的脈絡先有所了解。這裡並不需要衝突。鋪陳場面可以為歷史片設定時代、背景、主題，或時過境遷——翻日曆、季節變換、時鐘轉動、從早到晚，浮雲加速移動。你也可以利用這些場景來緩和緊張，在兩個強烈場景中間稍事休息，讓讀者透透氣，作用就像高速公路的休息站一樣。

壯觀場景

我們在第六章討論過，壯觀場面是令讀者興奮的工具之一。這裡便可以用上它。同樣，這裡也不用任何衝突，因為壯觀場景的主要目的就是讓你叫聲「哇塞！」為劇本加一下閃光或一點生氣。就像在《E．T．外星人》裡在月亮前騎著腳踏車飛行、《捍衛戰士》和《超人》的飛行段落、《英倫情人》的壁畫場景、《侏羅紀公園》的恐龍、《警網鐵金鋼》（Bullitt）的汽車追逐、或《龍捲風》（Twister）的旋風。壯觀場景可以是歌舞演出，就像金．凱利（Gene Kelly）在雨中[40]翩翩起舞或者湯姆．漢克斯（Tom Hanks）在《飛進未來》（Big）中彈奏巨型鋼琴。重點是，壯觀場景可以令人陶醉其中，讓我們忘了自己只是在看銀幕上的影像。這是娛樂的一部分，不需要任何衝突。假使有衝突的話，那便是戲劇性場景。

戲劇性場景

這裡是說故事藝術的核心。故事就是戲劇，因此，場景的關鍵是衝突。角色正是在這裡產生變化，情節往不一樣的方向移動，產生最大程度的情感衝擊。不用管戲劇性場景要多長，重要的是考慮對讀者造成的衝擊有多大。它可以只佔四分之一頁，也可以有八頁那麼長。但大部分都是兩、三頁左右。接下來我談到場景的地方，都是針對戲劇性場景而言。

情景是迷你故事

還好，場景基本上只是迷你故事。所以說，你可以按照故事的形式來構造它，有清晰的開始、中間和結局，也有戲劇性問題，緊張感逐漸攀升，還有一個高潮，引領讀者到達下一個場景。意思也是說，你可以運用第六章談到的一切技巧，為達致情感衝擊而創造迷人的場景。場景有三重任務，分別是：在衝突中推進故事；披露更多角色的層次；以及更重要的，造成讀者的情感衝擊——無論是製造緊張、引發好奇和期待，或甚至令讀者驚訝不已。場面千萬不能平平無奇。平淡就會沈悶。面對今天的市場，並沒有讓你創造沈悶場景的餘裕。每一個場景，以及這場景中的每一頁，都必須有其迷人之處。寫場景跟寫故事一樣，最簡單的方式莫過於讓角色苦苦追求某些東西，但又困難重重。你已經發現，當目標受到阻擋，便會產生期待和緊張。比如說，假使第三頁出現了期待，審稿員就會接下去看第四頁。假使第四頁有緊張感，他就會去看第五頁，如此等等。要審稿員一直翻下去，你必須讓劇本的每一頁都帶來情感衝擊，絕無例外。

戲劇性情景的關鍵要素

正因為場景是迷你故事，在動筆前，你必須花時間好好規劃一下。在《101種習慣》裡，羅恩．巴斯（Ron Bass）（《雨人》、《喜福會》、《新娘不是我》（My Best Friend's Wedding））形容他自己怎樣在實際動筆前草擬場景，怎樣對所有進入場景的元素再三推敲——大家會有什麼感覺；場景在哪裡開始、哪裡結束；會有什麼鋪陳，情調怎樣，角色有什麼改變。下面就來探討一下，在你實際寫場景前，必須做好哪些預備。我們先來看看你一開始為什麼要寫它。

目的

當我做顧問時，每次讓我碰到一個平平無奇的場面，看起來也不像是劇本的一部分，這時候，我就會問寫作者它為什麼在那裡。十之八九，答案都是「為了披露角色」。假如它能感動審稿員，讓他緊張、期待、幽默或驚訝，這也沒什麼關係。不要忘記，衝擊讀者，這是戲劇性場景的首要任務，這一點跟整個故事的任務是一樣的。此外，假使它還能推進情節（這是它本來該做的），而且披露角色的話，那你就能額外得分。但千萬不能忘記場景的情感衝擊。不妨把劇本想成是紙牌搭成的房子，每一張紙牌就是一個場景。假使你可以拿走其中一個，房子依然屹立不倒，換言之，故事的運作根本可以沒有它，那麼，這場景也不算是你劇本的一部分。任何場景都不能只是用來披露角色，或者只是埋下伏筆，等待稍後分曉。它必須能夠在衝突中推進情節，或至少，對讀者造成衝擊。

地點

另一個場景要素是：它到底在哪裡上演？場景的情調很大程度上取決於地點。試想，場景到底是在公園，還是在廢棄貨倉；到底是在大城市，還是在鄉下小鎮；到底是在海灘，還是在叢林；到底是在酒吧，還是在高檔餐廳——便會有不同的情緒，加到場景的整個情感衝擊裡頭。有了地點，你便能設定情調，省下額外的描述。只是你要想清楚場景的目的，要選對地方。有時候，不妨在劇本改寫時轉換一下場景地點，或許會得到神奇又意外的收穫。

時間

跟地點一樣，場景發生的時間也是產生效果的重要因素。試想，場景發生在紐約中央公園的午餐時間，還是在三更半夜。相同地點，但不同的情感連結。在場景標題（slugline）裡，你只有「白天」或「黑夜」的選擇。你也可以偷偷用「黃昏」或「清晨」，但假設它影響到場景情調，你便需要加點細節來潤飾一下。

天氣

在《101種習慣》裡，艾瑞克・羅斯（Eric Roth）〔《阿甘正傳》、《威爾史密斯之叱吒風雲》（Ali）、《驚爆內幕》（The Insider）〕說到每當他在某個場景卡住時，他都會變一下天氣。當場景不如他理想中那麼引人入勝時，這是他想到的第一招。他變換一下天氣，然後十之八九，問題都能迎刃而解。我們來想一下，不同的天氣狀況會跟怎樣的感覺連結起來——在雨中、在陽光普照的草地上、雷電交加、在岸邊起霧、下雪、刮風……等等。

場景的角色

◆這是誰的場景？

戲劇性場面必須包含一名角色，他要嘛跟自我衝突，要嘛跟另一個人或與自然世界衝突；如果這三者同時起衝突，那就更好。最常見的情況是衝突發生在兩個角色之間。其中一個想要什麼，另一個偏不給他，阻擋他達成目標，或兩個角色都要某樣東西。身為編劇，你必須先想清楚這是誰的場景——是哪一個角色在驅動場景？讀者會在每一個場景裡，找到他能代入的角色，使他自己對這場景有所感受。這個角色通常都是故事主角，但並不表示劇本裡頭的每一個場景都要由主角來驅動。有時候，場景會屬於反角，或某個次要情節裡的配角。所以，在每一個戲劇性場景裡，假使有多過一個角色的話，就必須由一位領頭角色來驅動故事，讓讀者把同理心放在他身上。這位角色通常有明確目標，也為此主動制訂策略。假如角色只是對另一人作出反應，那恐怕這場戲便不屬於他。比方說，在《北西北》，自從桑希爾被綁架後第一次遇到范丹姆，場景便屬於范丹姆，即便桑希爾是我們一向代入的主角。范丹姆之所以能掌控場景，理由是他有清晰的目的：他想要「柯普朗」招供，把秘密說出來，但桑希爾只是一直抗議，說他不是柯普朗，並沒有制訂任何解決策略。

◆較早的時刻

要維繫讀者興趣，其中一個辦法是：必須讓場景遵守因果關係。你在前一個場景埋下伏筆，我們便會期待在另外一個場景中看到分曉。這種做法對於角色情感特別有用。比方說，假如角色發現自己被人出賣，我們便希望看到他跟出賣他的人碰面的場景，之所以如此，是因為我們已經對其中牽涉的情感有所理解，自然會期待兩個角色之間有事發生。在角色進入某個場景之前，你要先搞清楚他發生了什麼。他被炒魷魚了？喜歡上什麼人嗎？還是有了小孩？揭穿了什麼謊言嗎？這些較早的時刻可以為角色現在的目標帶來危急或迫切感。

◆感覺和態度

一旦搞清楚角色較早的時刻，你便知道他的感覺和態度，這決定了現在這場戲該如何進行。比方說，假如他丟了工作，他便會失落、不忿、難過、受挫（也可能會開心，視情況而定）；但假如他戀愛了，他便會充滿希望、興高采烈，不在乎外界如何。

◆ 目標

設計場景最簡單的做法，就是設想有人極其想得到某樣東西，但又舉步維艱。假如他太容易得手，場景便沒有戲劇性。目標通常是設立場景的原因，當中也包含立即的慾望。你要經常問自己，角色現在想從另一個角色身上獲得什麼？

蕭伯納（George Bernard Shaw）曾經說過，情節其實是關於角色的協商，他們如何創造關係。聽到這一點洞見，寫作者便知道：這世界上有多少獨特的人，他便有多少場景的選擇。角色愈是獨特，他選擇達成目的的手段便會愈特別。事實上，大多數出色的場景都跟關係有關——獲得愛情、權力、性愛、友誼、接納、工作、金錢，而且一切目標都必須得到場景中另一個人的回應，所以最好的表達方式當然是透過另一個人。比方說，在面試的場景裡，與其說你的角色希望得到工作，更好的表達方式是：「我的角色希望另一個人給他工作。」這樣的話，主角為了達成目的，會變得更主動，而另一個人則給他反應，來來回回的，可以讓場景更引人入勝。此外，以正面方式表達目標，比負面的方式好。比方說，角色想要結婚，建立家庭，而不是為了逃避孤獨。比起負面的逃避，正面的目標不但更清晰，也更強烈。

◆ 角色的行動

角色有清楚的目標以後，便需要制訂達成目標的計畫。為了執行計畫，他會作出什麼行動？對於場景的主要目標來說，個別的行動是許多的小目標，而角色採取什麼不一樣的手段和策略，取決於場景中另一個人的反應。這些手段可以是實際動作，也可以是心理策略，但不能把它們跟角色的活動混為一談；它們也不是「演員的份內事」，就是說，這裡談的並非角色的特殊癖好或行為，僅僅為增加場景真實感或表現情感而設。行動是角色為求達到目的的策略。比方說，假設我們場景的目標是要面試官給他一份工作，那麼他在場景中從頭到尾的行動便可能是：討好、說服、保證、控制、勸導、啟發、表現幽默、給人好印象。

主要衝突

衝突是戲劇性場景的關鍵。如果沒有衝突，也沒有在期待和張力中對衝突有所預示，就會變成鋪陳場景。如果這是你真的要寫的場景類型，那就罷了；但你不能寫一個沒有衝突的戲劇性場景。衝突可以是內在的、外在的，或者發生在角色之間，但千萬不能只有口頭上的表面衝突，兩個角色只是不同意對方，一直來來回回地說：「是、不是、是、不是、是這樣、不是這樣」。真正的衝突並非靜態的爭辯。它是目標前面的清晰障礙，隨著一個個拍子而達到平穩進展，最終達致高潮。

押注

我們在第五章便討論過角色的押注。當你設計場景，把焦點放在驅動故事的角色時，你便必須知道該場景的押注是什麼。他沒有達成目標的話會怎樣？成功了，又會怎樣？假使角色可以隨時離開現場，對他來說沒什麼得失的話，那就沒有押注，場景也會平淡無奇。場景的押注愈高，他希望達成目標的迫切性就愈大。

拍子

正如場景是情節的構成要素，構成場景的便是拍子。要分清楚，它不是戲劇表演所說的「拍子」，那裡指的是對白或動作的停頓。場景裡的拍子是戲劇結構裡的最小單位，它是由一個主意、一下動作、一點反應，或一點情感所形成。每一次只要場景有任何變化，便會在拍子裡產生新的觀點、某個行為或一句對白，但都是達成目標的另一種方法。場景中的每一個拍子都必須是行動和反應之間的跳躍，而且如果反應出乎意料的話，還會額外得分。如果想詳細看看某個經典場景的拍子，你可以參考本章最後一節：「躍然紙上，場景的運作」。

鋪陳

說故事的技巧，在於你把多少資訊揭露出來，把多少收藏起來，以達到吸引讀者的目的。假使你給的資訊過多，故事便會失去神秘感，讀者便會覺得無聊。假使你給的不夠，讀者又會一頭霧水、感到挫折，沒辦法跟上故事。所以，難便難在找到平衡。你只能慢慢在後來的稿子裡不斷修改，所以一般最常見的建議是：寫多一點，後面再來刪。在設計場景上，一旦知道場景的目的以後，你便應該知道要揭露什麼，要怎樣揭露出來。雖然編劇手上只有描述和對白，但在這兩項工具以外，你依然可以運用以下幾招：**旁白**（《日落大道》、《美國心玫瑰情》）；**打破第四面牆**，讓角色跟觀眾直接講話〔《安妮霍爾》、《蹺課天才》、《失戀排行榜》〕；電視或電台的**新聞廣播**〔《北非諜影》〕；**標題字幕**（title card）〔《星際大戰》〕；**會面或「讓我們認識你」的場景**，像在應徵的面試中，某個角色對另一人的履歷或生平檔案加以評論；蒙太奇（montage）（第一次約會、準備搶劫、為拳賽作訓練）；或者單純某些**影像或符號**，也能用來提供重要資訊。例如，如果我這樣寫：「一台保時捷Boxster下高速公路，途經路牌，上面寫著『歡迎到加州』」，那麼，我們便能從Boxster這車款確定時期，路牌上的字也把地點告訴了我們。同樣地，你也可以利用地標、服裝、家具、髮型……等等。

場景結構

場景畢竟是迷你故事，它的結構必須要跟故事一樣：有清晰的開始，中間的錯綜包含衝突、張力和逆轉，一直達到某個高潮的解決，一方面是場景的結束，另一方面也把讀者推往下一個場景。

場景的正負極

場景裡的任何行動都有極性——要嘛正極，要嘛負極。行動不能是中性的。這裡說的，包括角色的行為和對白。你在設計場景時，要嘛就由**正極**開始——角色一帆風順；要嘛就由**負極**開始——他一蹶不振。正因為場景是為了帶來改變，所以，場景到了最後，極性就要跟一開始時相反。打個比方，如果你場景的一開始是角色工作順利，那你最好用一些負面事件來結束，像是丟了飯碗或面臨什麼危機……等等。假使場景的極性從頭到尾都一樣，那場景便沒有帶來變化，也因此沒了它戲劇性的存在意義。如果你的場景一開始時是中性，你最後就可以把它變成正面或負面。有時候，你也可以從負面到負面、正面到正面，但前提是行動的強度範圍要夠廣。舉例來說，你可以從家庭紛爭開始，老婆打老公——這是負面；但最後結束時，妻子在盛怒中捅他一刀——這是超級負面。同理，你也可以從正面開始，然後以超級正面來結束。重點是從一方面到另一方面的清晰改變。

追－丟 vs. 追－捕

這是跟場景正、負極類似的概念，「追－丟」跟「追－捕」之所以不同，在於場景最後結束的方式。場景通常牽涉某個角色想要某樣東西（追），而結束的方式只有兩種：角色要嘛得償所願，無論是徹底贏了，或者只是妥協（捕）；要嘛就是落空（丟）。

描述和對白

消化完上述各項要素之後，你可以動筆來寫了；但讀者還是只能通過兩種途徑來看見你的作品——就是描述和對白，我打算在後面兩章再來詳細討論它們。但是，只知道場景的構成要素，並不足以寫出引人入勝的場景，把讀者迷住，令他們情感上得到滿足。所以，你還需要寫場景的手藝。

手藝：寫出精彩場景

以下的戲劇性技巧和訣竅都是經過事實證明，能為平凡的場景灌注生命。但我意思不是說，你每一個場景都必須寫得很棒。當然，如果有更多迷人的場景，那就更好了。傑克．尼克遜（Jack Nicholson）曾經說過，如果他能看到三個精彩場景，而且沒有什麼場景不好的話，他便會把案子簽下來了。我們現在就來看看可以怎樣創作精彩場景吧。

創作迷人場景的技巧

開始跟結尾

場景該從哪裡開始？在哪裡結束？這是大多數寫作者都要面對的一道難題。大部分建議是「晚一點進去，早一點出來」，但關鍵因素依然是：對讀者造成的情感衝擊。新手通常會太早開始，又太晚結束，塞了太多資訊進去——就像有人開車、停車、走進大樓、搭電梯，然後才走進辦公室進行面試。這樣讀者只會無聊死。專業編劇進入場景的時刻是「in media res」——意思是：「在正中間」，正當角色被面試官問到刺激性問題的時候。這樣做會更迫切、更有趣，也更有力。也會把必要的心理刺激帶給讀者，讓他們對場景的動態有所了解，從而提高參與感。沒錯，這跟你故事的開始方式是一樣的，所以，要了解開場的技巧的話，可以參考前一章關於「開場鉤子」的討論。

那場景該怎樣作結束呢？早點離開是一個辦法。但最常用的技巧，其實是以一點**內在情感**作為場景的結束，就像引起好奇、期待、緊張，或驚訝。這自然會讓人想知道後面會發生什麼，推動讀者往下一場進發。比方說，你可以用一個**驚人大逆轉**作結束，角色受到阻礙，被迫作出重大抉擇——欲知抉擇如何，請看下回分解。你也可以用**問題**作結束，引起讀者好奇，為了知道答案而讀下去；又或者，假如是用**協議或許諾**的話，便可以帶來期待。要知道這部分更進一步的討論，你隨時可以回去看第六章，重溫我們對故事關鍵情感的討論。

情感調色板

我現在要為你引入「情感調色板」的概念。這概念相當有啟發性，是我把寫作者類比成畫家時的構想：我們就像畫家一樣，只是我們不是使用顏料，而是把文字寫在紙上。正如畫家在畫布上添上一筆，它特定的顏色可以帶來情感衝擊，編劇做的也一樣，只是用的是文字。但其實，對我來說，這類比要更推前一步，因為身為編劇，他的責任就是要在紙上引發情感。我意思是說，你的調色板上有的並非文字，而是情感——角色的情感（憤怒、恐懼、歡樂、混亂），以及讀者的情感（好奇、期待、緊張、驚訝）。你在創造場景的時候，便知道角色在該場景的感受，從而可以把這些感受一一加到調色板裡頭。然後，當你知道自己想讀者產生什麼情緒反應時，你就會想到該用哪些技巧。要建立引人入勝的場景，訣竅是：你寫拍子的時候，就要在這調色板上跳來跳去。我們下面來進一步探討這概念：

◆角色的情感線索

其實就是角色的具體感受。當一個男人向一個女人求婚，而女人回答他說她心裡已經有了別人，這男人便深受打擊。這就是情感線索，或打擊。之所以稱為「線索」，是因為它會刺激、或提示一些可能的反應。要記住，場景拍子本身便是包含行動和反應的單位。某些場景之所以能做到引人入勝，是因為：當角色對場景裡的事件作出回應時，焦點是放在角色難以預料的情感線索之上。假使讀者對這角色感同身受，而且當他對角色的目標有所了解，也在乎結果如何的話，那麼，他當然也會感覺到角色的情感線索。

盡量不要重複相同的情感。有一條規則是說，我們對某樣東西感受愈多，效果就會愈差。如果想確保一定的興趣，就要在情感調色板上跳來跳去。假設場景有十個拍子，你就要運用十個不同的情感線索，或者在一個主要情感內經歷十個次要情感的遞增，就像從漠不關心，一直到怒不可遏。我已經收集了所有的角色情感，並按照強度加以排列，寫成了《情感同義詞》。這是相當有價值的工具，可以幫助你從情感的角度設計場景中的不同拍子。（可參考以下網址：www.karliglesias.com/books/的Free Gift with Purchase部分，作者網站保留活動更動之權利。）

你應該不會忘記「讓人看，不要講」這句座右銘。對情感線索來說，這句話尤其重要。你要讓人看到角色的情感，而不是用描述或對白跟讀者說角色覺得怎樣怎樣。比方說，不要說「我恨你」。而是利用動作（一巴掌）或對白（「不要碰我」），把情感表現出來。你可以在改寫階段中重新檢查場景，把太直白的句子標出來，把它們換成主動的動作或潛台詞，讓情感自然流露出來。

永遠不要忘記，戲劇性場景的靈魂是情感，而不是對白、描述或角色特徵。唯有運用情感線索，才能為角色賦予生命和動力，讓他克服困難，達成目標。關於情感線索如何運作，可以參考本章的最後部分，我們將舉例對某一個場景作分析。

◆讀者的情緒反應

對於讀者的情緒反應，我的建議是一樣的。場景裡的每一個拍子最好都是為某一種內心感情而設，就像是：好奇、緊張、擔憂和希望……等等。在你的調色板上設計它們，再加上第六章裡的技巧，便可以從一個拍子到另一個拍子，抓住讀者的注意力。

◆情感的交叉跳躍

你的情感調色板一方面是關於角色的感情，另一方面是讀者的情緒反應，就這樣，你可以隨著情感的高低，在這兩方面跳來跳去，創造出各種不同的拍子。《情感同義詞》在這裡是很方便好用的。只要是用到情感拍子來設計場景，很多編劇手上都會隨著情感程度的高低而列出一個階梯，情形就像是音階一樣。好比說，你可以為角色隨便選一種感受，然後按照他從頭到尾的體驗，把其中所有的情感都羅列出來。假設某人對另一個角色憤恨不已，他可能會經歷到挫折、生氣、悲痛，然後憎恨（還可以有更多）。你再把這些情感按程度高低作排序，就能得到建立場景的各個情感拍子。

◆翻轉老套情感

在熟悉不過的場景中，總是給出老套的情緒反應，這正是業餘編劇的特色。比如，老婆因為發現老公偷情而勃然大怒，這種衝突場面我們看過多少次了？這是典型的單調場景，一個接一個的拍子，憤怒毫無變化，久而久之便變得衰弱無力。因為它太容易預測了。你的目標是創造新鮮和出其不意的場景，最好的做法就是把預期中的情緒反應翻個面，讓它難以預測。與其讓讀者看到妻子對丈夫那種老套的憤怒拍子，倒不如想些特別的情感，像是好奇「她有什麼我沒有的嗎？」、內疚「我知道，我配不上你」，或者歡喜「好啊，我終於可以把你甩了，還能分你一半家產」。

角色吸引人的技巧

再看一次第五章關於角色的討論，回想一下，要維持讀者的興趣，關鍵之一就是讓他代入主角之中。你已經學會了怎樣利用一連串的技巧，把他們的情感連結起來，包括：讓讀者目睹角色人性的一面，或發現他鮮為人知的高尚情操，為他感到難過，從而在主角（或反角）身上立即產生吸引力。同理心亦屬令人滿意的情緒反應，所以這些技巧也可以用來建立精彩場景。事實上，充分利用角色的哀愁，就像是無妄之災、被背叛、被虐待，通常都能產生引人入勝的戲劇性場景，因為衝突已經內建在這些技巧裡頭。

生動的對白

現在，你應該大概意識到主動比被動更有力——主動的句子、主動的角色、主動的目標……等等。這包括戲劇場景裡的對白。所謂主動的對白，是能夠產生問題、勾起好奇心的那一種，它總是比被動對白更能令人參與其中。被動對白只是一味作反應，很難引發別人同感。主動對白必定有其目的，要嘛是給資訊，要嘛是打算從場景中另一名角色討些什麼。這一類對白讓人感覺跟行動一樣，但它又不是動作。我們有時候為得到某些東西而大打出手，但有時候卻只會出口傷人。如果我要傷人的心，我會設計對白來罵人、虧人、羞辱人。每一句對白都是對人的打擊。反之，如果我在場景裡的鋪陳並沒有明確目的，對白就會變成被動。不會那麼引人入勝。

衝突

現在你知道了，這是一定要的。要創造引人入勝的戲劇性場景，你至少要有以下三種衝突之中的一種：個人自身的衝突、個人與別人的衝突，以及個人與自然環境的衝突（包括超自然、上帝、命運、技術、怪物、機器……等等），以下是一些竅門，可以把衝突灌進場景裡。

◆ 演員的演繹技巧

這是有名的方法演技（Method-Acting）學校所使用的技巧，讓演員在場景的臨場發揮中製造衝突。教員在每位演員耳邊給秘密指示，跟其他演員收到的指示完全不一樣。比方說，他可能跟其中一位說：「你是一流預科學校的校長，你剛剛抓到學生作弊。你採取零容忍政策，因此要把學生趕出校。現在，他媽媽正走進來，希望可以幫他復學。但你不可能讓他回來，否則你也難保校長一職。」另一方面，他對飾演媽媽的人偷偷說：「你兒子是全學校最聰明絕頂的學生，只是因為誤會作弊才被趕出校。你知道他不是會作弊的人，你必須去找校長跟他說有什麼地方搞錯。你兒子是全家族第一個人接受這樣得體的教育，但你們很窮，他的全額獎學金是你不可多得的援助。你不可能讓他這樣被趕出校。」然後……Action！所以，你也可以把不同的劇本、時程或脈絡拿給場景中的角色，便能自然產生引人入勝的衝突。

◆ 誓不兩立

假設兩名角色之間的爭辯、吵架、口角已在先前埋下伏筆，而且也夠有趣的話，雙方的不和通常會帶來參與感。兩方誓不退讓，可以產生迫切、緊湊、反覆無常的感覺，因此便能藉由它本身的戲劇性，令讀者參與其中。這樣吵下去，最後誰會勝出？下場會怎樣？

◆ **質問**

無論是哪一類型的質問，都可以產生上述一般的效果——無論是：警察對犯人；律師對反方證人；敵人對俘獲間諜或軍人；母親對小孩——都可以從衝突、張力，和對場景結局的不確定性等因素而產生瞬間的戲劇效果。為了令質問場景更加動人，你也可以加入大量技巧，就像：不耐煩、誤會、戲劇性反諷、不同版本的故事……等等。

◆ **障礙、錯綜、逆轉**

利用一些能快速解決的小障礙和錯綜，也能加強場景的衝突，比方說，在汽車追逐途中加入擋路的汽車和卡車；或交響樂演奏會上電話響起；或赤腳走路時還要避開玻璃碎片，就像在《終極警探》裡那樣。

◆ **內在衝突**

就是說，主角自己跟自己的衝突，通常是角色身上的某個缺陷，造成他在整個場景甚至整個故事都難以達成目標。例子包括：《安妮霍爾》裡的艾維・辛格（Alvy Singer），她缺乏感受愉快的能力；《沈默的羔羊》裡克莉絲・史黛琳（Clarice Starling）聽到羊群尖叫；或者在《愛在心裡口難開》裡，梅爾文・尤德爾的人格和身體特質。

◆不是所有場景都需要衝突

如果對所有想從事編劇的人說，任何場景都必須包含衝突，這樣才能跟讀者在情感上產生牽連，那會是對他們的一大危害。你已經看過了，要讓讀者興趣從頭到尾都維持著，重點是適當的此消彼長，緊張和放鬆的場景相互參雜。在強烈的危機過後，讀者需要放鬆、緩和或幽默的場景，那是不需要任何衝突的。一口氣給太多的戲劇性場景，只會導致情感疲勞，對後續的衝突將會失去敏感度。

沒錯，這一類場景並不一定是戲劇性場景；但另一方面，即使創造戲劇性場景，也可以不需要用到衝突，比方說，你可以預示接下來的衝突（「看好喔，衝突發要出現了」）或者提升張力（「現在沒事，但不知道什麼時候，在哪裡，就快有事情發生」）。張力——尤其是由前一個場景的戲劇性反諷所產生的張力——通常可以彌補衝突不足。希區考克便是個中老手，在《北西北》裡，不知道有多少迷人場景並沒有衝突，但依然被視為具有戲劇性，就像噴灑飛機那經典場景一樣。即便桑希爾僻處一方，我們依然替他感到緊張。為什麼？因為在那一場戲之前，已經出現過戲劇性反諷，我們都知道他被伊芙設計，只是不知道什麼時候有事情發生。

場景裡的反差

正如你在前幾章看到的，反差是非常有效的工具，可以增加讀者對故事或場景的興趣。好比說，好萊塢就特別喜愛「搭檔戲」或「冤家戲」裡面的反差角色（《致命武器》、《非洲皇后》、《單身公寓》、《尖峰時刻》），也喜歡「如魚失水」電影裡頭角色跟環境的反差（《比佛利山超級警探》、《城市鄉巴佬》、《美人魚》）。但不僅這樣。你還可以在情節裡創造反差場景，甚至也可以在場景裡製造反差拍子，利用像拍子長短或拍子快慢等因素。《法櫃奇兵》的舞刀場景是很好的例子。這場景之所以有趣，不僅因為它有創意和出乎意料，而且刀客長時間展現刀法，跟印第安那・瓊斯簡單的反應、快快一槍形成了鮮明對比。另一種常用技巧是場景裡的情感反差，就像「憤怒、平靜」、「歡喜、悲傷」、「深情、憎恨」、「勇敢、畏縮」……等等，以及目的反差，正如我們在前面「演員演繹技巧」一節所看到的。

發現和披露

艾倫・索金（Aaron Sorkin）（《軍官與魔鬼》、《白宮夜未眠》（The American President）、《白宮風雲》（The West Wing））曾經說過：「張力和發現——有了它們，就能把觀眾牢牢釘住，吸引他們的注意力，讓故事變得引人入勝。」不管是角色自行發現重大資訊，或者是別人向他披露，都能維繫讀者興趣，是使場景活躍起來的絕佳方法。在一個理想的場景裡，你需要綿綿不斷的新資訊、新衝突、新的扭轉和轉折，至少每一場都要有一個。每一個發現都必須是小小的逆轉，能改變該場景的運動方向，同時也必須對角色和讀者造成情感衝擊。

第一次和最後一次

想像一下，你也可以寫某個角色在場景裡日夜思索，他將要面對人生中的某個第一次或最後一次的體驗。對我們來說，角色的第一次是相當有吸引力的——初吻、第一天在新公司上班、第一次太空漫步；或者，他的最後一次也同樣引人入勝——跟情人訣別、跟臨死前的親人道別、在你工作了五十年的公司上最後一天的班，或你毒癮生涯裡的最後一劑注射。

閃回

已經很多人談過故事的倒敘，大部分都是提醒我們要盡量避免它，說它會讓讀者覺得不滿，因為它不夠專業，只是偷懶的做法。那麼，為什麼在經典電影裡——無論是新電影還是舊電影——我們依然看得到它？可見，倒敘不是問題所在。問題是倒敘的質感如何。審稿員之所以對倒敘心存戒懼，是因為大部分的新手都只會用既沈悶、又多餘的鏡頭閃回，把現有的張力硬生生給切斷。唯一目的只為了披露角色的背景故事。倒敘就只是另一個戲劇性場景，只不過是發生在現有故事之前。它可以沈悶，也可以引人入勝。所以，只要能在倒敘的場景裡充分利用前面談過的技巧，產生情感衝擊，要抓住讀者興趣也不是難事。

此外，另一個使用倒敘的重點是：只有在關鍵時刻才向讀者披露過去的事。唯有在讀者極度急於知情之下，才以鏡頭閃回的方式披露資訊。如果你再也想不到別的方式，真的沒辦法把資訊編進現有場景裡，你才加入短短的、但引人入勝的倒敘場景，用來驅動故事，或者讓人對主角有更深刻的了解。倒敘場景必須能改變故事的現有處境，否則它在劇本裡便一無是處。

你好、再見

你一開始引入主角的方式，對情感衝擊來說是另一個重要層面。試回想一下，在你最喜歡的電影裡，主角都是怎樣出場的？是把他介紹給讀者，還是利用開會的場景來向另一人介紹他？情況多半是，角色出場的方式具有創意、驚人或者令人期待，才讓人印象深刻。想想《星際大戰》的達斯．維達、《沈默的羔羊》的漢尼拔．萊克特、《北非諜影》的瑞克．布賴，還有《比佛利山超級警探》的阿克塞爾．佛利，他們的出場多麼有戲劇性。又例如在《神鬼奇航》裡，傑克．史派羅（Jack Sparrow）坐著進水的船來到港口的樣子。

場景裡的戲劇性道別也一樣——角色道別的方式，可以是離鄉背井，也可以是奄奄一息。離別的方式愈是有創意、令人驚訝、緊張，而且耐人尋味，效果就會愈好。戲劇性的道別，例子包括：《大國民》的查爾斯．福士特．凱恩、《飛越杜鵑窩》的R．P．麥墨菲、《星際大戰》的歐比王．肯諾比、《鬼店》（The Shining）裡凍死的傑克，以及《唐人街》的艾弗琳．莫瑞。

以資訊埋伏筆，以情感見分曉

我們在第六章已經談過伏筆和分曉，它們是製造驚訝的方法。在整部劇本的每一個地方，都需要埋下資訊的種子，然後以別開生面的方式見分曉，就像在《沈默的羔羊》裡，漢尼拔．萊克特注意到筆（伏筆），後來用了其中一部分來替他解開手銬（分曉）。在場景裡頭，你可以預先埋下任何一類的伏筆——包括：一件東西、一種恐懼症、一樣技能、一句對白……等等，然後最好是以情感的方式作分曉。伏筆不一定很重要——它只是鋪陳。但分曉的部分卻必須要引發情感，必須勾起讀者主要的感受。比方說，設想角色是億萬富豪，這是你伏筆裡的資訊，然後你在一個場景裡讓他在拉斯維加斯賭錢，輸掉了一千塊。這一點都不有趣，因為這對角色來說不是重大損失。但假使你在伏筆裡說到這角色很窮，他輸掉的一千塊是他銀行裡的所有存款，加上他還沒償還的抵押貸款，此外，他還有一家四口要顧。這樣的損失才算是會引發情感的分曉，也正是戲劇的一切關鍵所在。

讓兩件事同時發生

假使場景的衝突能引起讀者興趣，那麼試想想，如果有兩個衝突同時發生，不就更能吸引他們嗎？你手上的某事件是兩個角色之間的主要衝突原因，然後你再多加一件事，一直給第一件事添麻煩，這樣便能額外製造張力。比如說，在《熱情如火》裡，喬冒充自己是殼牌二世，在海灘跟蘇嘉碰面時出現第一層的衝突——喬希望說服她，說他是她夢寐以求的億萬富豪。但當傑瑞加入他們以後，他認出了喬，在他試圖破壞喬的計畫時，便同時有另一起衝突發生。

小道具

有時候，場景會因為某件小道具的關係而尤其引人入勝——這小東西增加了該場景的意義，令它在情感上更能產生迴響。想想《岸上風雲》在公園場景裡的手套，它的確為兩人滔滔不絕的簡單場景增色不少。另外一些例子包括：《大國民》的飄雪玻璃球和雪橇、《淘金記》（The Gold Rush）的鞋子、《魔戒》裡的戒子以及《北西北》裡的火柴盒。

角色披露

無論是否具戲劇性，你劇本裡的每一個場景都是披露角色的好機會。新手常犯的錯誤是：他們會寫一個長長的場景，在那裡披露角色的大部分特徵。這樣，接下來的場景就會變得枯燥乏味，難以令人參與其中。如果能在每個場景裡，一有機會便披露角色其中一個側面，這將會是更好的策略。這樣，讀者才能長時間地跟角色順利互動，而非從故事一開始便把全部東西都丟給他。披露角色的特徵、信念，或態度，便能增加讀者對場景的興趣，可以是因為代入「他跟我真像」或「我就知道他會有這種感覺」，也可以是因為驚訝「我沒想到他會有這種感覺」。關於角色披露，不妨多多利用第五章討論到的技巧，這樣便能增加場景的吸引力，特別是當這個關係到主角情感弧線的時候。

重複性笑料

重複性笑料是為產生幽默效果而在整個故事裡一再重複的任何東西，它可以是一再重複的角色、一件小道具或一句對白。一再重複正是它好笑的地方，只要它安插到場景裡頭，便能很好地為場景灌輸幽默感。比方說，在《午夜狂奔》，「看看你後面！」便是劇本裡一再重複的笑料，直到最後以戲劇性的方式作分曉。在《空前絕後滿天飛》（Airplane !）裡，盧馬克醫生（Dr. Rumack）只要聽到含有「surely」（一定）的句子，就會回應「不要叫我Shirley」。然後，在動畫《南方四賤客》（South Park）裡，每次倒楣的阿尼（Kenny）死翹翹，小朋友都會大叫：「他們搞掉阿尼了！靠！混蛋！」有時候，重複性笑料會跨越兩部電影。就像《法櫃奇兵》裡槍擊刀客的笑料，扭轉一點後又在續集《魔宮傳奇》（Indiana Jones and the Temple of Doom）裡出現。印第安那・瓊斯碰到另一個厲害的刀客，趕快拔槍射擊，但這一次沒有射中。

慾望被滿足，抑或挫敗

正如你較早前看到的，場景可以以「追－捕」的動態結束（角色達到場景的目標），也可以是「追－丟」（他拿不到他想要的東西）。如果情節線夠對稱的話，這兩類場景便會輪流出現。一旦編劇建立起核心問題，在還不知道主角能否達成目標時，便要恰當地安排場景：首先以一個小小的勝利來回答「是，他可以的」，然後又在挫敗中回答「不，他沒辦法」，反反覆覆地進行下去。這樣，讀者強烈的內心感受，他們的希望和擔憂，便會輪流出現。正因為場景是迷你故事，裡頭的拍子也可以在滿足和挫敗中來回擺盪，當主角向他的目標邁進一步時，不久又遇到挫折，如此類推，令讀者欲罷不能。

秘密

在第六章，你看到了角色的秘密是創造驚訝的關鍵工具。它可以是故事中的一個大秘密，能驅動整個劇本，並在高潮場景裡揭露出來，就像《唐人街》、《刺激劲爆點》和《靈異第六感》；或者也可以是驅動幾個場景的秘密，就像《北西北》裡，伊芙替壞蛋工作那樣。秘密可以有效地增加場景的情感強度。它可以藉由驚訝、好奇或戲劇性反諷來進行，視乎你在該場景以前向讀者披露了多少資訊而定。比方說，假使讀者對秘密一無所知，他便會對角色的獨特行為感到好奇（角色本人知道為什麼），當秘密揭曉時又會感到驚奇。但假使讀者掌握一些角色所不知道的秘密，我們便會因為戲劇性的反諷（身處優先位置）而得到滿足感，包括期待秘密被揭露的一刻。當讀者和角色都知道秘密時，雙方會同樣感到驚訝。

震撼時刻

任何事件，只要驚訝、厭惡、恐怖，或暴力的強度夠高，都可以被稱為震撼。對於我們喜愛的電影，我們人人都會記得那些最震撼的時刻——《異形》的幼蟲從胸腔跑出來、《大法師》裡那顆會轉過來的頭、《驚魂記》的淋浴場景、《教父》的馬頭，《亂世浮生》裡性別揭露的一刻、《帝國大反擊》裡達斯．維達承認他是路克的父親，或《唐人街》裡艾弗琳披露他父親的事。事實上，我們可以主張一個場景之所以難忘，就是因為它的震撼事件，所以，這是我們把讀者牢牢抓住的訣竅，但它必須是故事裡頭的關鍵部分，而非只為效果而強加進來。

讓人看，不要講

這是最常給寫作者的建議，理由很簡單：場景會更能引發參與感。讀者必須投入，自行尋找場景的意義；如果是單方面被告知的話，就只會有被動和無趣的感覺。比起讀到「他很生氣」這句話，看見角色的暴力行為或他以身體語言表達憤怒，顯然有趣得多。你要盡你所能的讓人看見。說到底，你是為了視覺媒體而寫作的。好萊塢流傳著一段關於歐文・托爾伯格（Irving Thalberg）的軼事。話說他就一個包含七頁對白的場景，跟編劇協調。那場戲的目的是要顯示婚姻出現問題，但編劇不打算把對白裁短。托爾伯格便找來默片時代的一位老編劇，他的方法是：這對夫妻走進電梯，丈夫沒想到脫帽子；但到了下一層樓，一名貌美如花的女士一踏進來，丈夫二話不說把帽子脫下，妻子便對他翻白眼。銀幕上只花了十五秒的時間，而非之前的七分鐘。你學到一個教訓：不必用對白，也可以讓人看到很多東西。好好研究一下默片，便能學到不用講話的表達技巧。

翻轉老套場景

正如你可以替老套情感翻個面，你也可以翻轉老套場景，使它變成更有新意的東西。馬龍・白蘭度（Marlon Brando）就說過：「每個場景都有它老套的地方；我每次都盡力找到它，然後盡我所能遠離它。」身為寫作者，你也應該遠離老套。它會破壞讀者跟劇本的連結，無論你的場景有多少懸念，對白寫得多棒都沒用。業餘編劇常犯的錯誤之一，就是寫一些審稿員已經看過上百次的場景。至於專業編劇，他們會不停把老套場景轉變成新穎和有原創性的東西。《第六感追緝令》便是好例子，它翻轉了質問的場景。老套的是偵探質問凱撒琳・崔梅（Catherine Tramell）的手法，為了線索不斷煩她，逼她說出真相。喬・埃澤特哈斯於是把場景轉變一下，凱撒琳運用身體語言和主動談話，打開了偵探的感情開關，把他們通通迷住，結果完全掌控了質問的過程。

引人注目的影像和特效

運用令人難忘的影像或特效，是另一個必定可行的辦法，它能為場景灌注興奮的成分，讓讀者驚呼「哇塞！」試想一下，《魔鬼終結者2》（Terminator 2）假使沒了T－1000賽博格生化人的特殊效果，它便不過是原來那部追逐電影的翻版。還有《海底總動員》裡，那些令人難忘的海底視覺效果或《駭客任務》裡那些新奇的特技和影像，你覺得怎樣？這些視覺或特效令人眼花瞭亂，很容易引人注目；但正因如此，尤其不能過度使用，隨隨便便的話，反而會破壞閱讀經驗。

場景的甜味劑

就像你在甜點裡放糖一樣，某些甜味劑也可以令場景「甜」一些，例如：一點點的浪漫、風趣，或幽默。甜味劑尤其會在預告片裡出現。你細心分析的話，就會發現預告片裡大部分的鏡頭都是風趣對白、幽默情境，或者浪漫時刻，換言之，就是觀眾最想要的東西，是他們願意花不少錢去感受的內心感覺。甜味劑可以是風趣對白，就像《北非諜影》或《彗星美人》那樣；也可以是一點幽默，就像《法櫃奇兵》裡對刀客開槍；又或者在《唐人街》的檔案室裡，傑克．吉斯被職員擺姿態後，便把交易紀錄撕下來，這一刻伸張了詩的正義。我們也可以主張說，只要能產生敬畏、愛慕、開心、娛樂和歡笑的甜美感覺，前面介紹的許多技巧，包括：重複笑料、性和暴力、難忘的影像以及特效……等等，其實都是場景的甜味劑。

潛台詞：隱晦的場景

有人說，假如場景表現出來的，就是場景本身的內容，那便會平平無奇。由於潛台詞跟對白有關，我們會留到第十章再來討論它；可是，如果想讓戲劇性場景變得更引人入勝，便不妨加入潛台詞——即隱含在場景底下的意義。場景一旦有了潛台詞，當然可以提高讀者參與感，或許也可以變得更難忘，因為它能令讀者的腦細胞不停運作，讓他們自行把場景中的感情真相拼湊出來。潛台詞場景的例子包括：《湯姆．瓊斯》（Tom Jones）的吃飯場景；《雙重保險》裡，納夫（Neff）跟菲莉絲（Phyllis）的第一次碰面；還有《捉賊記》裡，葛麗絲．凱莉（Grace Kelly）談到珠寶的時候。要創造潛台詞，你可以運用很多不同的技巧，我會在第十章再詳加介紹。但是，其中一項最有效的做法，就是利用角色對白跟行動的反差。他講一套，但做的是另一套，充分顯示「事實勝於雄辯」。假如角色一方面說他愛狗，另一方面看到狗時便躲起來，那這場景想說的事實是什麼呢？顯然，他是怕狗的，只是可能不想給人負面印象，所以才說謊。《當哈利碰上莎莉》到了最後，莎莉跟哈利說她恨他，但又親了他。在《北非諜影》，瑞克說他從不為人惹麻煩，結果又拿了通行證。

扭轉和逆轉

正如情節扭轉可以維繫故事的動力，場景的扭轉或逆轉也是保持場景動力的關鍵。對於大部分結構良好的故事，至少都會有兩個重大的轉折點，用來作為前兩幕的結束。同樣地，戲劇性場景至少也會有兩個轉折拍子，用來產生驚訝，引起讀者好奇心，讓人洞悉場景或角色，或為場景指示另一個新方向。要掌握這訣竅，最好是參考本章最後部分，我們將會深入分析它在場景中的作用。

內心感情的技巧

到了現在，你應該知道構成故事的是場景，所以我們在第六章討論到的一切技巧，包括如何勾起讀者的情緒反應，從他們的興趣到好奇，從期待到懸念，到驚訝、興奮以及幽默，這一切一切，都只能用在場景裡頭。換言之，你學到的技巧，是關於如何製造某一種個別的情緒反應。下一步是讓它們在場景中實際運作，達到你在讀者身上設計的情緒反應。比方說，除了利用本章介紹的技巧以外，我也可以翻閱第六章，在決定需要額外張力的時候，便使用「讀者優先」的策略，在場景中向讀者披露一些角色所不知道的事。又或者，現在我想引起期待。我便會讓角色披露他的行動計畫，或幻想他朝思暮想的事。類似的可能性無窮無盡。一旦計劃好關鍵要素之後，對場景來說最重要的，便是在讀者身上引發情感效果。這是由你決定的。有了製作工具以後，你便能實現你的寫作願望；現在，你不妨多花心思在創作的部分，為作品帶來原創性和新鮮感。

躍然紙上：場景的運作

我們現在來看看《沈默的羔羊》的經典場景。這部電影大受影評讚許，也獲得觀眾喜愛，由泰德・戴利（Ted Tally）改編，原著是湯瑪斯・哈里斯（Thomas Harris）的小說。場景來到克莉絲・史黛琳跟漢尼拔・萊克特第四次碰面，也是最後一次碰面。她急於知道最後一條線索，讓她能順利緝拿水牛比爾。我選了這場景，是因為它是我目前讀過和看過的其中一個最令人著迷的緊張場景。看了分析，你便會明白為什麼。它也包含了本章介紹的許多技巧。因為劇本跟電影有點出入，我現在採用的是轉錄，而非真正的劇本。我建議你先看一下這場戲的情感效果，再來反覆閱讀這場景如何用到各種不同的技巧。

在電影裡，這場戲總共演了七分鐘，但因為克莉絲的急迫，加上先前場景帶來的張力，我們感覺只有七秒鐘。這戲劇性的場景由基本要素開始，讓我們知道這是發生在晚上，場地是在孟斐斯的謝爾比縣歷史協會（Shelby County Historical Society）的五樓，因為要放置萊克特的籠子而被封鎖起來。跟前幾次碰面一樣，這一次也是萊克特的場景。雖然他被關起來，但他知道自己完全控制局面，因為他掌握了克莉絲所需要的資訊。而且克莉絲只是學生，他比她年紀大，也更有頭腦。萊克特想鑽進她的腦袋，探聽她童年的慘痛經歷。克莉絲則希望抓到水牛比爾。在這一場以前她還在懷疑，因為，為了報復克莉絲沒有兌現島嶼風光的承諾，萊克特給了參議員錯誤線索。兩名角色的衝突顯而易見。克莉絲的押注也很高。這場景的開始、中間和結局相當分明，有兩個轉折點，也有正、負兩極：從萊克特的負面開始——他被關起來，幫了忙卻沒有回報，但依然想著克莉絲的情感秘密，最後以正面結束——克莉絲披露了自己慘痛的童年，是什麼驅使她非得從水牛比爾手上救出凱薩琳不可。對萊克特而言，這顯然是「追－捕」的場景。底下是組成這場景的個別拍子：

萊克特博士被關在籠子裡，坐在桌子前讀書，背對著克莉絲。

萊克特（沒有轉身）：克莉絲，妳好。

拍子＃1——克莉絲道歉，試圖重新討好他。

克莉絲把他被沒收的木炭畫還給他，把它們放在籠子的邊邊。

克莉絲：博士，我想你會想要回你的畫。至少在你看到風景以前吧。

萊克特：想得真周到……還是說，是傑克．克勞福特把妳叫來，再來騙我一次，好讓你們兩個不會被解除任務？

克莉絲：不是這樣，是我本人想來這裡。

萊克特：別人聽到會以為我們是在談情說愛呢。

拍子＃2——萊克特責怪她愚蠢，言而無信

萊克特（用舌頭對她發出嘖嘖聲）：炭疽島。真有一套啊。克莉絲，是妳的主意嗎？

克莉絲：是。

萊克特：好，很好。只是難為了凱薩琳。滴答，滴答，滴答，滴答。

拍子＃3——克莉絲試圖扭轉情勢，顯示她的能力，她猜得出他給的是假線索。

克莉絲：博士，你給的字謎根本是幌子。Louis Friend？不就是硫化鐵（Iron Sulfide）嘛，換言之，就是蠢人的黃金。

萊克特：噢，克莉絲，妳的問題就是不懂得在生活中找樂子。

拍子＃4——克莉絲想知道水牛比爾更多線索。萊克特不正面作答，反過來刁難她。

克莉絲：先生，你先前跟我說到巴爾的摩（Baltimore），那都是真的。現在可以繼續嗎？

萊克特：這些檔案我都看過了，妳呢？妳想要找到他，一切線索都已經寫在這裡。

拍子＃5——時間一分一秒地過去，克莉絲焦急不安。

克莉絲：那就跟我說要怎樣做吧。

萊克特：克莉絲，妳要記住：首要原則。簡明扼要。請讀馬可・奧里略（Marcus Aurelius）。

對於每一件事，妳都要問：「它本身是什麼？它的本性是什麼？」妳要找的這個男人，他都在做什麼？

克莉絲：他專殺女人。

萊克特（**破口痛罵**）：不，那只是附帶的。他首要做的事、他的原則是什麼？他殺人，是為了滿足什麼需要？

克莉絲：憤怒……社會認同，還有……性受挫……

萊克特：不！他貪得無厭。這是他的本性。那麼，克莉絲，我們的貪慾是怎樣開始的？我們都會挑我們貪求的東西嗎？盡力去回答這問題。

克莉絲：不，我們只是……

萊克特：不。我們的貪慾是從日常事物開始的。克莉絲，妳沒有感覺到別人都在窺視妳的身體嗎？妳的雙眼不是也會挑妳想要的東西嗎？

克莉絲：是，沒錯。那請跟我說要怎樣做……

拍子＃6——萊克特扭轉情勢，想知道克莉絲過去的情感經歷。這是本場景的第一個轉折點。

萊克特：不。克莉絲，現在換妳來告訴我。妳已經沒有假期可以賣我了。說吧，妳為什麼離開農場？

克莉絲：博士，我們沒時間了，現在不要談這個吧。

拍子＃7——萊克特堅持。克莉絲心急如焚。

萊克特：但我們算時間的方式不大一樣。克莉絲，是這樣嗎？現在妳就只有這些時間了。

克莉絲：以後再說吧。拜託，聽我說。我們現在只有五……

拍子＃8——萊克特再次堅持。克莉絲只好屈服。

萊克特：不！我現在就要聽。妳父親被殺害以後，妳變成了孤兒。妳當時十歲。妳去了蒙大拿州（Montana）的農場，一個養牛、養羊的地方，跟親戚住在一起。然後……？

克莉絲：有一天早上，我就這樣逃跑了。

萊克特：克莉絲，不是就這樣。是什麼事造成的？什麼時候開始的？

克莉絲：很早，天還沒亮時。

萊克特：那就是有什麼把妳驚醒了，是嗎？是作了什麼夢嗎？夢到什麼？

克莉絲：我聽見怪聲。

萊克特：是什麼怪聲？

克莉絲：是——尖叫。像是尖叫的東西，就像小孩子的叫聲。

萊克特：然後？妳怎麼辦？

克莉絲：我走下樓，跑到外面去。偷偷來到穀倉，我怕，我不敢往裡面看，但我實在沒辦法。

萊克特：那克莉絲，妳看到什麼呢？妳看到什麼？

克莉絲：羔羊。牠們在尖叫。

萊克特：他們是在宰羔羊嗎？

克莉絲：沒錯，牠們在尖叫。

萊克特：然後妳便逃跑？

克莉絲：不是。我一開始想放走牠們。我……我打開圍欄，但牠們不要走。牠們就待在那裡，滿臉困惑。牠們就是不要走。

萊克特：但妳可以走，而且也走了，不是嗎？

克莉絲：沒錯。我抱了一隻，然後趕快跑，

萊克特：克莉絲，妳打算去哪裡呢？

克莉絲：我不曉得。我沒有食物，沒有水喝，而且那時候很冷，很冷。我想……我想我至少救得了一隻，但……牠真的很重。很重。我跑不到十公里，警長就把我帶上車了。

農場主人很生氣，把我送到博茲曼（Bozeman）的路德教孤兒院。我之後再也沒有回去過了。

萊克特：克莉絲，妳的羊後來怎樣了？

克莉絲：他們把牠殺了。

拍子 #9 —— 萊克特感到釋懷，他終於了解克莉絲。

萊克特：妳偶爾還是會醒來，是吧？半夜醒來，聽見羔羊在叫？

克莉絲：是。

萊克特：妳覺得救了凱薩琳以後，叫聲就會停止，是這樣嗎？妳覺得如果凱薩琳能夠活下來，妳便不會再因為聽見羔羊慘叫而半夜醒來。

克莉絲：我不知道。我不知道。

萊克特：克莉絲，謝謝妳。謝謝。

拍子#10——克莉絲急著得到萊克特答應給她的東西。但被奇頓醫生中途干預——本場景第二個轉折點。

克莉絲：博士，告訴我他叫什麼名字。

我們聽到打開門的聲音。

萊克特：我想是奇頓博士來了。你們應該彼此認識了吧。

奇頓出現，跟彭布利（Pembry）和波以爾（Boyle）兩位警佐一起。

奇頓：好，我們走吧。

拍子#11——克莉絲繼續堅持。

克莉絲：博士，輪到你了。

奇頓：出去。

克莉絲：跟我說他叫什麼。

波以爾警佐：這位女士，不好意思，我收到指示要把妳帶上飛機。

萊克特：克莉絲，妳真勇敢。這些羊什麼時候不再叫了，妳會跟我說，是吧？

克莉絲：博士，告訴我他的名字。

拍子#12——萊克特感謝克莉絲讓他進入她的腦袋，好好地跟她說再見——本場景的高潮。

萊克特：克莉絲！妳的檔案。

克莉絲掙脫開來，衝回去萊克特身邊。正當萊克特伸出手，讓她從柵欄中間把檔案接過去時，他摸了一下她的手指。

萊克特：克莉絲，再見。

她把檔案抱在胸前，在她被人推開的時候，依然回頭緊盯著萊克特。

這場景之所以引人入勝，當然，是因為兩位角色之間的關係非比尋常。有人甚至會說這是愛情故事，是**愛情場景**——對於克莉絲披露自己內心關於羔羊尖叫的秘密，萊克特最終以身體接觸，用手指輕撫的方式（**震撼的一刻**）使場景到達高潮——這場戲顯然充滿了**潛台詞**。但除此以外，這裡也明顯地用到別的技巧，增加了情感衝擊，這場戲因此而不僅僅是鋪陳而已。換在業餘編劇手上，場景可能會變得無聊。但湯瑪斯．哈里斯的小說，以及泰德．戴利的改編，都使用了下列技巧：

情感調色板：在**角色線索**方面，克莉絲極力想得到萊克特的幫助，令場景的緊張程度不斷升級，直到後來向萊克特屈服，跟他傾吐她內心的夢魘。對於萊克特，他一開始因為被耍而感到挫敗，這是他的情感驅力，接下來他願意幫助克莉絲，但依然不斷刁難她，就像是她的老師一樣，到最後，他對克莉絲的過去表現出強烈好奇。這兩位作家也有在注意利用場景動態，**勾起讀者的情緒反應**，他們在場景脈絡中不斷製造**衝突**——克莉絲急著知道緝拿水牛比爾的寶貴線索，以證實她的能力；而萊克特先前被她誆過，不一定就會告訴她。

單是這一點，就能把場景變有趣了。但不只這樣：我們當然都在期待，想知道萊克特最後會否透露任何重大線索；我們有**興趣**知道克莉絲過去的創傷，藉由**質問**跟**主動對白**，一問一答，一點一點地披露出來；這裡也展示了克莉絲的**內心衝突**，以及萊克特的好奇心。此外，我們還看到**老套場景被翻轉**，因為現在換成是FBI探員被囚犯盤問。

整場戲都是**反差**，顯而易見——包括：角色反差（克莉絲是自由身，萊克特被關押）、價值反差（一方善良，另一方邪惡）、行為反差（萊克特生性暴戾，卻輕撫克莉絲的手指）、場景拍子的反差（克莉絲一方面急迫，另一方面她的披露又慢又長）。她披露羔羊尖叫的事，對萊克特和觀眾來說都是一大**發現**。這同時也屬於**角色披露**和**秘密**，揭曉了克莉絲想成為FBI探員，以及拯救弱小的動機。對於克莉絲過去跟萊克特碰面時埋下的**伏筆**，這一點資訊便是**情感上的分曉**，她以揭露自己過去經歷作為彼此協議的回報。

此外，萊克特的木炭畫就是所謂的**小道具**，在它們被奇頓沒收之後，克莉絲又歸還給他，為場景增添意義。我們可以視之為和平贈禮，可能是克莉絲對萊克特的一點同情，又或希望能用來賄賂他，換取他出手幫忙。

這些場景拍子經這兩位作者精心打造，在**慾望的滿足跟失落**之間取得很好的平衡。留意每一個拍子，看看克莉絲怎樣從一開始取得她想要的東西——萊克特給她幫忙，但沒有按照她想要的方式——萊克特刁難她，要她回答殺手到底想要什麼。萊克特也曾經遭遇挫敗，因為克莉絲起初不肯透露她的秘密；但在他堅持之下，終於讓她屈服，從而得到滿足。有些拍子在場景中發揮了**逆轉**和**轉折點**的功用——從萊克特幫助克莉絲，到後來要求她揭露羔羊尖叫的秘密，然後奇頓醫生中斷了這段師生關係。

最後，克莉絲和萊克特的分開、他們的**道別**，也相當引人入勝——雖然克莉絲被奇頓醫生和警員架走，但她依然在短時間內成功反抗他們，回到萊克特身邊，拿回自己的檔案。奇頓出場干預，也**讓兩起衝突同時發生**——奇頓對克莉絲；克莉絲對萊克特。

如果想創造引人入勝的場景，你就要這樣做。

現在，你已經掌握了一堆技巧，足以讓你的寫作提升至專業水平。你讀了我的介紹，也在經典場景中看到它們如何實際運作。接下來，你要在劇本裡好好地運用它們。所以，我們就來探討最後兩個關鍵要素——描述和對白；讀者唯一直接感受到的，就只有它們……

40〔譯註〕即《萬花嬉春》（Singin' In the Rain）中的經典場景。

9

描　述

動人的風格

「你需要的字，字典裡都找得到。
你要做的只是把它們排列成恰當的秩序。」

——艾瑪・戴西（Emma Darcy）

描述的關鍵，並不在乎你寫了什麼，而是你怎樣寫它——怎麼把文字形塑起來，以創造不同情調和感受。本章將要談一下好的寫作技巧。正如上面的引文提到，要寫得好，便要不斷把文字兜來兜去，直至能像預期一樣引起讀者的情緒反應。威廉．戈德曼說過：「沒有人知道什麼叫商業化，但寫得好與壞，一眼就能看出來。」

你必須知道的基本原則

千萬不能忘記，當你寫劇本時，你是要寫給人看的。意思是說，它要夠刺激，人家才會讀它，或在電影院裡看它。如果我跟你說，百分之九十五的待售劇本都是平平無奇，甚至難以卒讀，就是說，有百分之九十五的寫作者沒有考慮到這關鍵的一點。我們當編劇的，既沒有攝影機，也沒有燈光、演員、配樂，或電腦繪圖，要引發情感，我們有的只是文字。我們既然選擇為視覺媒體寫作，就要用圖畫來說故事，以最少的文字，令讀劇本的人達到最大程度的參與感。在這一行，這樣便叫做「寫得好」。要跟好萊塢流傳的成千上萬部劇本區別開來，你的描述必須要精簡有力，扣人心弦，在視覺上充滿詩意，但又不能讓你的文字喧賓奪主，分散了審稿員對你故事的注意力。記住，要讓審稿員進入你創造的新世界中，無法自拔。你也會想你的文字沁人心脾，讓這第一位讀者為你蓋上難得的「推薦」印章。你等一下就能學到該怎樣做。這是需要手藝的地方。憑這一點，審稿員便能從第一頁就知道這位編劇是說故事能手。一流的編劇總是能做到，其他人則偶而為之，大部分人根本辦不到，所以就被審稿員拒絕了。你有讀過威廉．戈德曼或沙恩．布萊克（Shane Black）的劇本嗎？先不要說它們的故事內容有多精彩，沒有人會否認，單是閱讀經驗本身就是獨一無二的享受。

不管你同不同意，本章就是要提出一點：假使你想認真做個文字匠的話，你劇本裡的每一頁、每一段、每一句，甚至每一個字都是非常重要的。在你的劇本裡，不可以出現任何只是「還行」的描述。每句話都要帶來某種情感上的衝擊。當然，這要求未免太高，但至少是你應該想要達到的專業水準。新手往往太在意他們的故事、結構，和角色，以至於他們居然忽視了描述所產生的情感效果。他們以為他們這樣做是理所當然的，尤其是看過其他不怎麼樣的作品之後。其實，在你掌握住這門手藝的各個關鍵要素後，你的寫作風格大概便不會有太大影響，至少不至於令你從「推薦」，變成只得到「不予考慮」的後果。但重點是，為什麼要冒這個險呢？假使你有本事控制你句子的情感衝擊，為什麼不好好利用？我可以跟你說，要做到這一點不是那麼難。你待會就會發現，專業編劇都是用了一些技巧，才有辦法產生那些扣人心弦的閱讀經驗。但現在，我們先來看一些可能會把劇本毀掉的常見錯誤。

業餘者常犯的錯誤

根據我過去幾百次的審稿和顧問經驗，我把最常見的錯誤分成三大類別：一、外觀，包括版式、拼字和語法錯誤；二、描述過多，因為不必要的描述，敘事變得臃腫；三、單純寫得差，這些人顯然不是吃編劇這行飯的。

外觀、版式、拼字

我就直接說吧：假設威廉．戈德曼把他最好的作品寫在衛生紙上，腦袋正常一點的審稿員都不會理會它，因為它的版式根本不對。至於是否推薦這劇本，還是得看它在情感衝擊的整體表現。劇本版式之所以受到重視，是因為單從這一點便能分辨編劇是否專業，換言之，從是否用Final Draft或Movie Magic Screenwriter等編劇軟體來製作劇本就知道了。審稿員知道專業劇本應該長什麼樣子；他們從一公里外就能認出業餘作品。版式的一點出錯，審稿員立刻就會想：連基本版式都不知道的話，技巧大概也不會好到哪裡去。諷刺的是，學習專業劇本的版式是最簡單不過的事情，尤其是現在已經有那麼多的軟體，加上坊間看到的每一本寫作教材，都會花上一章來談論它。正因為相關資源已經不少，就不需要我多說什麼了。去把軟體找來，好好學一下這些基本版式的規則，然後再把精神集中在手藝上，這是你更需要注意的地方。至於拼錯字或文法上的錯誤，由於會破壞行文的流暢度，令讀者從虛幻的夢中醒來，所以你最好多檢查幾次。不要完全倚賴電腦的拼字檢查，這是審稿員最受不了的事，就像it's和its、their、they're和there，還有you're和your。

行動的描述過多，都是細微末節

業餘劇本另一個最常見的問題，就是描述過多。這是因為，很多想從事編劇的人都有寫小說的背景，他們習慣每一層都多寫一點，描述太多，句子複雜，段落也長。寫得好不一定要寫得多。承蒙編劇顧問約翰・瑞尼（John Rainey）惠許轉錄，以下是我從他網站上看到描述過多的最佳例子：「牛隻終日疲於擺顎，碾磨收割下來的紅頂草和木賊新芽，以其倦姿來回晃動飽滿的乳房，小心翼翼地踏上被曬得乾硬的道路，伴隨車轍累累，走進農民的劑奶場，在嚴密周全的範圍內緩解乳液的負擔。」但我們可以簡單地用四個字來說：「乳牛走過。」我不是說上面的文字不好，但它應該放在小說，而不是劇本。

寫劇本不是寫小說，它不需要寫得長，也不需要對場面、角色的思想、衣著或髮色作太多渲染。也不需要鉅細靡遺地描繪角色的神情、手勢、揚起眉頭、他言談中的任何抑揚頓挫或光暗起伏。重點是句子夠主動、以動詞作驅動，並帶來視覺效果。最重要的是：簡潔，以最精簡的字表達最多的意義。難怪一流的劇本常被稱為「視覺的詩篇」。就這一點，你需要的手藝是喚起影像，而非詳細描述。正如史考特・法蘭克（Scott Frank）〔《戰略高手》（Out of Sight）、《關鍵報告》（Minority Report）、《雙面翻譯》（The Interpreter）〕所說：「我通常很少寫舞台指示（stage direction）。我覺得寫多了，便浪費時間。劇本寫作貴乎精簡，寫得少卻說得多。每次劇本開始描述這男人，他穿什麼，戴眼鏡，頭髮怎樣怎樣，我便沒耐性讀下去。」

今天的好萊塢，目標是劇本要讀得快、容易讀，以扼要的語言盡量減短敘述篇幅——短短的句子，零零碎碎的，往往只一個字，段落也不能超過四行。

寫不好

業餘劇本（甚至專業作品）中，寫不好的比例多達百分之九十五，這聽起來有點嚇人。這些編劇好像忘了，有人還必須看他們平淡乏味的創作。要嘛他們功夫還沒學精，要嘛他們根本不適合用文字來溝通。或者他們根本不是吃這行飯的，這令人難過，但也是事實。在《101種習慣》裡，羅恩·巴斯說得正好：「基於某些原因，有人認為寫作是人人都做得來的。因為人人都有電腦，人人都會英文，既喜歡看電影，也喜歡讀書、設計故事，所以人人都以為自己做得來。重點是：是否人人不僅做得來，而且都做得好，好到別人會花錢去看那些故事呢？每個女人都會化妝，但有幾個能做模特呢？沒有人能阻擋你化妝。只是你可能永遠沒辦法讓人邀請你做模特，然後登上雜誌封面。當編劇的想法也一樣。你不用別人允許。寫劇本不花你多少錢。只要寫滿120頁，把它印出來就好了。起頭並不難。成功卻沒那麼簡單。你必須要具備某些能力，不管是天賦，還是聰明，或熱情、渴望、經驗等等，就是任何能令你勝人一籌的特質，讓別人因此而想要支持你。當你認真想要別人花8千萬美元，把你的劇本拍成電影，這時候你還是覺得人人都做得來嗎？」

假使你認為寫作是你的天職，你便必須精於手上唯一的生財工具——文字。你已經知道，劇本對敘述的要求是精簡；現在，在討論如何能令描述造成情感衝擊前，我們先來探討一些基本原則。

劇本敘述的基本原則

在你把劇本遞交給經紀或製片人以前，你要確定它外表上必須完美無瑕。意思是：版式完美、沒有拼錯字或打錯字，也沒有多餘的字。這是我對顧客或對我自己的最低要求。只要在潤飾階段多花功夫，這要求便並非不能達到。

下列注意事項並非一成不變的規則，只是從專業審稿員和編劇的常識給你一些建議，希望能令你的劇本讀得快、容易讀。為此，你必須避免分散注意，千萬不能把審稿員從虛幻的魔法中搖醒。你不要時時提醒審稿員他在讀劇本，所以，你可以盡量避免下列幾點：

避免拍攝指示

這部分包括兩點建議：一、避免指示導演該怎樣拍攝（除非你同時也是導演）；二、避免指示演員在場景裡該怎樣做。你的工作是說故事，不是指示鏡頭動向，像「角度對準」（angle on）、「特寫」（close up）、「搖鏡頭」（pan to）、「跟蹤」（track along with）、「切到」（cut to）、「插入」（insert）等等，都不關你的事。加入它們只會把劇本搞得亂七八糟，不但分散審稿員的注意，導演也不會想聽你的建議。唯一可接受的指示是劇本一開始時的「淡入」（fade in）、最後的「淡出」（fade out），以及偶爾出現的「溶接」（dissolve to），表示維持一段時間。其實，你也可以暗中指導電影進行，不用真的提到鏡頭。你待會就會學到一種技巧，叫作「虛擬特寫」（virtual close up）。

同樣，不要對演員下指示，不用描述他們身體每個動作或情緒反應——不用每看一眼、每皺一下眉頭或眼皮跳都寫出來。一些細節是還好，但不要太多。只要場景脈絡和角色情感都夠清楚，讀者自然會補上那些沒提到的東西。不妨讓演員自行決定，到底該用什麼身體動作來傳達角色的感受。

避免被動語態

基於某些原因，寫作者可能會覺得被動語態寫起來比主動語態好看；但對審劇本的人來說卻不是這樣。如果你忘了文法課是怎麼教的，我就來提醒一下：被動語態的組成是「be」助動詞加上主要動作的過去分詞，而且常常要把主、受詞倒過來，於是大大減弱了句子的主動性。舉例來說，「The car is driven by John」（車子被約翰開走），或「The food is eaten by Jane」（食物被珍吃掉）等句子就是被動語態。但比較好的寫法是用主動語態，變成「John drives the car」（約翰把車開走）和「Jane eats the food」（珍把食物吃掉）。只要可以的話，都應該盡量選用主動語態。

避免否定

情形跟主動語態一樣，肯定的描述比否定要來得有力。比方說，比起「他不是多大方的人」，倒不如說「他是吝嗇鬼」；比起「他舉止不太得體」，不如直接說「他笨手笨腳」。與其跟讀者說你沒有要讓他看到什麼，倒不如直接讓他看到你想給他看的事。同時你也可以少寫點字。

避免用括弧

這裡指的是插在人名跟對白中間的括弧，就像：（大笑）、（冷淡）、（傷心）或（低聲）……等等。這些都像是給演員的動作下指示，告訴他該如何講話或表達情感。因此，無論是審稿員，還是導演，或演員，都不會喜歡看到它，甚至會直接把它刪掉，以免影響他們自己的詮釋。當你重看劇本時，應該把這些括弧跟裡面提到的情感給拿掉，除非是場景的潛台詞模棱兩可，有必要加以澄清。就像有時候，我們的確沒辦法單靠脈絡或對白讓讀者自行摸索情感，例如角色受傷了，卻一副事不關己的樣子，冷冷地說一句「你好」，這時候，或許加個括弧，把（冷淡）或（冷酷）寫上去會更好。否則，角色的情感應該可以從脈絡或對白中清楚感受出來。

在下列幾種情況下，使用括弧才算可被接受：當我們必須強調以**另一種語言**或**腔調**來講話，如：（西班牙語）；當我們在場景中有多過兩位角色時，需要**指出講話對象**，如：（對約翰說）；當我們需要描述**角色一下子的特別動作**，如：（點煙）——這樣可以為你節省篇幅，寫兩個字就夠，不必再另開一行。當然，這動作必須是該場景的關鍵。大部分審稿員都只會由上而下地看對白，根本不看敘述那一行，所以這樣也能避免關鍵動作被忽略掉。

避免副詞

副詞是修飾動詞用的，但有了副詞以後，寫作者卻因此而偷懶不去尋找適當的動詞。比方說，他們會選用一個較普遍的「跑」字，再用「很快」來修飾它，而不使用更恰當的「飛奔」。新手通常會過度使用副詞，甚至誤用。這樣不但作品會變弱，更會變成老套。幸好改善這一點並不難，只要重看一次初稿，把效果差的動詞和副詞標示出來，就像：很快、很慢、輕輕地、大聲地、安靜地、溫柔地，等等，把它們換成更生動的動作。這時候便得好好利用同義詞。例如，你可以把「慢慢走」改成「溜達」；把「跑很快」改成「猛衝、飛奔、疾走，或突進」；「偷偷地看」改成「窺視」；「憤怒地看」改成「怒視」；「渴望地看」改成「凝視」。試想你能因此省掉多少個字。副詞不但使寫法變弱，而且佔空間，浪費墨水。此外，也要注意少用強化形容詞的副詞，就像：很、非常、極度、真的、普遍地、一般地、萬分、相當、最、常常……等等。

避免「開始」和現在分詞

可以的話，把稿子裡的「開始」給刪掉吧。把「她開始哭了」改成「她哭了」；把「它開始溶了」改成「它溶了」，這樣並不難。同樣，這是為了讓劇本更精簡有力。此外，要注意現在分詞的使用，少用「ing」的形式，譬如：「walking」、「eating」、「staring」或「driving」，寫成「he walks」、「he eats」、「he stares」或「he drives」會更好。試著以最簡單的方式構造句子，只要主詞加上主動詞。

避免用「有」

另一個我在業餘作品最常看到的贅字，就是「有」，如：「有一間房子」或「有車在路上」。更好的寫法是：「一間房子」或「車在路上」。甚至，最好是把主詞寫得生動一點，就像：「房子聳立在海灣之上」或「車子飛馳而過」。

避免寫「我們看到」或「我們聽到」

這裡或許有點爭議，因為即便是專業編劇也會常常這樣寫。但仔細想想，這些字不但是多餘，而且這樣把觀眾插進來，便打破了審稿員跟故事之間的連結。「我們看到」、「我們聽到」，這些都是出於觀眾的角度，於是便把審稿員的感受排除在外。你要記住，劇本只需要傳達兩類資訊，就是：視覺和音效。每一個成分，直至每一點細節，都是視覺或聽覺的資訊。當我寫「一間房子」時，我們便能清楚看到房子。根本不需要寫成「我們看到一間房子」。同樣地，也不用寫「我們聽到」。劇本裡能被聽到的，我們都聽得到。劇本裡被描寫出來的，我們都看得到。所以，不妨把「我們看到」和「我們聽到」都刪掉，它們都是多餘的。

手藝：妙筆生花

看過怎樣為敘述減肥、纖體以後，現在我們來看正面一點的東西——學習怎樣運用巧妙的描寫手藝，讓文字躍動、唱歌，令讀者深深為鮮明的畫面而著迷。不要忘記，注意措辭是寫好描述的關鍵。你要做的，就是為語言充電，讓它鮮明、活潑，令讀者有所感覺。對於一位好作家，除非他找到適當的字，把畫面帶出來，否則他會一直悶悶不樂。一旦找到了，結果便是視覺的詩篇——精煉、清晰，能有效引發情感。

搏得注意

要突出你的作品，其中一種有效辦法是搏得讀者注意，操控審稿員的眼睛，產生應有的視覺效果。事實上，這就是專業編劇的能耐，他可以在劇本上指揮一切，卻又不需要明白說出鏡頭該往哪裡擺。想要做到這樣，底下是你可以用到的一些訣竅：

垂直寫作——在劇本上引導眼睛

散文作家通常採取水平寫作，會從左到右寫過去。劇本作家則相反，是從上面垂直地寫下來，從而創造了一種生動步伐，加快了審稿速度。道理在於，我們的眼睛經過長期訓練，已經習慣從左邊開始尋找新的句子，也就是新的資訊。編劇就是看準這一點，才會在每個新鏡頭時另開一行。當你每一次想像新的鏡頭角度帶來新視覺時，你都會在另一行描寫動作，而不管每一行到底有多長。下面[41]的例子取自《異形》，是華特．希爾（Walter Hill）和大衛．吉勒（David Giler）的稿子，能作為垂直寫作的最佳示範：

蘭伯特（Lambert）

怎麼啦？

凱恩（Kane）

不曉得……我在抽筋。

其他人不安地盯著他看。

忽然，他大聲呻吟起來。

雙手抓緊桌邊。

指關節變白。

亞修（Ash）

深呼吸。

凱恩尖叫。

凱恩

天啊，痛死了，好痛，好痛！

（站起來）

啊啊啊！

布瑞特（Brett）

怎麼啦？哪裡痛？

凱恩面部扭曲，一副痛不欲生的模樣。

他倒回椅子上。

凱恩

天啊啊啊。

一點紅色。

然後，血漬在他胸前散開。

他的襯衫被撕開。

像拳頭那麼大的一個小頭突了出來。

全體組員慌張大叫。

紛紛跳離桌子。
貓嘶叫，急忙逃跑。
小頭向前衝。
終於從凱恩胸中噴射出來，拖著厚厚的身體。
在醒來同時，液體和血液往外潑濺。
降落在杯盤和食物中間。
蠕動滑走，組員亦已四散。
然後，異形便從眼前消失。
凱恩摔在椅子上。
早已死了。
胸前很大一個洞。

注意看，每一行都是新鏡頭，都在讀者心裡產生新的視像。只要用垂直寫作，你就不用把攝影機的角度寫出來，像是「插入」、「特寫」或「角度對準」等等。你實際上就在用你的句子位置來指導場景，用句子長度來控制步伐。長句子感覺就像慢鏡或短句子，甚至只有一個字的句子，感覺就會像快切。

把字區隔開來，造成虛擬特寫

區隔某個字，使它在一行中獨立出來，便能自動在審稿員心裡帶來視覺衝擊，達到特寫的效果。在專業劇本中，你會看到很多地方都像下面的寫法。這取材自湯姆．莫瑟（Tom Mercer）的劇本，是1998年劇作組首頁競賽（Screenwriting Group's Page One Contest）的得勝作品。為清楚起見，我把特寫的地方以黑體表示：

外景：南德州舊油井架—白天

沒用的刺眼建築。*80*年代起就已抽不出原油。

涼風颼颼地吹過周圍鐵欄的孔洞，一張百元鈔票上的

本傑明．富蘭克林（*Benjamin Franklin*）

隨風拍打鐵欄，稍後又來了幾張。一次幾張，然後愈來愈多。

那些紙幣連同過去的總統，像蝗蟲一樣衝擊鐵欄。

一張手寫的標語—非請勿進

在強風中搖擺不定，然後從鐵欄上被吹落，掉到地上。碰到血淋淋的身體。

本傑明．卡斯蒂略（*Benjamin Castillo*）又稱為*B*寶寶，拉雷多市（*Laredo*）警察部門的娃娃臉中尉卡斯蒂略。他在模仿死屍，在酷熱的正中午太陽底下凝視魚眼鏡頭。

風舔過他的身體。他的破夾克在風中呼嘯，在空中釋放出一連串血色的錢。

一張失散的紙幣在荒漠的和風中被捲起來。是五元鈔票。林肯在兩點血腥中間，依舊露出嚴肅的目光。

一隻手，這是來自女性的纖纖玉手，這女人把這張鈔票舉起來，放在漂亮的臉蛋前。她吸進了血腥和金錢的氣味。

女人

德州的血錢，我愛死了這氣味。

卡斯蒂略根本無從置喙。

這技巧特別常用在動作片的劇本，可以令包含動作的段落更易讀，更易理解和想像。

場景中的地點標題

要令審稿員整體覺得滿意，關鍵之一是把劇本寫得好讀。你已經知道，應該盡量避免鏡頭或其他技術性指示。但唯一有一項要素是不能被忽略的——就是場景標題或地點標題，像是：「內景：餐廳－晚上」，可以把地點和時間建立起來。但如果放上太多場景標題，又會阻礙場景流暢進行，會讓讀者從虛構的魔法中清醒過來。尤其當角色在短時間內經過一連串的地方，像是在房子裡穿越一個個的房間時，問題就出來了。業餘編劇的寫法通常是：「內景：麥克（Mike）的房子－臥室－晚上」，然後隨著角色移到另一間房間，「內景：麥克的房子－浴室－晚上」，然後，「內景：麥克的房子－廚房－晚上」。如果是專業編劇，便只會用一個場景標題來建立麥克的房子，其他房間都只用一個字，讓人閱讀起來更流暢，就像以下例子那樣《48小時》（羅傑・史波提斯伍德（Roger Spottiswoode）、華特・希爾、拉里・格羅斯（Larry Gross）、史蒂文・德・蘇沙：

門口

大門砰的一聲打開，眼前一個男人手持大型手槍，是三藩市警局（*S. F. P. D.*）的傑克・凱茨（*Jack Cates*），身材魁梧，強壯有力……悄悄地爬上樓梯井。

走廊

他在樓梯頂停住……聆聽，槍依然拿在手裡。連續不斷的流水聲……凱茨移向浴室。把門打開。

浴室

浴簾背後的輪廓停了下來。凱茨把槍抬起，邁步向前……把浴簾一下扯開。眼前一位漂亮的年輕女子，伊蓮恩．馬歇爾（*Elaine Marshall*）。

凱茨

傑克．凱茨，S. F. P. D.探員，妳現已被警方通緝。

〔場景繼續〕

臥室

凱茨跟伊蓮恩躺在床上。她穿著他的襯衣。

具體一點

通常，具體細節會比一般描述更能造成衝擊。比方說，假使報章上寫的是一隻狗襲擊一位小女孩，它並不會比一隻杜賓犬襲擊小女孩來得吸引人注意。你認為哪一種寫法比較好？是狗，還是杜賓犬？是車，還是2005年的紅色雪佛蘭？是手槍，還是史密斯威森點三八？再看一次你寫的東西，看有沒有什麼地方可以寫得具體一點。訣竅是為任何吸引我們五官的東西加上名字。不要說

「吃冰」，而是享受「雙巧克力石板街，再放上一顆櫻桃」。不妨參考下面的例子《刺激1995》（法蘭克・戴瑞邦（Frank Darabont），細節的地方以黑體表示：

他打開手套箱，拿出了用破布包起來的一件東西。他把它放在大腿上，小心翼翼地解開——眼前是一枝**點三八左輪手槍**。兼具油亮、黑色，與邪惡。

外景：**普里茅斯**（*Plymouth*）—晚上（*1946*年）

他穿著**翼紋鞋**，嘎吱嘎吱地踩在碎石路上。發出的子彈四散在地上。**波旁威士忌的酒瓶**掉下來，碎掉。

換掉無力的字

你的基本原則是：避免使用修飾動詞的字，選擇活潑、生動、強效的動詞，也就是會從劇本跳出來的字。你記得嗎？同樣地，你也要把無力、疲弱的字撤換掉，才能增加敘述的衝擊。如果行文平平無奇，就要盡量換上鮮明強勁的字。比方說，與其說「這女人很刻薄」，不如就把它寫成「她是潑婦」。與其說「這男的既大方又體貼」，不如試著寫成「他是謙謙君子」。我們來回想一下視覺的詩篇——就是以精挑細選的少量文字，鮮明地表達出最大量的意義。

少即是多

大部分經驗老到的審稿員，看完第一頁後就能判斷寫的人到底是專業編劇，還是業餘寫作者，尤其是單憑他的敘述能力就能馬上知道——他是否能用有限的文字，來喚起鮮明的影像。我們前面說過，大部分業餘劇本都寫得過多，因為寫作者仍習慣寫小說的模式，寫得太過鉅細靡遺。結果是一堆朦朧不清的黑線，而非理想中的「白空間」（後面再來談這一點）。對整天都在審稿的人來說，一看就覺得無聊死了。當然，對小說而言是不錯，但寫劇本不能這樣做。重點是，寫劇本比較像是寫詩——簡潔而鮮明，精煉而有力。每個字都有用。你愈能用較少的文字來包含某一個思想或影像，就能為這思想或影像造成愈大程度的衝擊。尤其是對於角色或地點的描述，這一點建議更顯得重要。我們將在本章稍後繼續討論這一點。

減肥或減少冗餘

巴勃羅．畢卡索（Pablo Picasso）說過：「藝術就是去除不必要的東西。」要搏得別人注意，以最少量的文字傳達最多的資訊，其中一種方式就是刪除不必要的文字或句子，尤其假如它們是多餘的話。例如，我們的格言是「讓人看，不要講」，但如果是新手的話，他們通常兩樣都做——讓人看，也跟人講。他們會跟審稿員說角色的感受，然後再讓他看到表達該感受的行為，就像是：「莎莉很開心。她笑了。」這時候，我們一般都應該選擇寫行為，而不寫感受。只要讓我們看，不用跟我們講。劇本裡的每一行字都要對角色或情節的進行有所貢獻。不然的話，便考慮刪掉吧。

把資訊編進角色的動作或反應裡

把資訊微妙地透露出來，對寫作者來說絕非易事——多少才夠；什麼時候才說；尤其是，怎樣做讀者才不會無聊。靜態描述很難把讀者拉進故事裡。首先，你必須決定：你將要描述的資訊對故事或角色來說是否關鍵？一般來說，除了角色年齡，他身體的其他細節對故事來說都關係不大，除非，這些細節正好標示出角色獨特的一面。換句話說，我們不需要知道角色的髮型、髮色、他的眼睛怎樣、他有多高，或他穿什麼，等等。接下來，如果細節關係到情節或角色的態度、人格，比方說他是畸形，或他都戴粗框眼鏡等等，辦法是讓角色跟這細節互動起來。譬如，與其說「住所環境惡劣——到處是啤酒罐、快餐包裝紙，一整個亂糟糟」，倒不如說「麥克找地方坐，他把啤酒罐撥一邊，把快餐包裝紙從沙發上弄走。」住所的惡劣環境被包含在麥克的動作裡頭。這樣做效果會更好，因為讀者把焦點放在麥克身上，描述則以一種隱微的方式透露出來。只要可以的話，我們都不應該單純描述物品；而是應該讓人看到角色跟它們互動的樣子。

白空間

如果前面提到的技巧都能貫徹實行，那劇本就會出現審稿員所謂的「白空間」。之所以出現這樣的外觀，原因是：短段落、短句子、虛擬特寫、沒有拍攝指示；相對於厚實的黑色文字區塊，這樣的確好讀多了。很多審稿員都跟我提過，在開始審稿以前，他們都會快速翻閱一下劇本，看它每一頁的字有多少。白空間讓他們相信，接下來的工作會很暢順、容易。如果看到一大塊的文字描述，他們就會先把它丟回劇本堆裡，再選另一部來看。

無論如何，你得盡量把描述分成四行以內的文字區塊，把外觀控制在簡潔、乾淨的樣子。也不要忘記運用上述每一項技巧，為劇本搏得最大程度的注意。

創造移動

另一種引發情感衝擊的方法，就是在敘述裡創造移動。不要忘了，移動本來就是電影的特性。所以電影才會又被稱為「movie」或「motion-picture」。意思是，你的劇本必須會動，而不是單單角色會動而已。你需要活潑的文字和句子、充滿動力的語言，使人讀起來夠鮮明，不乏味。如果你寫出來的字句夠生動，所作的描述躍然紙上，審稿員一定就會看得出來。底下一些技巧能幫你做到這一點：

盡量選擇活潑，而非靜態

我們最常給新手的建議是：「讓人看，不要講。」讓人看就是活潑；講出來就是靜態，是平淡。可是，大多數寫作者都不知道該在劇本裡做些什麼。底下是我的拙見，但這訣竅的價值遠勝過這整本書的價錢。我之所以這樣說，是因為這是我很後來的發現，而這技巧卻徹底改善了我的寫作。那就是：

盡量以動作來描述，不要用形容詞或副詞跟讀者說它長得怎樣。譬如，與其說「莎莉很開心」，不如寫成「莎莉在笑」。與其說「約翰很緊張」，不如寫成「約翰在來回踱步」。回去看看你的稿子，看你能找到多少個形容詞，能不能都改寫成活潑的動詞吧。當你看到任何一個東西，說它怎樣怎樣時，問一下自己它在做什麼吧。看看你用了什麼形容詞跟人講話，然後把它換成讓人看得到的動詞，讓形容詞隱含在動詞之內。與其說「她雙眼多明亮」，不如寫成「她雙眼發光」。「吵鬧的男人」可以換成「那男的在咆吼」。「開心的小狗」可以換成「小狗在搖尾巴」。

回去看看274～275頁，在「首頁競賽」的得獎作品裡，作者不是寫「那天風很大」那麼簡單，而是作出一連串令人相當有感的描述：涼風颼颼地吹過周圍鐵欄的孔洞；一張百元鈔票隨風拍打鐵欄；像蝗蟲一樣衝擊鐵欄；在強風中搖擺不定；風舔過他的身體；夾克在風中呼嘯；一張失散的紙幣在荒漠的和風中被捲起來。這些都是活潑的動詞，而非形容詞。永遠不能忘記移動。不要描述東西；要描述東西在做些什麼。我不是說必須讓東西從A跑到B點。只是，最好是寫東西在做什麼，而非它是什麼。

設定正確的步伐

步伐就是場景的節奏和速度，它可以是帶來移動的因素。場景的步伐可快可慢，可以是田園式或者雜混無章，可以很悠閒，也可以很匆忙。怎樣才算是正確的步伐，這要取決於你的劇本類型和故事內容。一般來說，動作驚悚片會比歷史劇更快一些。看看下面兩個例子，看它們如何藉由文字、句子長短，以及角色的動作和對白來表達不一樣的步伐：

《教父》（法蘭西斯・福特・柯波拉（*Francis Ford Coppola*）、馬里奧・普佐（*Mario Puzo*））

現在，景象完全打開了，我們看到堂・柯里昂在家中的辦公室裡。窗簾通通拉起來，房間一片漆黑，只有一些有形的影子。我們從堂・柯里昂肩上看到包納薩拉（*Bonasera*）。湯姆・海根（*Tom Hagen*）則坐在小桌子旁，正在處理文件；桑尼・柯里昂表現不耐煩，在窗邊緊靠父親站著，一邊啜飲葡萄酒。我們聽見音樂、外面人群的講話和笑聲。

堂・柯里昂：

包納薩拉啊，我們認識也不是一天兩天了，但這是你第一次來幫我的忙。

我也忘了你上次邀我到你家喝咖啡是什麼時候……甚至連我們的太太都是朋友。

包納薩拉：

你想跟我要什麼？我什麼都會給你

只要你想的話，但請你照我的話來做！

《異形》

蕾普莉（Ripley）

等等。

他們停得很快，差點絆倒。

蕾普莉

牠在五公尺內。

帕克（*Parker*）和布瑞特把網子舉起。

蕾普莉一手拿著刺槍，另一手拿著雷達。

極其小心地行走。

呈半蹲姿態，隨時準備向後跳。

蕾普莉把刺槍伸出來，不停盯著雷達看。

雷達把她引到隔牆的一個小艙門。

她臉上汗如雨下。

她把雷達放下來。

舉起刺槍，握著艙門門把。

用力一拉。

把電刺槍塞進去。

一聲駭人的尖叫。

然後一隻小生物從櫥櫃飛出來。

怒目而視，一邊在揮爪　。

極度生氣的樣子。

他們把網子打開，放走抓到的這隻東西。

結果只是一隻貓。

發出嘶嘶聲……然後落荒而逃。

使用生動的強效動詞

你已經知道，要盡量把形容詞換成活潑的動詞，那現在，你更要注意自己所選的動詞是屬於哪一種。要創造移動，就必須花點時間，為每句句子選好最合適的動詞——必須是會移動的動詞，是生動、強效的動詞，比一般的動詞更強而有力。比方說，電鈴不僅會**響**（ring），而且會**釘鈴鐺鋃**（clang）；淤泥不僅是**滴落**（drip），而是**滲漏**（ooze）；陽傘不僅是**移動**（move），而是**遷走**（sway）；女人不僅是**哭泣**（cry），而是**嗚咽**（sob）；男人不僅是**跑**（run），而是**飛奔**（sprint）。

以下是一個專業劇本的例子，來自生動動詞大師夏克・布萊克（Shank Black）：

《致命武器》

洛伊德（*Lloyd*）**眨眼**。**咽口水**。到了另一瞬間。終於——

他把槍**放下**。**嘆氣**。

洛伊德

……你想知道些什麼……？

墨陶（*Murtaugh*）顯然輕鬆下來。正當兩件事一同發生的時候。

圖畫玻璃窗忽然**塌下**。**啪啦一聲**化作上百萬塊碎片。

洛伊德手上的牛奶盒**砰地爆開**，牛奶**噴濺**在他的黑西裝上。

他**皺一皺**眉頭。眼看牛奶淌下。**眨眼**。雙眼**猛然**張開，血液從襯衫**滲出**，**濺灑**一地。

洛伊德

羅傑（Roger）——！

他垂死掙扎，**一躍而起**，來到墨陶面前。被射進第二顆子彈。

這一發原本瞄向墨陶。現在卻把他身體**猛推**向羅傑。

受到這一下壓倒性衝擊，他們兩個一起跌倒地上。

更多的子彈向廚房**進擊**。瓷器餐盤**爆成**玻璃粉塵。食物**噴灑**、**迸發**，弄髒了牆壁。

製造無法自拔的閱讀經驗

讓劇本搏得別人注意，以生動的描述產生移動，單靠這一點就能大大提升你的敘述風格，增加它在情感上的效果。但我們還能利用更多別的訣竅，不管你的劇本類型為何，都能讓它帶來無法自拔的閱讀經驗。請記住，要在讀者心中留好印象，你只有一次機會。為什麼不好好把握，在每一個層次都做到最好，包括你的描述，讓情感不斷產生迴響？

感官字眼

你也知道，寫好描述關鍵是注意措辭。而且要跟感官相關。專業編劇都很在意如何運用文字，為讀者帶來感動；他們會挑簡單而有趣的字眼，那些會發熱、脈動、流血，或踴跳的文字，具體來說都跟我們五官有關——視覺、聽覺、嗅覺、味覺，和觸覺。說到描述，最有用的工具是同義詞。你一開始起稿或許並不在意遣詞用字，但在這之後，可以把靜態的字換成與感官相關，如：**凝視**（peer）、**窺探**（snoop）、**吠叫**（bark）、**啪一聲**（snap）、**散發香味**（fragrant）、**麝香味的**（musky）、**帶苦味**（bitter）、**水分多**（juicy）、**愛撫**（caress），或**親吻**（kiss）。我們再來看一次「首頁競賽」的得獎作品（第274頁），注意它用了多少感官詞彙：刺眼建築……涼風颼颼……拍打鐵欄……像蝗蟲一樣……在強風中搖擺……血淋淋的身體…… 在酷熱的正中午太陽底下凝視魚眼鏡頭……風舔過他的身體……破夾克在風中呼嘯……血色的錢……風中……血腥。劇本裡包含愈多感官詞彙，便能令閱讀經驗愈鮮明、愈有觸感。

聲音爆發

即所謂的擬聲詞（onomatopoeia），是模仿自然聲音的用字，如：**隆隆**（whomp）、**轟轟**（whap）、**噹噹**（clang）、**吱吱**（screech）……等等，是跟聽覺相關的具體感官詞彙。這些聲音之所以變成動詞，是因為這些聲音反映了它們的意義。舉例來說，我們不妨把某些名詞跟它們相應的擬聲動詞搭配起來——電鈴**噹噹響**、小鳥**唧唧叫**、狼群**嚎叫**、風**颼颼作響**。底下是其他專業劇本的例子：《銀翼殺手》（漢普頓・范徹（*Hampton Fancher*）、大衛・皮普爾斯（*David Peoples*））

巴提（Batty）

我的眼睛……我猜是你設計的吧？

老周（Chew）

你連鎖（Nexus）的嗎？我都設計連鎖的眼睛。

嘩啦！里昂（*Leon*）對那些不會眨眼的眼珠恨之入骨，把水槽嘩啦一聲打破，那些傲慢的眼珠一個個傾瀉到地上。巴提微笑，手指著自己的雙眼。

巴提

哎，老周啊……

（咯吱、咯吱）

你能用你這些眼睛，看看我所看到的東西就好了。

咯吱！咯吱！巴提緩步走向老周，不斷踩在那些眼珠上，發出咯吱的聲音。

《火線追緝令》（安德魯．凱文．沃克（*Andrew Kevin Walker*））

他手伸向床頭櫃，碰到一個角錐形的木製節拍器。他把節拍器的垂臂放開，讓它前後擺動。

擺向左—**滴**，擺向右—**答**。

滴、答、滴、答……有條不紊地擺動著。

再探情感線索

正如你在第八章看到，情感線索就是角色在場景內的感受。根據「讓人看，不要講」的原則，最好是以描述角色動作的方式，讓讀者自行推敲角色在場景中的感覺。比起真的把情感寫出來，這是更富表現力的做法。比方說，好的編劇希望讓人感覺角色在生氣，便會**以具體動作把這情感暗示出來**。他們絕不會寫「她很氣」，而是「她把瓶子從窗口丟出去」。你要知道，比起角色說話，動作往往更能真實地反映情感。就像在《當哈利碰上莎莉》，莎莉跟哈利說「我恨你」，但稍後又親了他。事實是什麼？是對白還是動作？當然是動作。我們做什麼，我們就是什麼。對白最好是潛台詞，所以反映場景的並非對白，而是情感線索，必須靠眼睛看出來。底下是《奪命總動員》的例子，我們可以看到沙恩・布萊克怎樣傳達小女孩的恐懼，而不需要真的寫在劇本裡：

室內：床上月影斑斑。

小女孩睡著很熟。外面的風颼颼吹過，似是一聲聲的嘆息。她在做夢……眼皮緊閉，眼珠子在底下轉啊轉……它們忽然打開。一聲被遏止下來的尖叫。她翻來翻去要找她的泰迪熊，此時正好聽見溫柔的聲音在說：

聲音

噓……

原來是媽媽，跪在她床邊。依稀朦朧的人影。滿月的光華越過閃閃發亮的眼睛。

小女孩

媽咪，在山上的那些男人……

媽媽

噓……過去了，都已經過去了。

（撫摸她的頭髮）

我在這裡。媽咪永遠都待在這裡，沒有人再能夠傷害妳了。

妳很安全……又溫暖，又安全……舒舒服服的。

（拍打）

我會看著妳，這樣妳能睡嗎？

小女孩

我想開夜燈。

在描述中講話

這是屬於高階的技巧，把沒有說出來的對白當作直接描述，用來表現角色對某事或前面某句話的反應。它也可以用來傳達角色的思想，卻沒有告訴讀者他其實在想什麼。在劇本裡，它可以是這樣子：

約翰

我在電影院裡。

嗯，是這樣喔。

約翰

我發誓！

為了表達角色心裡所想，大多數編劇的寫法都會像是：「她給他一個眼神，表示『嗯，是這樣喔。』」但在描述中講話，卻是一種更簡便、有效的方式，不用寫那麼多的字就能表達相同的事。

底下有更多例子：

《異形*2*》（詹姆斯・卡麥隆（*James Cameron*））

希克斯（Hicks）

不是這條隧道，是那一條！

克羅（Crowe）

你確定嗎？看著……在你後面。靠！快走啊！

格曼（*Gorman*）面無血色。一臉困惑。像石斑魚一樣大口吸氣。**謎題怎麼可能這麼快就被解開？**

蕾普莉

（對格曼說）

把牠們弄出來！快啊！

格曼

不要講。不要再講了！

《愛你在心眼難開》（*Something's Gotta Give*）（南西・梅爾斯（*Nancy Meyers*））

哈利（Harry）

真是不可思議。我想不起來上次我哭是什麼時候了。我應該是真的被感動到了。

艾瑞卡（Erica）

（跟著他哭）

我也是。你說的沒錯，確實是感動。

哈利

寶貝，我心臟病發後三天做愛，卻沒有因此死掉。

艾瑞卡停了下來。**唉，原來是這樣子的感動**。

《尋找新方向》（*Sideways*）（亞歷山大・潘恩（*Alexander Payne*）、吉姆・泰勒（*Jim Taylor*））

麥爾斯（Miles）

（克制住他的恐慌）

但除了皮諾（Pinot），我還喜歡別的葡萄酒。像最近，我就愛上了麗絲玲（Riesling）。

妳也喜歡麗絲玲嗎？喜歡嗎？

她點頭，唇上展現出蒙娜麗莎的淺笑。麥爾斯，拜託。最後——

麥爾斯

（手指著）

浴室是在那裡嗎？

另一種類似的技巧是**在括弧內講話**。這時候，角色說出了對白，而括弧內的字是進一步表達它的意思。情形就像一般的括弧一樣，不能太過常用。只有當實際對白太過空泛，審稿員不可能理解個中意義，而且這意義又是該場景運行的關鍵，這時候你才能使用這技巧。底下這例子出自《美國心玫瑰情》（艾倫．鮑爾）：

萊斯特

喔，這樣喔。那要我們載妳嗎？我們可以送妳一程。我有開車。妳想跟我們一起走嗎？

安琪拉（Angela）

謝謝……我自己也有車子。

萊斯特

喔，你有車子。噢！真巧！真巧，因為珍（Jane）最近也想買車子，我的乖女兒，是這樣嗎？

珍

（你這怪咖）

爸，媽在等你啦。

隱含情感的動詞和形容詞

情形就像我們前陣子所探討的，某些生動的強效動詞，能夠在劇本喚起一股移動的感覺，現在，你也可以運用一些隱含情感的動詞。比方說，走路是一般的動詞，但大步走（to stride）、踏步走（to march）、慢吞吞地走（to pace），以及悠哉悠哉走（to amble），則分別給人一種帶有目的、憤怒、緊張，以及心滿意足的感覺。如果可以的話，看能不能把一般動詞都撤掉，換成隱含情感的動詞吧。你也可以使用隱含情感的形容詞。就像房間可以是**昏沉**（dingy）、**乏味**（sterile）、**舒暢**（homey）、**繁鬧**（busy）、**迷人**（inviting）、**無聲**（silent）、**邋遢**（tacky）……等等。

視覺象徵

視覺象徵是另一種有效方法，能加強你敘述中的情感深度。這技巧難以掌握，是屬於高階技巧之一，因為它需要在潛意識的層次運作。關於這方面的技巧，包括：**隱喻和明喻**、**象徵和主導動機**、**顏色**，以及**天氣型態**。

◆隱喻和明喻

隱喻和明喻是提升描述的好方法，也是我最喜歡的技巧之一。這本書畢竟是高階課本，我假設你應該懂得這些文學名詞的意思，但假使你真的不知道的話，其實就不過是把兩樣東西加以比較的修辭手法。明喻的用法是：某某東西好像某某東西，如：「生命就像是情感之流」，而隱喻則是：某某東西就是某某東西，如：「生命不過是情感之流」。在劇本裡，隱喻和明喻能使敘述變得更新鮮、更富色彩，而非一般平平無奇的作品，或審稿員每天得要忍受的工作。我們來看看《大智若魚》（Big Fish）（約翰・奧古斯特（John August））的例子：「對準愛德華，他的心從20樓掉下來。」這當然是隱喻，將愛德華的心比喻成掉下來的電梯，雖然沒有明說，但就是給人喚起極其失望的感覺。比起說：「愛德華的心就像電梯一樣，從20樓掉了下來」，前一種說法的確比較新鮮。底下是另一些例子：

《計程車司機》（保羅・施拉德）

貝琪（*Betsy*）不大曉得要怎樣對待崔維斯。她既好奇，又興趣勃勃。

就像燈蛾一樣撲向火焰。

—

崔維斯停下來，坐在自己的的士裡，冷冷地看著街對面的競選總部。**形同一匹孤狼**，遠遠凝望著**文明世界的溫暖營火**。

《美國心玫瑰情》

卡洛琳（Carolyn）

我今天就要把房子賣掉。

她這話說得**像要脅一般**，後來他注意到鏡子上的一點汙漬，馬上把它擦掉。

外景：吉屋待售—前庭—後來

前門打開，卡洛琳出現眼前，迎向我們凜冽一笑，**都快可以把冰賣給愛斯基摩人了**。

《尋找新方向》

電話響起，兩人同時看著它，不動聲色地聽著這不祥的聲音。

麥爾斯

不要接。

但傑克卻被吸引過去，像是受到什麼**俄羅斯輪盤等奇怪遊戲的誘惑**。

◆象徵和主導動機

象徵是有形的東西，但因聯想或習慣的緣故而成為某種概念的代表，譬如 老鷹就是美國的象徵。主導動機是音樂名詞，它是當每次角色現身或某些場合出現時所伴隨的旋律，就像《大白鯊》裡的「噠噔」。但對於劇本，主導動機就是**反覆出現的象徵**，總是伴隨相關事件或角色，就像《美國心玫瑰情》裡的紅玫瑰花瓣。象徵是以圖畫說故事，尤其是表達劇中主題的時候，說起來特別有力。比方說，《洛基》便是以耶穌的畫象作開場，上面寫著「復活俱樂部」，顯然象徵了洛基從流氓到拳賽冠軍的重生過程。《體熱》則以夜空中的火焰作開場，是熱情如火的象徵。《北非諜影》的主導動機是機場訊號塔的燈光，它在瑞克的夜店外掃射著，就像監獄裡的探射燈，代表這城市裡的人都被迫受困。

◆顏色

顏色也可以是象徵和主導動機的一種。就像你剛看到的，在《美國心玫瑰情》的例子裡，紅色象徵刺激、能量、慾望，和熱情。紅色也可以表示熱力、愛情、危險、暴力，總之就是強烈。正因如此，這顏色才會在《美國心玫瑰情》裡一直被突顯出來。黃色代表喜悅、理念、想像和希望。藍色代表和平、安靜、和諧、冷酷、技術和憂鬱。綠色代表自然、健康、重生、青春、豐饒、嫉妒和不幸。當然，我們還有黑色和白色——白色代表純潔、單純、天真、誕生、冬天、貧瘠、（西方文化中的）婚姻或（東方文化中的）死亡；而黑色則代表權力、優雅、富裕、神秘、邪惡、匿名、哀悼，以及（西方文化中的）死亡。

◆ **天氣因素**

天氣和其他自然型態也可以作為主題和情感的象徵，而且亦相當有力。想一想海浪、涼風、酷熱，和雲霧，它們能分別引起愛情、熱情、憎恨，以及恐懼等情緒。

要記住，雖然視覺象徵可以加強敘述能力，但千萬不能做得太直接。上面這些技巧都很好用，但它們的魔力只能在隱微中產生作用，只能用來對讀者潛移默化。少數審稿員靈敏過人，他們會看得出你用了哪些象徵，從而對你讚賞有加。可是，對於大部分的人，他們甚至不會察覺到你的描述有任何特別之處。

設定正確的情調或格調

情調相當於故事或場景中的情感氣候。因此，最好是能使用文字來激發讀者想像，引導他進入特定的情感狀態。《體熱》是很好的例子，它以一句話作開始：「夜空中的火焰」，為接下來的故事設定了正確的情調。這是視覺上的刺激，實際上也是熱情的象徵，並且預示了壞蛋拉辛的遭遇。後來，卡斯丹把以下文字散佈在整部劇本中：**燃燒**、**濕淋淋**、**穿著內褲**、**火**、**熱**、**冷氣**、**一陣陣熱氣**、**地獄般酷熱**、**流汗**、**灼熱**、**解脫**、**五十年來最熱的一月**，挑起我們熱的感覺，也反映了這部驚悚經典的主題。但假使你要寫的類型是喜劇，大概便想要更輕鬆、愉快的步調。那就要正確地選詞用字，帶出幽默的氣氛。

為類型配上合適風格

正如你會為劇本主題和類型配上情調，你的寫作風格也要跟類型相吻合。比方說，假如你想寫驚悚片，就要有緊湊、刺激的風格。假如是動作片，風格就要夠生動；假如是喜劇，就是要有趣。重點是，風格要跟類型對得上。太多初學者從文章或專業劇本學來某種特定風格，然後便把它應用到自己的案子上，根本不管他們的類型是什麼。這樣便往往造成情感上的不協調。他們的劇本可能寫得很好，但就是有些什麼不對勁。風格必須對上類型。最好的做法就是依照你想寫的類型，找來相關的一流專業劇本，小心注意該怎樣進行敘述。

描述角色

「少就是多」，這句名言最能應用在對角色和地點的描述。最好能避免使用老套和普通的形容詞，如：**美麗**、**漂亮**，**或高大**、**黝黑**、**俊俏**。相反，你應該精挑細選，用最少的言詞，把角色的人格和態度的精髓反映出來，給讀者一種比較有趣的觀點。就是說，你不應該把筆墨浪費在角色的衣著，或他多高、多瘦，他的髮色如何等等，除非那是故事的關鍵，就像是畸形或殘疾。事實上，角色的理想描述應該極其簡短，盡量做到有趣和原創，從而帶出角色的本性。勞倫士·卡斯丹在《體熱》裡，只用了[42]五個字來描述米基·洛克（Mickey Rourke）飾演的角色，曾創下用字最少的紀錄。他寫到：「泰迪·羅爾森（Teddy Laurson），搖滾縱火犯。」就是那麼多。然後我們便清楚泰迪是怎樣的人——他的職業、態度，甚至他的打扮，包括刺青和穿洞都知道了。最新紀錄是史蒂夫·巴蘭奇克（Steve Barancik），他在《最後的誘惑》（The Last Seduction）裡只用了[43]四個字：「布莉姬·格里高利（Bridget Gregory），女神娼頭。」請記住，對劇本寫作來說，暗示永遠比說明更能引人入勝。寧願太少，也不能太多。底下是其他專業編劇的做法：

《尋找新方向》

新丈夫。他不自覺地流露出成功生意人的自信，在大學玩美式足球，花大錢去滑雪和出海渡假，自中學以後再也沒讀過一本小說。

《末路狂花》（卡莉·庫芮（*Callie Khouri*））

達里爾（*Darryl*）小跑步下樓。他渾身都是「男人的」珠光寶氣，聚酯纖維就是為這種人而設的。

《美國心玫瑰情》

這位是瑞奇·菲茨。他只有*18*歲，但雙眼看起來卻老態龍鍾。在他鎮靜的外表底下，潛藏著某些傷痛甚至危險。

《侏羅紀公園2：失落的世界》（*The Lost World : Jurassic Park*）（大衛・柯普（*David Koepp*））

鮑曼太太（*Mrs. Bowman*）這女人極瘦，眼神一直處於驚訝，看來整容不止一次了。

《駭客任務》（安迪・華卓斯基（*Andy Wachowski*）、拉里・華卓斯基（*Larry Wachowski*））

尼歐，這年青人在外面世界生活的知識，還不如在電腦裡那麼多。

《刺激・*1995*》

華登・山姆・諾頓（*Warden Samuel Norton*）在踱步，這人穿著灰色西裝，沒有一點膚色，翻領別著教會的胸針，看起來是能尿出冰水的人。

描述地點

對地點的描述也一樣——要以最低限度的文字來表達場景的精髓。法蘭克・戴瑞邦在《刺激1995》中的場景描述，是我一直以來最喜歡的。他把監獄描寫成「長在緬因州風光上的石頭腫瘤」。下面是其他例子，讓你看看可以做到怎樣的程度。這也是給你一個標準，讓你朝向專業編劇的目標，跟他們一較高下。

《銀翼殺手》

內景：飯店房間—晚上

房間幽暗、不祥，充滿危機。

相對於亂七八糟的走廊，它算是乾淨。一張床、一個衣櫃、一張小書桌、一把椅子。斯巴達的作風，就像軍中一樣。

《致命武器》

懸崖邊的房子—白天

一所豪華別墅正在張牙舞爪，它築在陡峭的懸崖邊上，俯瞰汪洋。陽台、走廊、涼亭。建築確實值得大力激賞。相較起來，海景反而顯得一文不值。

《將計就計》（羅恩．巴斯）

內景：帝國飯店酒吧—稍後

優雅、永恒的場所，出自佛蘭克．洛伊德．賴特（*Frank Lloyd Wright*）*20*年代的設計。明亮。典雅。出色。是喝酒、交易、做夢的好地方。

額外的專業建議

你現在已經掌握了一套專業技巧和訣竅，可以用它們來大大提升你的敘述能力，讓劇本帶來愉快的閱讀經驗。記住，這些技巧都不是非用不可的。我也讀過大量精彩的劇本，即便敘述一般，但裡頭的角色、情節和對白依然相當迷人。但我的看法是，你劇本中的每一頁都應該能激起某些情感衝擊，所以才會建議你以一種令人難以自拔的風格來寫作。這當然沒有壞處。為了幫助你掌握描述的手藝，不妨考慮下列幾點：

找一本同義詞詞典

假如你到現在都還沒有同義詞詞典，那就先別看下去了，快去書店買一本吧。沒有同義詞詞典的作家，就像畫家缺了顏料一樣。

研讀成功編劇的作品

研讀專業編劇的作品，便能讓你獲得最好的教育。關於敘述方面，你可以參考沙恩・布萊克、威廉・戈德曼、華特・希爾、詹姆斯・卡麥隆、羅恩・巴斯、大衛・柯普、理查德・普萊斯（Richard Price）、法蘭克・戴瑞邦、勞倫士・卡斯丹、保羅・施拉德、泰瑞・魯西奧和泰德・艾略特（Ted Elliott）、亞歷山大・潘恩和吉姆・泰勒，以及卡麥隆・克羅（Cameron Crowe）……等等。

研讀體育版

某位老牌編劇曾經建議我多讀報紙的體育版，因為裡頭的動詞都很生動、活潑、強效，如：踢起（kick）、爆發（blast）、衝撞（strike）和猛打（pummel）。寫作者可以把這些動詞圈點起來，以便日後在劇本內酌情使用。

研讀詩歌

同樣地，你也可以研讀詩歌，學習用精煉的語言來激發情緒，達到情感衝擊的效果。

躍然紙上：描述的運作

為了說明敘述技巧，我這一章已經給了這麼多的例子，如果再多花一頁來寫，恐怕略嫌冗贅。但假如你想感受這些技巧在運作的樣子，不妨回去274～275頁，把「首頁競賽」的得獎作品重溫一次，看你能看出那裡頭用了多少種技巧。直至目前為止，它算是少數令我看後大叫「哇塞」

的劇本之一。這是我認為一流編劇應該達到的水準。你也應該要這樣想。接下來，我們最後剩下的這部分，對所有編劇來說都是最難掌控的當然，我說的是對白……

41〔譯註〕為了頁面空間和便於閱讀，劇本並非按照標準版式。
42〔譯註〕原文為四個字：rock n' roll arsonist。
43〔譯註〕原文為三個字：bitch-ringmaster-goddess。

10

對　白
鮮明的聲音

「好的對白能闡明人們沒說出來的話。」

——羅伯特・唐尼

對白呈現了一個有趣的矛盾：對劇本來說，它既是最重要，但也是最無關重要的部分。咦？我來說明一下。精彩的對白是重要的，因為它能讓角色躍然紙上，以同理心為讀者帶來難以自拔的閱讀經驗。它對於招攬演藝人才是不可或缺的。它能掩蓋你劇本中的弱點，增加得到審稿員推薦的機會。對白之所以重要，也因為它是最難掌握的部分。對白寫得好，劇本便銷得出去，編劇也因此受惠。這方面有天份的寫作者非常搶手，負責修改對白的人，每星期的收入甚至高達六位數呢。

儘管如此，對白並沒有角色刻畫或結構那麼重要，畢竟你不是在寫話劇。劇本創作大部分是關於視覺的事，而非聽覺。你寫的是片子，而非視覺廣播。默片在沒有對白的情況下也好好的，直到二十年後聲音終於進入產業。威廉．戈德曼說過，對白「是劇本中最微不足道的部分……假使電影就是故事（的確是這樣），那麼劇本就是結構了。」阿爾弗雷德．希區考克曾經說過：「等到整部戲都定型以後，我們才加上對白。」華特．迪士尼只要看到段落中不一定需要對白，就會把它留空。假使劇本裡的所有部分都相當出色，對白便不是那麼重要了；而且，對白即使平平無奇也沒關係，因為製片人知道他一定有提升它的辦法。所以說，對白不是比什麼都重要。不管你對白設計得多麼聰明，假使其他方面沒有做得一樣好的話，劇本還是銷不出去。可是，它還是可以讓你成為炙手可熱的寫手，被人爭相請去修改別人寫得不好的對白。

重點是，你需要的對白愈少愈好，盡量把故事用視覺的方式表現出來。在劇本出現的對白雖然不多，但都要盡善盡美。如果你已經寫過幾部劇本，那就應該知道對白有多難處理。事實上，對於大多數想從事編劇的寫作者，他們其他部分都做得不錯；如果不是因為對白太過平庸，或太過直白的話（稍後再談這一點），大概就會成功了。所以，底下我會介紹一些有用的對白技巧（你會在這一章看到最多的技巧），希望能幫助你把無聊的對話變得既新鮮、又引人注目，在情感上打動審稿員的心。

你必須知道的基本原則

那些編劇入門書和研習課都把對白講得太膚淺。它們處理對白的方式通常都是下規定，但沒有給人啟發。它們把焦點放在該寫什麼，而沒有想到討論具體技巧，教人怎樣去做。或許，這是因為很多人都相信對白教不來，如果沒「感覺」的話，怎麼教都沒用。這樣說也不是完全不對——精彩的對白的確教不來，但至少好的對白是可以的。寫作者可以藉由分析專業編劇那些經驗老到的作品，看他們如何創作好對白，練習從中辨識不同的技巧，然後讓自己在劇本修改過程中加以應用。

精彩對白的特色

所以，精彩的對白都包含些什麼？因為不想片面地依照我的個人觀點作判斷，我為這問題搜尋了其他參考資料——包括：書刊、研習課、雜誌、網誌，甚至訪問過不少審稿員、製片人、經紀、演員，以及專業編劇。我相信答案絕非傳統上對對白的三個要求：推動情節、披露角色、實現鋪陳，而是相當清晰明瞭的一張清單。

傳遞真實感

精彩的對白首先要求真實，角色要像真人現身說法一樣。它必須可信、真實、自然，絲毫沒有做作或生硬的感覺。不能讓讀者意識到它是某人寫出來的東西。但又要記住，對白並非真的對話。我們日常的對話經常重複又重複，不停東拉西扯，說多餘的話。電影對白只是模仿真實對話，情形就像電影是對生活的模仿。它不要記錄混亂而無意義的生活，而是作為生命中的一節結構清晰、濃縮而有意義的片段。同樣地，電影對白雖帶有真實感，卻是提煉出來的精華所在。它是日常對話，卻少了那些多餘、自相矛盾的東西，也沒有停頓、干擾、錯字，或紕漏。你要善用工具來塑造對白，用更濃縮、更集中的方式來表達一樣的事情，同時不要忘記保持真實感。

角色的界定和披露（說話者和其他人）

這是讓角色躍然紙上的一大關鍵，會把頂尖的演藝人才吸引到你的案子裡。編劇必須知道，當角色開始說話，他才會變成他應有的樣子。因為人是靠說話來界定自己的，所以精彩的對白應該能把角色的個性、態度、價值觀和社會背景交待出來，而不是藉由描述的方式來告訴讀者。

間接傳遞資訊，推動行動

這是對白最基本的作用，也是業餘劇本通常只能做到的一點。於是，當鋪陳方式太過直接或明顯時，對白就會顯得乏味，被人覺得太過直白。要令人覺得精彩，資訊必須以隱約的方式暗示出來，藉此推動行動或帶動情節，也是令讀者投入的最佳辦法。我們將在「隱約鋪陳」一節探討更多不同的技巧，來幫助你做到這一步。

反映角色感情和衝突

此外，精彩的對白通常會揭示衝突，披露角色的感覺，為場景增添張力。這一點尤其重要，因為要為場景帶來衝突，只能借助動作（侵犯身體的行為或其他障礙）或對白。你不能一直給人侵犯的動作，甚至在動作冒險片裡也不能這樣，所以剩下來只有對白這選項，才能為場景不斷灌注衝突，保持讀者的參與感。事實上，用對白來披露角色情感是理想的做法，因為它讓人看而不講，特別是使用潛台詞的時候。

披露或隱藏角色動機

精彩的對白會在場景中給讀者暗示，讓他知道說話者的動機，或者藉由隱藏動機而增加他的好奇心。要在讀者身上產生最大效果，動機必須以潛台詞的方式暗示出來，而非直接表露，否則又會過於直白。我們稍後再來談討創作潛台詞的具體技巧。

反映說話者跟其他角色之間的關係

按照他們之間的關係，角色會跟不同的人說不同的話，所以，好的對白應該要能反映說話者跟聽話者之間的關係。比方說，某人跟他年輕女兒的講話方式，應該會和他跟他太太或他同事很不一樣。犯人跟他媽媽、跟他女友、跟獄友的講話方式也會完全不一樣。我們會為此準備好不同的詞彙，在對不同的人說話或隨著話題的不同而在這些詞彙中間作選擇。

承接前述，引導下文

精彩的對白之所以成功，其中一個關鍵是它每句話都能毫不費力地跟另一句接連起來，前前後後地，在整個場景內創造出一串順暢而有韻律的談話。想像一串鐵鏈，環環相扣。精彩的對白就像這樣，一句接一句，一環接一環。它通常是利用某個啟動語詞來迫使另一個角色重複它、闡述它，或反對它，於是便把兩組對話連接起來。譬如，在《北非諜影》裡，瑞克說：「嗯，他就是有辦法令半個地球對他印象深刻。」雷諾的回答是：「那我的責任就是讓他沒辦法在另一半的地方留下印象。」這一來一回的對話之所以有衝擊感，因為把它們連結起來的，只是「印象」和「一半」這些再平常不過的語詞。

預示未來發生的事

精彩的對白能隱約地暗示未來的事，在讀者心中引起期待感。如果要預示後來發生的事，這是最有效的辦法之一，尤其可以用來提醒讀者相關的押注是什麼。

跟類型相符

此外，精彩的對白應該要跟劇本類型相符。比方說，假如你寫的是喜劇，大部分的對白就要機智又有趣。假如你在寫驚悚或恐怖片的劇本，對白就要夠緊張，而且必須發自內心，為大部分場景增加張力。

跟場景相符

精彩的對白不僅跟劇本類型相符，應該也要符合個別的場景。正如你在第八章看到的，場景的種類很多，但側重對白的場景只會被三種情況所驅動，分別是：**衝突**、**情勢**，或**信念**和**態度**。在**被衝突驅動**的場景裡，對白會跟目標起衝突；這些目標都是較早以前就出現，或許是透過動作，或角色，或場景裡的某些障礙而建立起來的。在**被情勢驅動**的場景裡，對白是角色為了應對過去事件而出現，或許是為了應對他的幽靈或背景故事，或應對同一個場景裡發生的事，或是以對白來預示迫在眉睫的事。最後，在**被信念驅動**的場景裡，對白通常是用來反映主題、信念、觀點，或角色的個人態度。

主動而帶有目的

除此以外，精彩的對白絕非被動，而是主動而帶有目的，會把讀者吸引進場景裡，從而立刻把場景提升到戲劇的水平。如果要提升對白的效果，就要記住戲劇的關鍵：角色有他想做的事，而偏偏難以達成。這位角色有了目標，卻只能藉由兩種途徑來達成——要嘛行動，要嘛對白。所以，我們不妨把主動的對白視為戲劇性行動的一種形式。言語變成行動，它是角色在場景中想要達成某事的方式。大部分業餘劇本在對白方面的缺失，都在於包含被動對白的場景實在太多——這些對白沒有目的，對角色的目標沒有貢獻，只是用作鋪陳和寒暄。換言之，只是劇本裡該被砍掉的枯枝。其實，在這裡或那裡加一點點被動的對白並沒有錯——畢竟如果主動或戲劇性對白太多，也需要平衡一下。但如果對白夠主動的話，就能帶來衝擊，大大提升它的吸引力。它能逼迫另一位角色在情感上作出回應，從而引發衝突。換言之，主動的對白有操縱的作用。不要忘記，大部分精彩的場景都是角色在操縱別人，從而獲得自己想要的東西。他們會商討、利用、強迫、詢問、誘惑、刺激、煽動、打動、勒索、警告，或使用強迫性和咄咄逼人的對白來製造權力鬥爭，而非使用同情或和顏悅色的言語。所以，你要把主動的對白視為戲劇性的行動。言語一旦變成行動，便是在場景中達成目標的手段。

在情感上造成衝擊

到目前為止，情緒反應是精彩對白當中最關鍵的成分。但不幸的是，它卻最容易被新手所忽略。精彩的對白總是能為讀者帶來整體的滿足。你在一流劇本裡看到的那些對白，都是出自大師的佳作，它們充滿魄力，才情橫溢。因為它們夠有趣、出人意表，又能在讀者心裡引起好奇、歡笑、緊張和期待，無疑活力超群，躍然紙上。

避免對白最常犯的毛病

你已經知道，精彩的對白必須能在劇本裡扮演什麼角色；那麼，接下來我們就來看看業餘劇本中最常看到的毛病，然後，更重要的是，我們應該怎樣避免犯錯。

對白僵硬、呆板

也就是，對白缺乏輕鬆、優雅的感覺。因為它不夠真實，所以也不會順暢。當審稿員看到這種對白，立刻就能判斷它是出自新手——顯然，他們對於別人講話的樣子不甚了解。補救方法是：習慣去偷聽別人的真實對話；分析對白大師的作品，特別是話劇；然後，應用你稍後在「個性對白」一節所學到的技巧。

對白浮誇

這種對白太過做作、不自然。它使用正式措詞，使人覺得它高雅、有學識。角色都在說完整句子，文法都對，不作省略。假如說話的人恰好都受過高等教育，那就罷了。可是，大部分的人都不是這樣講話的；太浮誇的對白往往標奇立異，使讀者注意到它，從而離開進行中的閱讀體驗。同樣地，你也可以應用「個性對白」一節的具體技巧，像是口頭禪、破碎和不完整的句子、重複不斷、文法錯誤、以及行話和俚語……等等，都可以改善這一類對白。

對白講解太多

傳達重要資訊時，到底怎樣才能做到既不突兀、又不顯眼？怎樣才能加以掩飾，使讀者難以自拔？怎樣才能不經說明也能讓人看清？這幾點對寫作者來說確實是一大挑戰。這裡或許是業餘劇本最常犯錯的地方，甚至連專業劇本也是。假如你看過日間肥皂劇，便知道角色常常在對白傳遞大量資訊，就像：「——我剛剛在購物中心看到金柏莉（Kimberly）。——你是指爸爸被控謀殺的那個金柏莉嗎？後來她爸爸Twinkie蛋糕吃太多，裝瘋賣傻，就給他脫難了；至於她媽媽，曾經嫁過檢察官，後來又嫁給他弟弟，最後又懷了他兒子傑克的小孩。——就是她。」這對白在編劇裡又被稱為「巴布（Bob），你知道的」——來自於「巴布，你知道的，我是你爸。」聽起來既虛偽、又做作，不是嗎？如果是彼此認識的人，不太會提醒對方自己是誰，或他們從哪裡過來。進行鋪陳的訣竅是：通常是以衝突的方式，分散讀者的注意，讓他不知不覺地吸收資訊。我們在「隱約鋪陳」

一節再來探討其他有效的技巧。

對白太過直白

另一個新手常犯的錯誤，就是對白太過直白，這跟明白的鋪陳只有一線之差。假如你不曉得什麼是直白，那就是：對白太過直率跟顯明，角色直接說出心裡所想，對自己的意思和感覺直言不諱。相反，隱晦的對白通常能闡明角色沒有說出來的事，披露言語背後的情感。這跟鋪陳性對白一樣，解決方法就是掩飾，提供不同層次的深度，最終目的是給讀者情感上的滿足。方法是利用潛台詞，稍後將會談到。

對白在意料之內

如果你看過寫得很差的電視劇，角色的對答一一能被你猜出來，那你就應該知道我想講什麼了。比方說，當有人說「我愛你」時，十之八九的回應都是……沒錯，是「我也愛你」。下次看爛電影或電視劇時，不妨一試。我的紀錄是一連猜中四句。對白之所以在意料之內，都是不動腦筋的結果。精彩的對白都是出其不意的，會在讀者心裡引發情緒反應，我們稍後再來探討相關技巧。

角色話講太多

導演約翰・李・漢考克（John Lee Hancock）曾經說過：「好演員都想講少一點，爛演員卻想多講。」某些業餘編劇特別愛寫滔滔不絕的對白，對他們來說這句話確是至理名言。很少編劇、演員，或導演有能力應付長篇大論，一旦放到銀幕前通常會死得很慘。這不是一成不變的鐵則——你的確能在一流劇本裡找到很多例外，但如果對白超過五、六行的話，你就應該考慮縮短、刪除，或分拆開來。精彩的對白都是短而精的，專業編劇經常會壓縮臃腫的對白，直至剩下骨頭——在修改階段刪除、刪除、再刪除，甩掉不必要的字，盡可能縮短句子。一般來說，角色不太會講超過兩、三行的話，超過四行更不可能。我曾經訪問過一位編劇，他說我提到某位製片人的嚴格標準——她的「食指原則」。假如對白比她食指還粗的話，就算是太長了。雖然很難辦到，但這食指原則的確能強迫寫作者提升對白的作用，藉此加快步伐，增加趣味。

角色講的話都一樣

待售劇本還有一個經常出現的問題，就是：每個角色都用一模一樣的聲音說話，當然，也就是寫作者自己的聲音。這經常意味著角色還沒被完整刻畫出來。你愈理解你的角色，對白就會變得愈真實、也愈獨特。寫作者想偷懶的話，就會想用不同地方的口音或方言來區別角色，但這是不夠的。尤其是場景沒有這需要的話，又會顯得做作。除了完整刻畫角色，一流的編劇還會注意講話節奏、抑揚頓挫、情感拍子……等等，我將會在「個性對白」一節詳加討論。

名字一再重複

「塔拉（Tara），妳看看……巴布，不要跟我說要做什麼……塔拉，聽我講嘛！」有時候，名字的確可用來披露角色、平衡節奏、指明對話對象（當場景有兩個人以上時），或引起情感衝擊。但一旦重複太多次，問題就來了。首先，那就變成多餘的資訊。假如讀者已經知道巴布在跟塔拉講話，那就不用再多說了。然後，對白會變得僵硬、不真實，因為一般人不會每講一句話都加上名字。改善辦法很簡單：所有對白重看一次，盡可能把名字刪掉。

填充物或把手

對白的填充物也稱為「把手」，包括：盡管如此、我意思是、嗯、那麼、看吧、你也知道、不管怎樣、無論如何、重點是、在我看來……等等，這些字跟名字一樣，最好是把不必要的全部刪掉，對白看起來才會乾脆又簡潔。同樣地，假如你真的需要平衡一下角色的講話節奏，那也可以，但不要太常做。把填充物都刪掉之後，你會驚訝對白變得多麼利落。

閒扯

特別是指日常對話裡的寒暄，就像是「喂……嗨……你好嗎？還可以。」常常在場景一開始時出現，這些閒扯對場景根本沒有作用，應該都刪掉。好的對白都是具體和簡短的，場景並不含有任何非戲劇性的閒扯空間。在現實生活的對話裡，一般都會突然轉變話題。事情一樣接一樣，然後，對話就會離題。如果你有一輩子的時間，這便沒有關係。但假使你只有兩個小時說故事，那就要切入正題，把話一口氣說完。你不會想被人認為對白是刻意安排的，所以每一場對話都要有內在衝突。你必須讓角色自行爭取資訊；即便我們直接切入正題，也不能直接給人獲得資訊。換言之，角色必須經歷一番奮鬥。

明顯的重複（讓人看完，又講出來）

如果你的目標是對白緊湊，那就不會有多餘資訊的空間。你也知道，你只能讓人看，不能講，但如果讓人看完，又講的話，那就是多餘。比方說，假如某個角色說：「我想你是笨蛋。」前兩個字是多餘的，因為既然都說出口了，當然是他心裡所想的。假如你給我們看到角色很生氣，又在對白裡說他很生氣的話，那也是多餘；或者給我們看到手槍，又讓角色說：「看，是手槍！」，也一樣是重複。

方言的發音

為了讓角色更特別，很多寫作者都會刻意把某種腔調的發音拼寫出來。但他們不曉得這樣做的結果，會對審稿員造成多大的影響。這些發音會阻礙閱讀，因為他們必須花時間去解碼。所以也會把他們從閱讀經驗中拉扯出來。方言該如何發音，就讓演員去揣摸吧。你不需要關心如何拼寫，只需要把焦點集中在講話或表達方式，表示外國或地方語言感覺上哪裡有不一樣。你會在「個性對白」一節看到更多的例子。

外國語

為了表示角色是外國人，寫作者也很愛在對白裡原汁原味地把外語寫出來。要嘛在後面補上英文翻譯，要嘛就乾脆讓讀者自行猜測。但兩種策略都不好，因為都會影響讀者的閱讀經驗。當碰到外語時，唯一可行的方式就是寫英文，要嘛就是在敘述裡說明的角色講的是法語，要嘛就在角色名字後面加上括弧，寫上（說法語）。

手藝：寫出鮮明的對白

你現在知道，精彩對白所必須達到的標準要有多高，應該避免哪些最常犯的錯誤。接下來，我們來探討應該要運用哪些專業技巧，才能把對白提升到更高的水平。我把這些技巧分成四類：**情感衝擊**、**個性**、**隱約鋪陳**，以及**潛台詞**。

引發情感衝擊的技巧

大部分業餘編劇都忽視了精彩對白所必需的情感衝擊。他們都把對白集中在為情節和角色提供資訊。但如此一來，對白就變得乏味、死板、無聊，整部劇本便因此被搞砸。相反，在情感衝擊之下，讀者會笑、會哭、會感到緊張以及出現各式各樣的情緒，平庸的劇本會因此獲得提升，寫作者甚至有機會轉成賺大錢的對白寫手。底下是能帶給對白情感動力的25個技巧：

針鋒相對

就是對某位角色的問題或意見作出快速、刻薄或機智的回應。既然稱得上是機鋒，當然要比原來的意見更好、更妙。這在搭擋片裡相當常見，兩個人彼此看不順眼，不斷虧對方。假如你看過這類搭擋動作喜劇，就像《致命武器》、《48小時》、《尖峰時刻》，或其他深受好評的電視情景喜劇，如：《歡樂酒店》、《歡樂一家親》或《宋飛正傳》等等，就可以從很多針鋒相對的例子中獲得靈感。

底下是一些對白的例子，同樣是因為版面的關係而作過調整，所以並不符合標準版式：

《異形*2*》

哈德森（Hudson）：嗨，華克絲（Vasquez），妳有被人誤認作男人過嗎？

華克絲：從來沒有，**你有嗎**？

《彗星美人》（約瑟夫*L*・孟威茲（*Joseph L．Mankiewicz*））

比利：這不是搞破壞嗎？我的生涯對妳來說就那麼不重要嗎？妳到底會不會為人設想啊？

瑪戈（Margo）：**你先給我看到人**，我就會！

《天才反擊》（*Real Genius*）（尼爾・伊瑟烈（*Neal Israel*）、帕特・普羅夫（*Pat Proft*）、彼得・托羅克維（*Peter Torokvei*））

肯特（Kent）：噢，你是新來的猛男，是吧？還是只是窩囊？

米其（Mitch）：你這說法是什麼意思？

寶弟（Bodie）：猛男、大佬、頭頭。你是那個十二歲的，對嗎？

米其：我十五歲。

卡特（Carter）：**你的身體知道嗎**？

《安妮霍爾》（伍迪・艾倫、馬歇爾・布瑞克曼（*Marshall Brickman*））

安妮：那你要進去電影院了，還是怎樣？

艾維：不，電影一旦開始，我就不會再進去了，因為我很龜毛[44]。

安妮：**用這個字形容你實在太有禮貌了**。

按鈕式對白

這是我最愛的對白技巧之一。顧名思義，這一類對白就像按鈕一樣，按下去以後，另一個角色的情感便一觸即發。它是言語的彈片，是純粹的煙火。它總是讓聽者產生情緒反應，也在讀者心裡創造強大的情感鈎子。不妨回顧你最喜歡的那些對白，我敢說它們大部分都符合這標準。「你不太聰明，是吧？我喜歡這樣的男人」《體熱》；「親愛的，說真的，我毫不在乎」《亂世佳人》；「這真相是你不能應付的！」《軍官與魔鬼》。用這種扭鈕式對白，言語在角色口中說出來就是有特定目的的武器——傷人、刁難、混淆、迷惑、逗樂、引誘、嚇人。你必須把角色講話的目的惦在心上。如果都沒有目的，就可以考慮把它拿掉了。

《美國心玫瑰情》

卡洛琳：親愛的，我都在看你，**你一次都沒搞砸！**

《彗星美人》

瑪戈：伊芙，講得好啊。但我不會太在乎妳的心。**妳的心該去哪裡**，妳總是能把那個獎放在那裡。

《愛你在心眼難開》

哈利：哇塞，這沙灘屋真是完美。

瑪琳（Marin）：我知道。我媽就是沒辦法做出不完美的東西。

哈利：**所以妳才會是這樣子**。

《沈默的羔羊》

萊克特：史黛琳專員，妳認為他為什麼要剝她們的皮呢？來吧，我洗耳恭聽。

克莉絲：他感到刺激。大部分連環殺手都會從受害人身上拿一些紀念品。

萊克特：我就沒有。

克莉絲：你當然沒有。**你把紀念品都吃掉了**。

《愛在心裡口難開》（馬克・安德勒斯（*Mark Andrus*）、詹姆斯*L*・布魯克斯（*James L・Brooks*））

卡蘿：噢，進來吧，但**不要做你自己，不要把事情都搞砸**。

—

卡蘿：你第一次進來吃早餐，我看見了你——覺得你長得帥……然後，沒錯，**你就開始講話了**……

挖苦

說挖苦人的話也可以讓對白鮮活起來，前提是要配合角色，畢竟這關係到人格特質。就像幽默感一樣，假如寫作者本身並不刻薄，他的確很難學會挖苦人。挖苦基本上就是侮辱人，或表示輕蔑，所以常常會被比作為按鈕式對白。但要記得，儘管挖苦一定會按下角色的情緒按鈕，但按鈕式對白卻不一定是挖苦人或其他負面的話。

《末路狂花》

露易絲：妳幹嘛這樣做？

賽爾瑪：我怎麼了嗎？我知道要怎麼做嗎？**不好意思，我真的不知道你把別人的頭炸掉以後該做些什麼！**

《黑幫龍虎門》（*Miller's Crossing*）（喬爾・科恩（*Joel Coen*）、伊森・科恩（*Ethan Coen*））

維娜（Verna）：你要去哪裡嗎？

湯姆：出門。

維娜：**如非必要請不要把事情說出去**。

《靈慾春宵》（厄尼斯・里曼）

瑪莎（Martha）穿著窄身褲走進來，上面一堆裂口。

喬治：**嗨，瑪莎！妳的禮服耶！**

《美國心玫瑰情》

萊斯特：妳不覺得這又奇怪又霸道嗎？

卡洛琳：或許吧。但你不會想丟掉工作。

萊斯特：噢，好吧，**我們就來都把靈魂賣給撒旦吧，那不是更方便。**

卡洛琳：**你可不可以更戲劇化一點呢，嗯？**

《歡樂一家親》（電視劇）（大衛・安琪爾（*David Angell*）、彼得・凱西（*Peter Casey*）、大衛・李（*David Lee*））

費雪（Frasier）：爸，你覺得這裡風景怎樣？嗨，太空針塔在那裡耶！

馬汀（Martin）：**噢，謝謝你告訴我。我在這裡土生土長，我還真的不知道呢。**

好笑的比較

幽默感顯然能令你的對白閃閃發光。我不會想在這裡深入教你怎樣寫喜劇，但會分三種技巧來教你把對白弄得更好玩。第一種是利用好笑的對比，就是藉由比較的方式來製造喜劇效果。

《歡樂一家親》（電視劇）

達芙妮（Daphne）：好高興認識你。噢，這一位是誰呢？

費雪：牠是艾迪（Eddie）（小狗）。

馬汀：我叫牠「艾迪・意麵」。

達芙妮：噢，牠愛吃**麵**喔？

馬汀：不是，是牠身上長**蟲**。

《新娘百分百》（*Notting Hill*）理查德・柯蒂斯（*Richard Curtis*）

史派克：這**優酪乳**怎麼了，怪怪的。

威廉：它是**美乃滋**。

史派克：噢。

《四大漢》（*Silverado*）（勞倫士・卡斯丹（*Lawrence Kasdan*）、馬克・卡斯丹（*Mark Kasdan*））

（帕登（*Paden*）找回他的馬，他們互相「親吻」。）

馬歇爾：我怎麼知道這是你的馬？

帕登：你沒看到這匹**馬**多麼愛我嗎？

馬歇爾：也有女孩子這樣對我，但並沒有因此變成我**老婆**。

《安妮霍爾》（伍迪・艾倫）

安妮：這裡好乾淨喔！

艾維：因為他們都不丟**垃圾**，直接把它變成**電視劇**。

好笑的反差

第二種幽默技巧是利用兩件東西的反差，而非比較，製造喜劇效果。

《歡樂一家親》（電視劇）

奈爾斯：爸跟瑪麗斯合不來。

費雪：誰跟她合得來？

奈爾斯：我以為你喜歡瑪麗斯！

費雪：的確喜歡……遠遠地喜歡她。你知道的，就像你喜歡太陽一樣。**瑪麗斯**就像**太陽**。只是沒有**溫暖**而已。

《愛就是這麼奇妙》（*L. A. Story*）

哈利・捷爾（Harry Zell）：跟你說說城裡的三件事。一、一件**喜劇**。**有一晚，月黑風高，有位女孩子在結婚前兩個月被人強姦了**。

哈利：你剛剛是說喜劇嗎？

好笑的雙關語

第三種幽默方式是語帶雙關，在下面潛台詞一節裡也會再談到它。現在，我們只需要看看一句對白怎樣有雙重意思。

《天才反擊》

阿瑟頓（Atherton）：我希望開始在實驗室**看到你多一點**。

克里斯（Chris）：你想看我**裸體工作**嗎？

《瘦子》（*The Thin Man*）（艾伯特．哈克特（*Albert Hackett*）、佛朗西絲．古德里奇（*Frances* Goodrich））

諾拉（Nora）：他們說你**在小報**被拍到了。

尼克（Nick）：他們一點都不知道**我的小報**是什麼。

《城市俏女郎》（*Caroline in the City*）（電視劇）

卡蘿琳（Caroline）：安妮，我以為妳還在大西洋城呢。妳什麼時候回來的？

安妮：昨晚。

卡蘿琳：那，好玩嗎？

安妮：我有了「Lucky」（幸運）。（「Lucky」進來，兩人接吻。然後「Lucky」離開）。

嗯，「Lucky」掰啦！那你呢？最近怎樣？

卡蘿琳：達尼（Del）跟我大吵一場，我們便分手了。

安妮：有沒有搞錯！你怎樣可能跟達尼分手，他的**頭髮**多好看。

卡蘿琳：安妮，我也知道，但我想要**更多**。

安妮：他也可以**長更多**啊。

《沈默的羔羊》（泰德．戴利）

萊克特：我也想跟妳多聊聊，但沒辦法，我要**找老友來吃晚飯**。

妙語連珠

跟幽默感和挖苦人一樣，這取決於你本人有多風趣。這一類「天份」是教不來的，但可以多看、多練習，還是會有進步。底下是一些很棒的例子：

《*48* 小時》

菲里斯（Frizzy）：你們這些人上禮拜都在嘛[45]。你們最好問其他人，我不想惹麻煩……我還有朋友在這裡。

范贊特（Vanzant）：嗨，穿棉褲的，可以把嘴巴拉鏈拉上了吧，我們只想搜一下房間。

《北西北》（厄尼斯・里曼）

桑希爾：我應該沒聽清楚你叫什麼。

教授：我應該沒有講出來。

桑希爾：你不會是警察吧？還是──ＦＢＩ？

教授：**FBI……CIA……ONI……我們都泡在字母湯裡了。**

《惡夜追殺令》（*From Dusk Til Dawn*）（昆汀・塔倫蒂諾（*Quentin Tarantino*））

賽思（Seth）：你，在椅子上坐下來。

人質：你們打算做什麼──[46]

賽思：我說坐下來。坐下來的東西是不會說話的。

把注意力引向某人或某事

吸引讀者注意，便能引起他的好奇、期待，和緊張。比方說，在《北西北》的那一場噴灑飛機的經典場景裡，讀者先是好奇，看著桑希爾身處荒蕪的農地，然後有人說：「這飛機的農藥都撒在沒有農作物的地方。」在聽到這句話後，讀者便開始預待和緊張，注意力便集中在飛機上了。這技巧也曾經用在《沈默的羔羊》的驗屍場景裡，當克莉絲檢查第一位受害者的時候。她說：「她喉嚨裡卡住什麼東西。」我們的情感便因此改變，注意力放在她喉嚨那裡，期待有什麼事情會發生。

誇張

無論是誇張，還是它的相反：含蓄，都能很好地取悅讀者。我們將從以下例子看到，這裡說的是比喻，而不是字面上的意思。

《末路狂花》

賽爾瑪：我就是看不出來讓人搭一下便車又怎樣。妳有看到他屁股嗎？達里爾的屁股不太可愛。**你可以把車停在他屁股的影子底下**。

《安妮霍爾》

安妮停好車後。

艾維：不用怕。**我們可以從這裡走到路邊**。

——

艾維：親愛的，妳浴室裡有一隻蜘蛛，**像一輛別克（Buick）那麼大耶**。

《愛在心裡口難開》

卡蘿：耳朵發炎是會要人進急診室的——每個月來個五、六次，**九歲就能讓人當醫生了**。很高興能跟你聊天。

《洗髮精》（*Shampoo*）（羅伯特．唐尼）

傑奇（Jackie）：不要看過去。他是萊尼．西爾佛曼（Lenny Silverman）。

吉兒（Jill）：誰啊？

傑奇：是個真正趕時髦的人。他**兩百年前**就想弄我了。

含蓄

誇張是把事實放大，含蓄則是輕描淡寫，通常是跟當前處境形成諷刺的反差。在災難片裡，你或許看過在經歷生死關頭的重大危機時，角色回應的方式略帶一點諷刺，像是：「休斯頓（Houston），我們有麻煩了。」

《虎豹小霸王》（威廉．戈德曼）

比奇（Butch）：這老銀行怎麼了？它很好看。

警衛：它一直被搶。

比奇：**為了漂亮總要付出一點代價**。

《成名在望》（*Almost Famous*）（卡麥隆・克羅）

阿妮塔（Anita）跟媽媽握手後便出門。正當車子出發時：

伊蓮恩：她會回來的。

我們從遠處聽到她女兒大叫。

阿妮塔：呀～嗚～

伊蓮恩：**或許沒那麼快**……

《驚魂記》（約瑟夫・史提法諾（*Joseph Stefano*））

諾曼・貝茲（Norman Bates）：媽媽……她今天**身體不太舒暢**。

《終極尖兵》（*The Last Boy Scout*）（沙恩・布萊克）

兩人靠近門，傑米（*Jimmy*）把鑰匙圈拿出來。

哈倫貝克（Hallenbeck）：東西都不要動，警察要過來檢查了。

傑米：是，老書。

傑米打開門。開燈。突然停下來。房間被有系統地破壞。傢具破裂，衣物粉碎。處處都是。就像打仗一樣。

傑米：喬，我覺得這裡**被人動過手腳**。

牛頭不對馬嘴

這技巧就像從高速公路忽然下來，毫無預警。這時候，角色的回應根本對不上正在討論的話題。

《美國風情畫》（*American Graffiti*）（喬治．盧卡斯）

泰瑞：我常常逃課。我畢業後就要參加海軍。

黛比（Debbie）：他們的制服很好看。但要是打仗怎樣辦？

泰瑞：有了核彈，誰敢打仗？不然我們全部都會完蛋。但其實，我情願在前線。我就是這樣——情願真的上戰場，妳知道的。一旦我真的打起來——

黛比：我愛死艾迪．伯恩斯（Eddie Burns）了。

泰瑞停下來，在想剛剛正說到哪裡。

泰瑞：艾迪．伯恩斯——噢，是的，艾迪．伯恩斯。我也遇過他。

黛比：**你真的覺得我像康妮．史蒂文斯（Connie Stevens）嗎？**我喜歡她——杜絲黛．薇爾（Tuesday Weld）嘛，她太垮了，你不覺得嗎？

《歡樂酒店》（電視劇）

諾姆：女人！真的受不了她們，**果乾傳過來吧**。

《彗星美人》

洛伊德：她想說明一下她的面試，想跟人說聲道歉——但又不敢面對瑪戈……她一開始跟我說起這件事，就停不了，她哭得……

他在窗戶旁邊，背對著她。凱倫（*Karen*）還在痴痴地看著他，等他接下去講……

洛伊德（終於開口）：**妳知道嗎，我最近都在思考財政狀況——希望妳不介意我這樣講……**

凱倫：你話題轉得挺快的。

唐突的意見或回應

包括角色對別人講話，或對某件事作回應時，不小心冒犯了他們，或沒有對應當時處境。

《神鬼願望》（*Bedazzled*）（拉里．吉爾巴特（*Larry Gelbart*）、哈羅德．雷米斯（*Harold Ramis*）、彼得．托蘭（*Peter Tolan*））

卡蘿：艾略特，跟你說，我是拉子。

艾略特（不安地笑）：妳才不是。

卡蘿把皮夾打開，露出一張照片。

艾略特：**他是誰啊？**

卡蘿（心平氣和地）：那是黛恩（Diane），我的伴。

艾略特：噢，不好意思。就是——**有點虎背熊腰**。

《你是我今生的新娘》（*Four Weddings and Funeral*）（理查德・柯蒂斯）

查爾斯：你那位標緻的女朋友呢？

約翰：噢，她已經不是我女朋友了。

查爾斯：**那就最好了。聽人說她遇到誰就跟誰上床**。

約翰：她現在是我太太。

《愛就是這麼奇妙》（史蒂夫・馬汀（*Steve Martin*））

哈里斯：嗨，那些週末船員都把船弄丟了。真了不起。但他們如果有錢可以買船，那也應該夠錢把船丟掉。**話說，也不知道是怎樣的笨蛋船員，居然會相信那個週末那天氣預報的白痴。**

托德（Tod）：就是你眼前這一位。你可以捲鋪蓋走人了。

中途打斷

打斷別人講話，也可以為對白提升張力和刺激感。

《末路狂花》

賽爾瑪（拿起地圖）：嗯，看起來我們可以上這條81公路，開去達拉斯，然後再切進……

露易絲：**我不要走這條路。再找一條不用經過德州的。**

《第六感追緝令》（喬・埃澤特哈斯）

尼克：我是偵……

凱薩琳（心平氣和地）：**我知道你們是誰**。

她不看他們。只是看著水。

你也可以中途打斷別人，補充某些想法，同樣可以帶來喜劇效果，就好像：

《刺激*1995*》

安迪跟芮德（*Red*）下西洋跳棋。芮德剛走了一步。

芮德：封王！

安迪：下棋。加上那一大堆有的沒的國王遊戲。文明……戰略……

芮德：……**全都是該死的莫名其妙的玩意兒**。真令人討厭。

列舉

這技巧通常是因為角色挫敗而出現，把具體項目逐條列舉出來，以達到戲劇性效果。

《永不妥協》（蘇珊娜・葛蘭特（*Susannah Grant*））

艾琳：喬治，你要哪一個數字？

喬治：妳有很多個？

艾琳：廢話，我腦袋一轉就出來一大堆。就像是：10。

喬治：10？

艾琳：沒錯，10是我其中一個數字，是我女兒的月數。

喬治：妳有女兒？

艾琳：對，很好玩是吧？我還有另一個：5。這是我另一個女兒的歲數。7是我兒子的。2是我結婚完又離婚的次數。都懂了嗎？16是我銀行帳戶裡的美元。454-3943是我電話號碼。給了你這一大堆數字，現在我猜你只會打給我0次。

《黑幫龍虎門》

湯姆：哎呀，泰瑞，你剛剛不會是在瞄準我吧？

泰瑞：**首先**，我不知道你在說什麼。**第二**，假使我真的有瞄準你，我就會開槍了。**第三**，我從一開始就不知道你在說什麼。

《神鬼願望》

魔鬼：這裡面沒什麼邪惡的東西。第一段說的是，我魔鬼是非牟利社團，在煉獄、地獄，和洛杉磯都有辦公室，會給你七個合你心意的願望。

艾略特：為什麼是七，不是八？

魔鬼：為什麼不是六？我也不曉得，七聽起來比較對。這東西很神奇。**一週七天；七宗罪；七喜；七個小矮人**，OK？

《愛你在心眼難開》

哈利：明天再談可以嗎？

艾瑞卡：有什麼用？我看到你跟什麼人吃晚餐，如果那是你想要的話，那恕我不奉陪了。你看著我。我是中年女人，不要被這一頭咖啡色頭髮騙了，我頭上沒有真的咖啡色頭髮，都白得差不多了……這讓你抓狂了，是吧？我還有**高膽固醇**，每天早上都**背痛**，到了**更年期**，我有**骨質疏鬆**，

關節炎相信也離我不遠，而且我知道，你也看到我有**靜脈曲張**。我們就現實一點吧，這些都不是會讓你怦然心動的東西。

隱喻和明喻

既然可以在敘述中運用隱喻和明喻，當然也可以用這兩種文學技巧來提升對白效果。

《成名在望》

媽媽載威廉去聖地牙哥體育場。她看著窗外那些參加音樂會的人如何熱血沸騰。

伊蓮恩：看吧，**這一代都是灰姑娘，但又等不到玻璃鞋的到來**。

《虎豹小霸王》

辛丹斯（Sundance）（偷笑）：比奇，你就儘管想吧。這本來就是你的專長。

比奇：小朋友，我有的是眼光，至於其他人，**他們都戴老花眼鏡**。

《危險性遊戲》（*Cruel Intentions*）（羅傑・高寶（*Roger Kumble*））

凱思琳（Kathryn）：堂璜在跑了，**是特殊奧運的跨欄速度**。

《百萬金臂》（*Bull Durham*）（羅恩．謝爾頓（*Ron Shelton*））

埃比（Ebby）：有人要跟別人上床了嗎，還是怎樣？

安妮：親愛的，你根本是定期**核熔燬**——放鬆一下吧。

《時空賤諜*007*》（*Austin Powers: The Spy Who Shagged Me*）（麥克．邁爾斯（*Mike Myers*）、麥可．麥庫勒斯（*Michael McCullers*））

邪惡博士：你還不夠邪惡。你只是半邪惡或準邪惡。你是邪惡中的**人造奶油**。你是邪惡中的**健怡可樂**，只有1大卡，根本不夠。

《體熱》（勞倫士．卡斯丹）

拉辛（Racine）：妳還好吧？

麥緹（Matty）（笑）：是啊，我的體溫總是有點高。經常徘徊在100度，我是沒關係。這一台是**引擎**什麼的。

拉辛：或許你要**調整**一下。

麥緹：不要跟我說——你剛好有**合用的工具**吧。

排比

這技巧能創造出節奏，令對話更加動人。也就是說，同一行裡有兩句話以上採用相同形式。這在公眾演講是司空見慣的事，因為它可以吸引聽眾，就像音樂一樣。因此，聽起來就覺得舒服。我們大部分耳熟能詳的經典演講，包括馬丁・路德・金恩（Martin Luther King）的「我有一個夢想」或約翰・甘乃迪的「不要問國家能為你做什麼」都有用到排比的結構。

《現代啟示錄》（*Apocalypse Now*）（約翰・米利厄斯（*John Milius*）、法蘭西斯・福特・柯波拉）

寇茲（Kurtz）：**必須**殺了他們。**必須**燒了他們。**一頭接一頭的豬。一頭接一頭的牛。一條接一條的村。一支接一支的軍隊。**

《雙重保險》（比利・懷德、雷蒙・錢德勒（*Raymond Chandler*））

華特・納夫（Walter Neff）：凱耶斯（Keyes），你在這方面還挺在行的嘛。**你說**這不是意外，**中**。**你說**這不是自殺，**中**。**你說**這是謀殺，**中**。你應該覺得自己什麼都說中了，是吧？

《岸上風雲》（巴德・舒爾伯格（*Budd Schulberg*））

泰瑞・馬洛依（Terry Malloy）：你不懂！**我本來也可以**去上課。**我本來也可以**跟人競爭。**我本來也可以**好好做人，而不是到處遊蕩，像我現在這樣！

《煤氣燈下》（*Gaslight*）（約翰・范・德魯登（*John van Druten*）、華特・瑞斯奇（*Walter Reisch*）、約翰L・鮑爾德斯頓（John L. Balderston））

保娜（Paula）：就是因為我發狂，才會恨你。**因為我發狂**，才會背叛你。**因為我發狂**，才會暗自歡喜，**沒有一絲**憐憫，**沒有一絲**後悔，看著你走我心裡才得意呢！

《奇異果女孩》（*Gilmore Girls*）（電視劇）（艾美・謝爾曼—帕拉迪諾（*Amy Sherman-Palladino*））

羅伊（Rory）：阿公，保險生意還好嗎？

理查德：**人**死，**我們賠**。**人**撞車，**我們賠**。**人**斷腿，**我們賠**。

漸進式對白

顧名思義，這種對白的強度逐漸遞增，就好像：「我發生意外。我頭被砸到。我可能會死！」或者，也可以逐漸遞減。注意以下第一個例子，就是先遞增，再遞減：

《巨蟒劇團之飛行馬戲團》（*Monty Python's Flying Circus Sketch*）

採訪記者：所以說，你三年以來都沒看到駱駝囉。

駱駝觀察者：沒錯，有三年了。呃，我說謊了，是**四**年，其實，是**五**年。我做看駱駝這一行才不過**七**年。當然，在這以前，我是看雪人的。

採訪記者：看雪人喔，那一定很有趣……

駱駝觀察者：如果看見一個，便相當於看到全部。

採訪記者：那你看到全部囉？

駱駝觀察者：嗯，我看過**一個**。嗯，**小小的一個……一張照片……只聽說過牠們**。

《愛在心裡口難開》

梅爾文：謝謝妳能準時來。這是侍應，卡蘿，這是同志，西蒙。

卡蘿：你好……噢，天啊，誰把你弄成這樣？

西蒙：呃……我……我被打。我走進屋冷不防**被人搶劫**。**我住院了**。我差點**死掉**。

《成名在望》

佩妮‧蘭（Penny Lane）：你幾歲？

威廉：**十八**。

佩妮．蘭：我也是。（停頓）其實我們幾歲？

威廉：**十七**。

佩妮．蘭：我也是。

威廉：其實我**十六**。

佩妮．蘭：我也是。這不是很好笑嗎？事實聽起來就是不一樣。

威廉（坦承）：我只有**十五**。

《大亨遊戲》（*Glengarry Glen Ross*）（大衛．馬梅（*David Mamet*））

布萊克（Blake）：關於這個月的銷售，我們有特別嘉獎。你們都知道，頭獎是**凱迪拉克的El Dorado I 輛**。**二獎**是**牛排刀一套**。**三獎**就是，你要**捲鋪蓋**。（注意：這也是列舉的例子）

倒行逆施

這是當角色在交談過程中忽然完全改變立場，顯然會引起讀者驚喜，也常常產生幽默。這技巧的運用方式是，必須先讓讀者進入期待，再以某個相反的回應作扭轉，剛好能達到出其不意的效果。

《當哈利碰上莎莉》（諾拉．艾芙倫（*Nora Ephron*））

哈利：我這陣子在想來想去，事實是，我愛妳。

莎莉：什麼？

哈利：我愛妳。

莎莉：你要我怎樣回應你？

哈利：說你也愛我，如何？

莎莉：**說我要走了，如何？**

（注意：這也是排比的例子）

《虎豹小霸王》

比奇：我想我們跟丟了。你覺得我們有跟丟了嗎？

辛丹斯：沒有。

比奇：**我也覺得沒有。**

《撫養亞歷桑納》（喬爾．科恩、伊森．科恩）

納森（Nathan）：你哪位啊？

騎車的人：本名是萊昂納德．斯莫（Leonard Smalls）。朋友都叫我萊尼……**但我都沒朋友就是了。**

《雙重保險》

蘿拉（Lola）：那個就是他。在巴士站那一個。他要去剪頭髮了，是吧？看他。沒工作、沒車、沒錢、沒前途，啥都沒有。（停頓）**我愛他**。

《愛在心裡口難開》

卡蘿：你想跳舞嗎？

梅爾文：我剛剛也一直在想。

卡蘿（起來）：然後？

梅爾文：**不要**……

《巨蟒劇團之飛行馬戲團》

角色 A：我想……你是在暗示些什麼嗎？

角色 B：不，不，不，不，不。（停頓）**是的**。

伏筆與分曉

就像情節的伏筆一樣，某個小道具或角色動作一開始看來無關重要，但到了後來便見分曉；現在，某句對白也可以埋下伏筆，讓後來分曉的時候給讀者更強的衝擊。最有名的例子是《北非諜影》，鏡頭閃回巴黎時，主角以一句「小妮子，為妳的花容乾杯」埋下伏筆，後來在告別的高潮裡見分曉，帶來更強烈的情感衝擊。另外，當然是那一句難忘的「把慣常的嫌疑犯抓起來」，在前面埋下伏筆，後來在情感上以多重層次表現出來。底下是其他例子：

《法櫃奇兵》（勞倫士．卡斯丹）

印第（Indy）：給我鞭子。

薩蒂波（Satipo）：把神像丟給我，快，沒時間討價還價了。把神像丟過來，我把鞭子丟給你。

印第把神像扔出去，越過深淵，到了薩蒂波手上。

印第：給我鞭子。

薩蒂波：**莎喲娜拉**[47]，老兄。（伏筆）

薩蒂波把鞭子丟掉，往入口衝去。

後來，印第碰到死掉的薩蒂波，鐵釘從他血淋淋的頭伸出來。印第從地上撿回黃金神像。

印第：**莎喲娜拉**，[48]笨蛋。（分曉）

《第六感追緝令》

沃克中尉（Lt. Walter）：女僕一個小時前進來，發現了他。她沒有住在這裡。

古斯（Gus）：**可能是女僕做的**。（伏筆）

沃克中尉：她54歲，體重100公斤。

驗屍官（面無表情）：他身上沒有瘀青。

古斯（齜牙咧嘴）：**不是女僕**。（分曉1）

沃克中尉：他半夜跟女友從俱樂部離開，那是他最後被人看見出現的地方。

尼克（看著屍體）：這是什麼？

驗屍官：那是冰鋤。在客廳的咖啡桌上找到的。鋼柄細細的。法醫官把它帶到鎮上。

哈利根（Harrigan）：被單都是精液——他被殺前有搞出來過。

古斯（齜牙咧嘴）：**那就跟女僕完全無關了**。（分曉2）

觸發性字眼或句子

這是在場景內維持對白順暢的最好方法。你應該還記得，精彩對白的一大特色正在於對白一句接一句，前前後後地，在整個場景裡創造出韻律。運用這技巧，就像是打造一條鐵鏈，藉由觸發性字眼或句子，迫使角色不斷重複它、擴張它，或者反對它，使對白一句句地接下去，環環相扣。因為能有效產生對白節奏，所以是專業劇本的慣用技巧之一。

《傻瓜大鬧科學城》（*Sleeper*）（伍迪・艾倫、馬歇爾・布瑞克曼）

露娜（Luna）：真難以置信，你居然**兩百年**沒做愛了。

麥爾斯：是**兩百零四年**，如果把我結婚時間都算進去的話。

《北非諜影》（朱留斯・*J*・艾普斯坦（*Julius J*・*Epstein*）、菲利普・*G*・艾普斯坦（*Philip G.* Epstein）、霍華德・科赫（Howard Koch））

拉茲羅：這夜店很有趣。**我恭喜你**。

瑞克：**我才恭喜你**。

拉茲羅：為什麼？

瑞克：為你所做的事。

拉茲羅：謝謝。**我盡力而為**。

瑞克：我們都盡力而為。只有你成功了。

《唐人街》（羅伯特・唐尼）

吉斯：今天，馬威斯達旅店（Mar Vista Inn）舉行賈斯珀・拉爾瑪・克拉布（Jasper Lamar Crabb）的悼念儀式。他兩個禮拜前過世了。

艾弗琳：那有什麼**特別**的？

吉斯：他兩個禮拜前過世，卻在一個禮拜前買下土地。**這就夠特別了**。

《新娘百分百》

安娜（Anna）：我可以待一下下嗎？

威廉：你可以待一輩子。

《現代啟示錄》

威拉德（Willard）：報告長官，我被派遣執行**機密**任務。

寇茲：看起來它已經**不再機密**了，不是嗎？他們跟你**說了**些什麼？

威拉德：他們說你整個人瘋了，你的**方法完全不合理**。

寇茲：我的**方法有不合理嗎**？

威拉德：報告長官，我根本**看不到什麼方法**。

《非洲皇后》（詹姆斯・艾吉（*James Agee*）、約翰・休斯頓（*John Huston*））

奧耐特（Allnut）：一個人偶爾喝多了，那也是很**自然**的事。

蘿絲：奧耐特先生，我們之所以在這世界設定「**自然**」，是為了**超越**它啊。

出其不意的回應

因為幽默是基於突然和驚訝，所以這技巧才會常被用來達到喜劇效果。顧名思義，它需要角色從反方向發出驚人的回應。這可以用來改善對白被說中的問題，同時也可以突出角色的特質和態度。

《成名在望》

威廉：妳不懂嗎？他為了一箱啤酒把妳賣掉啊！

（噙淚，稍稍停頓）

佩妮・蘭：**是哪一款啤酒啊**？

《發暈》（約翰・派屈克・尚利（*John Patrick Shanley*））

羅尼（Ronny）：我愛上了妳！

蘿莉塔（Loretta）：**振作起來吧！**

《奪命總動員》

一些小孩四處徘徊，被那個面目可愛的婦人和她手上那根有法力的掃帚吸引住了。

小孩1：嗨，阿姨，這東西是真的嗎？

薩曼莎（頭沒有抬起來）：不，那是玩具。

赫尼斯（*Henessey*）點頭，清清喉嚨。

赫尼斯：嘿啊，這位是慕莉．任天堂（Muriel Nintendo），是公司總裁喔。她現在在做電玩的研究。

小孩2對赫尼斯怒目相向：

小孩2：**才怪，蹩腳貨。任天堂的總裁是荒川實**（Minoru Arakawa），**是四十多歲的男人**。

赫尼斯：**混帳，死小鬼**——

薩曼莎：噓，安靜點！

《神鬼尖兵》（菲爾．奧爾登．羅賓森（*Phil Alden Robinson*）、勞倫斯．拉斯科（*Lawrence Lasker*）、華特*F*．帕克斯（*Walter F. Parkes*））

科斯莫（Cosmo）：我不能對自己的朋友動手。（對他親信說）**殺了他吧**。

肺腑之言

這一類對白能直接把腎上腺素打進讀者的血液裡。尤其是設計來對讀者產生緊張、驚嚇，或刺激。雖然通常是在動作片，或在高度懸疑的處境中被大量使用，但也可用作挑逗，就像底下《第六感追緝令》裡的例子：

柯里根（Corrigan）：可以跟我們說一下，你跟波茲先生（Mr. Boz）是什麼關係？

凱薩琳：我跟他上床已經有一年半的時間了。我喜歡跟他做愛。

她在房間內掌控大局，一邊說話，一邊輪流看著那些人。

凱薩琳（繼續講）：他不怕嘗鮮。**我最愛這種男人了。我喜歡男人帶給我快感。他給了我很多快感。**

他們看著她，目瞪口呆。她就一副以事論事的樣子。

《異形*2*》

哈德森：快把那混蛋弄走！

希克斯：**不是這條隧道，是那一條！**

克羅：你確定嗎？看著……在你後面。靠！快走啊！

格曼面無血色。一臉困惑。像石斑魚一樣大口吸氣。謎題怎麼可能這麼快就被解開？

蕾普莉（對格曼說）：**把牠們弄出來！快啊！**

格曼：**不要講。不要再講了！**

《七四七絕地悍將》（*Executive Decision*）（吉姆．托馬斯（*Jim Thomas*）、約翰．托馬斯（*John* Thomas））

卡希爾（Cahill）：**在漏氣了，快！**

嘶嘶聲在增加，愈漏愈嚴重。崔維斯一看上面，發現……

崔維斯：**關上艙門！**

葛蘭特伸出手，在猶豫。

崔維斯：**在漏氣啦！靠，還不把艙門關上！**

字句的重複（迴響）

這技巧在於把關鍵字重複講出來，以達到節奏和強調的效果。你可以用它來喚起特定情感，就像在《絕命追殺令》（傑布．斯圖爾特（Jeb Stuart）大衛．杜西（David Twohy））裡，摧毀的火車把杰拉德嚇得出不了聲，一直在念：「我、我、我、我、我、簡直一團糟。」又或者，在《致命武器2》裡（傑佛里．鮑姆（Jeffrey Boam）），里奧（Leo）一緊張就說：「好、好、好」，或在《霹靂鑽》（Marathon Man）（威廉・戈德曼）裡，澤爾醫生（Dr. Szell）令人費解的問題：「這安全嗎？」重複字句也可以是把意思反過來說一次，突顯說話者的機智，就像甘乃迪總統所說的：「不要問國家能為你做什麼；要先問你能如何為國家效勞。」其他例子包括：

《日落大道》（查爾斯・布拉克特（*Charles Brackett*）、比利・懷德、*D*・*M*・小馬什曼（*D.M.* Marshman, Jr.）

喬・吉理斯：妳以前都在**片子**裡，是個**大角色**呢。

諾瑪・德斯蒙德：我還是**大大物**，只是片子變小罷了。

《鴨羹》（*Duck Soup*）（伯特・卡爾瑪（*Bert Kalmar*）、哈里・魯比（*Harry Ruby*））

魯佛斯（Rufus）：**我將與你共舞，直到牛歸家**。另一個想法是，**我寧與牛共舞，直到你歸家**。

《巴頓將軍》（法蘭西斯・福特・柯波拉、埃德蒙*H*・諾思（*Edmund H*・*North*）

巴頓將軍：現在，我要你們記住：**沒有一個傢伙會因為為國犧牲而贏得戰爭。他之所以贏得戰爭，是因為他讓另一個笨傢伙為國犧牲。**

《彗星美人》

凱倫的聲音：什麼時候？多久？好像一輩子那麼久了。洛伊德常常說，在戲院裡，**一輩子是一季，一季就是一輩子**。

老套的替代品

這是把老套收為己用的技巧，一方面為老套找替代品，另一方面保留原有模樣。例如：

《致命武器》

瑞格斯：噢，順便問一下，就是那個向我開槍的人嗎？

墨陶：沒錯。

瑞格斯：也是向洛伊德開槍的人。

墨陶：天啊……你確定嗎？[49]

瑞格斯：我永遠不會忘記混蛋。

《一夜風流》（*It Happened One Night*）[50]（羅伯特・里斯金（*Robert Riskin*））

艾莉（Ellie）：嗯，我到底是證實了四肢比手指更有力啊。

《天才反擊》

阿瑟頓又開始每天慢跑。他的行頭是由名師設計的慢跑服，加上各樣配件，應有盡有。此外，他跟隨時下慢跑者的愚蠢習慣，讓身體慢慢冷下來，再拉拉筋。

克里斯：跑步殿下，你是要召見我嗎？[51]

「是」或「不是」的替代品

問問題是最簡單的鋪陳方式，但大部分的答案不是「是」就是「不是」。這些簡單的答案偶爾可以激發情感，但大多數時候，都只能形成平淡、重複的對白，而且很容易被讀者料到。如果想帶來更多衝擊，你有兩個選擇：一、盡量把問題形式轉成開放問題，藉此進一步披露角色；二、盡量運用創意，取代「是」或「不是」的回答，如：小事一樁、沒問題、如你所願、做夢去吧，或最好是！

《尋找新方向》

傑克：還在檢查訊息嗎？

麥爾斯：**難以釋懷**。

《黑幫龍虎門》

卡斯帕（Caspar）：我講的夠清楚了嗎？

里奧：**……爛泥巴一樣**。

《城市鄉巴佬》（洛維爾·岡茨（*Lowell Ganz*）、巴巴盧·曼德爾（*Babaloo Mandel*））

米其（Mitch）：嗨，庫爾利，今天有幹掉誰了嗎？

庫爾利：**今天還沒結束呢**。

《瘋狂店員》（*Clerks*）（凱文·史密斯（*Kevin Smith*））

蘭爾德（Randal）：你又打給凱特琳（Caitlin）嗎？

丹堤（Dante）：**是她打給我**。

蘭爾德：你有跟維若妮卡（Veronica）講嗎？

丹堤：**跟維若妮卡一天吵一次已經是我的極限，謝謝**。

《親密關係》（詹姆士*L*·布魯克斯）

奧蘿拉（Aurora）：你要進來嗎？

葛瑞（Garrett）：**我情願拿針戳自己眼睛**。

個性對白的技巧

對白的其中一個主要功用，在於揭示角色的本性，所以它必須符合說話者的人格和態度。大衛．馬梅在《真與假》（True and False）裡說到：「劇本裡的角色並不存在，存在的只是一頁頁的文字。即便角色本身只是幻覺，演員還是說出了對白，讀者也能形成某個真實角色的感覺。」要創造和維持這幻覺，便必須用到對白。因為每個角色都獨一無二，所以對白看起來也要獨一無二，不能像業餘劇本那樣，常常都只是編劇的聲音。

審稿員最常見的反應是：**每個角色看起來都一樣**——他們在對白裡的講話方式一樣，遣詞用字一樣，連抑揚頓錯都一樣。在現實生活中，尤其在電影腳本裡，每個人講的話都不一樣，不只是腔調不同，連節奏、措辭、圓滑度，或言語表達都不同。所以，如果要給角色獨特的聲音，就要從每一句對白著手，考慮角色在表達某個想法時，如何運用他個人的節奏、詞彙，和講話風格。此外，寫作者還要注意，他講話的方式必須在劇本裡保持前後一致。

接下來是一些訣竅，相信能幫助你刻畫出每個角色的獨特講話方式。

對白跟脈絡的反差

你已經知道，反差能夠加強讀者的參與感——包括：角色的特質和態度在場景中形成反差；同一個角色的不同價值的反差，甚至角色在背景中的反差，從而達到「如魚失水」的效果。現在，我們要利用場景的脈絡，藉此跟角色在對白中所表露的情感形成反差。比方說，或許是發生了某件緊張、混亂的事件，但角色講話依然冷靜，慢吞吞的；又或許是在喪禮裡有說有笑。在《唐人街》，當在高級餐廳輕鬆用餐時，艾弗琳被問到她父親的情況後開始發抖，結結巴巴，於是讓讀者萌生好奇——她在緊張什麼？她有什麼瞞著吉斯嗎？在《終極尖兵》裡，哈倫貝克即便面對切特（Chet）和巴勃羅（Pablo）這兩名職業殺手的威脅，依然在這生死關頭展現無比冷靜；相反，巴勃羅卻沒有保持應有的自制力，開始抓狂起來：

《終極尖兵》

哈倫貝克以平掌進攻，把切特的鼻樑打斷，一直往腦袋削去。

切特站著，完全反應不過來。眨眨眼就死掉，倒下去了。

巴勃羅忽然再也笑不出來。他直直盯著哈倫貝克，不敢相信眼前的事。又盯著躺在地氈上的切特。

巴勃羅：天啊。（把手槍拿出來）你這王八蛋。天啊!!你殺了他！該死的，你殺了他，他媽的死掉了!!!

哈倫貝克一言不發。冷靜地回到椅子上。

在這時候，門被打開，米洛（*Milo*）進來了。

一副打扮漂亮、油頭粉面的樣子。而且極其沈著。

米洛：發生什麼事嗎？

巴勃羅（依然茫然）：米洛，他殺了切特。這混蛋剛剛殺了他啊！

米洛看向哈倫貝克。哈倫貝克沒有講話。相反，他冷靜地彎下身，在地氈上撿起切特的打火機，把他的煙點著，開始吞雲吐霧起來。

緊張的時刻……然後，米洛做了一件出其不意的事：他忽然大笑起來。

一邊走進房間，一邊咯咯地笑。

米洛：唉，天……唉，該死的。約瑟夫啊，約瑟夫，你真的沒讓我失望。

他把瓦爾特 *PPK*（*Walther PPK*）拿出來，走向哈倫貝克，愉快地笑著。

米洛：你好像殺了我的人喔。

哈倫貝克（聳聳肩）：我想點個火啊。

情感節拍的反差

這是刻畫角色特徵的有效辦法之一，也能同時在場景內造成衝突。節拍是音樂名詞，意思是旋律的速度。在這裡的意思是角色對白的速度，能藉此傳達他的情感——快，意味著開心、刺激，或憤怒；慢、平淡，則表示傷心，比方說。然後，當情感節拍形成反差——如：快相對於慢，憤怒相對於冷靜，這時候便能突顯情感，令場景更有趣。以下第一個例子，我們要注意桑尼跟海根之間的節拍反差；第二個例子，則要注意節拍反差是出現在赫尼斯跟納森和薩曼莎之間：

《教父》

海根：我們應該聽聽他們有什麼話要說。

桑尼：不，不。師爺，這一次不要。不要再開會，不要再討論，不要再聽索拉索的把戲了。只要給他們一個訊息：我只要索拉索，不然就全面開戰。

海根：如果說全要開戰，其他家族一定不會袖手旁觀。

桑尼：那他們就把索拉索交給我啊。

海根：桑尼啊，行了吧，你父親不會想聽到這種話。這不是個人恩怨，是家族生意啊。

桑尼：那他們向我父親開槍又怎樣……

海根：沒錯，即便向你父親開槍也是做生意，不是個人……

桑尼：夠了，湯姆，不要再跟我說要怎樣和好了。你只需要幫我打勝仗，清楚了嗎？

《奪命總動員》

他們現在開在路上，時速*180*公里。赫尼斯在發抖，薩曼莎昏昏欲睡。

過了一下，兩人都呆住了。

納森偷看一下後照鏡。第一次好好看薩曼莎。

反應是一下震驚。

納森：天啊，夏莉（Charly），真不敢相信，妳好胖喔。這不是她期待聽到的話。

薩曼莎：我……嗯，你是說……我怎樣？

納森：妳吃了什麼該死的東西啊，簡直像牛一樣呢。

赫尼斯嚇到更目瞪口呆了：

赫尼斯：我們從大樓跳下去了！

納森：沒錯啊，很刺激是吧。我們明天還會去動物園呢。閉上嘴吧。

車子在轉髮夾彎，他們尖叫，然後繼續飆。

薩曼莎：你就是溫德曼（Windeman）。

納森：納森．溫德曼。在那邊，霧散開了。聽著，我或許會在他面前講話，稍後你便幫我殺了他。該你了，幫忙我一下。

赫尼斯：該死的，我們真的從大樓跳下去了！

納森：夏莉，親愛的——

口頭禪

要讓每個角色都有其獨特個性，這是另一個有效方法。身為寫作者，你應該經常聽不同的人講話，而且發現他們至少都會有一句口頭禪，要嘛是他特別愛講的話，要嘛是流行俚語。你喜歡的話，可以給角色一句作記認的話，或在他講的話後面加上**標籤**——像「這樣有聽懂吼？」或「OK？」——這樣便能把他辨別出來。下面的例子就是用了記認的講話方式，把角色的個性從整部劇本中突顯出來：

《冰血暴》（*Fargo*）（伊森・科恩、喬爾・科恩）

女侍應：要幫你加熱一下嗎？

安德森（Anderson）：**這是一定的**（You bet）。

《熱情如火》（比利・懷德、*I. A. L.* 戴蒙德（*I. A. L. Diamond*））

奧斯古：**唷**（Zowie）！

《求愛俗辣》（*Swingers*）（強・法夫洛（*Jon Favreau*））

特倫特（Trent）：**你真棒**（You're so money）。

《致命武器 *2*》

里奧：**好了，好了，好了……**

《玩具總動員》（約翰・拉斯特（*John Lassiter*）、安德魯・史丹頓（*Andrew Stanton*））

巴斯光年：**飛向宇宙，浩瀚無垠！**

《洛基》（西爾維斯特・史泰龍（*Sylvester Stallone*））

洛基：我想我要振作一下了。你應該要來看我比賽的。那場打得好，**你知道的**（y' know）。

破碎、省略、短句

假使你把真實對話錄音下來，就會發現完整的句子並不多。在現實裡，講話都是跳來跳去的。我們經常結結巴巴、插嘴、猶豫，用多餘的字，而非完整句子。我們也會省略名詞和動詞，就像把「I am … you are … should not … I would」省略成「I'm … you're … shouldn't … I'd」。此外，也會常常漏字，讓句子看起來稀稀疏疏的。我們來看看《美國風情畫》的絕佳例子：

《美國風情畫》

約翰：那一台是佛萊迪・班森（Freddy Benson）[52]的維特……撞上了喝醉酒的。真倒霉。好歹也是個好車手。明明沒做錯事，老天真不長眼。

卡蘿：照道理是要上一下漆了。

約翰沒聽到她講話，繼續向前走。

約翰：就在那裡，那一台維特。華特．霍金斯（Walt Hawkins），真是瘋子一個。在梅薩威斯達（Mesa Vista），把無花果樹綑起來，裡面還有五個小孩。車子拖著五個小孩，你有看過這種笨蛋嗎？任何瘋子早晚都會發現的。或許是這樣才會發明車子。就是要擺脫這些瘋子。

如此一來，對白就會變得盡量緊湊。把某些字漏掉了，就像約翰說「好歹也是個好車手」，而不是「他好歹也是個好車手」，還省略了一些字，讓他的對白感覺更真實、更自發、更不做作，就像是邊走邊想出來一樣。

破碎、省略可以改善浮誇的對白，正如我們前面看到的，就是那些太過做作、正式，文法完美無缺的問題。把你劇本裡的對白從頭到尾看一次吧，看有沒有可能破碎或省略、漏掉某些字（通常是句子的頭一個字），這樣可以令角色看起來更真實，也更特別。

遣詞用字：行話和俚語

除了給角色口頭禪外，也可以把焦點放在他的用字，包括術語和俚語，使對白更有特色。行話屬於某種術語或簡稱，只用於特定行業或文化圈。假使你真的去聽不同職業的人講話，或注意不同的年齡層（尤其是青少年），就會發現他們都有自己的講話方式。譬如警察、醫生，或大學教授，講話樣子便大不相同。這一類對白能為角色賦予真實感，也能產生他們獨特的聲音。

《銀翼殺手》

迪卡德（Deckard）：好好看喔！這套裝真讚。裁縫是誰啊？

霍頓（Holden）：**該**[53]**死的皮貨（skin job），把我砸成這樣！**天啊，你看看我！

《週末運動夜》（*Sports Night*）（電視劇）（艾倫・索金）

女人聲音：聲效準備，錄音準備。

男人聲音：喬治亞巨蛋**在跑**（hot）囉。

另一個女人：亞特蘭大，你們那邊**在跑**了。

男人聲音：有人嗎？先箭頭（Arrowhead），然後回去里高（Mile High），像這樣是嗎？

第一個女人：60秒後**現場**（live）。

第二個女人：箭頭**飛去**（bounce to）里高。

不同的年紀層也有他們各自的隱語，尤其是年青人：

《美國心 玫瑰情》

珍：我需要一個典型的父親，不是**怪胎**（geek – boy），不要每次我下課帶女友回來，就**在褲子裡擼管**（spray his shorts）。（氣呼呼）**真無聊**（what a lame-o）。快找人來救救他吧。

《美國風情畫》

約翰：我才不愛那些**狗屎**衝浪（surfing shit）。巴迪．霍利（Buddy Holly）死掉之後，搖滾樂就完了。

卡蘿：海灘男孩很**酷**啊（boss），你不覺得嗎？

約翰：妳當然啦，妳是垃圾搖滾的小**白痴**（twerp）。

卡蘿：垃圾？你這**菜逼巴**（weenie），如果我有男朋友的話他早就湊你了。

《愛你在心眼難開》

美女：這次試鏡真的**超**刺激的……場景**超**滑稽的，她跟一個年紀大的男人在一起，他大男人**得什麼似的**；當他們開始做的時候，看他呻吟的樣子就會以為他對她有多著迷，**是吧**？只可惜他心臟病發，讓她整個**剉起來**，然後她媽媽也不管從前多瞧不起他，立刻衝進去替他做心肺復甦，救了他一命。

俚語是一種非正式的行話，通常限定在沒學識的大老粗、城市人或流氓一類的人，但當然不必然如此。要避免老套的話，也可以自鑄新詞，只要聽起來夠真實，讀者也不覺得難懂就行了。它能使對白更新鮮、更好玩、更富色彩。

《黑幫龍虎門》

湯姆：給我烈的。

東尼：不說廢話了嗎？他們向你的**馬**（nag）開槍，是嗎？

《洛基》

洛基：**閻王債**（juice）每星期都在漲。

肥仔：我也知道閻王債在漲。我打了半年的工都是為了付那些鬼利息。

洛基：還欠（light）七十呢。

《霸道橫行》（昆汀・塔倫蒂諾）

粉紅先生：我要**尿尿**（take a squirt），這**地牢**（dungeon）的**馬桶**（commode）在哪裡？

如果你要**自鑄新詞**或句子，就要注意它們必須給人真實感，使對話的意義清晰易解，角色也知道自己在說什麼。這技巧通常出現在科幻或奇幻的類型，例如在《發條橘子》（A Clockwork Orange）（史丹利・寇比力克（Stanley Kubrick））：

艾力克斯（Alex）：我在那裡，那個是我，跟我的三個droogs，分別是Pete、Georgie跟Dim，我們坐在Korova milkbar裡，在rassoodocks下午該做些什麼。Korova MilkBar賣的是milkplus，就是在牛奶裡加入vellocet，或synthemesc，或drencrom，我們這時候在喝的就是這個。這會令你更機靈一點，讓你準備好一點超暴力。[54]

《驚爆銀河系》（*Galaxy Quest*）（（*David Howard*）（*Robert Gordon*））則在一小節對白裡揶揄這種做法：

布蘭頓（Brandon）：關先生？在第19集裡，反應爐熔燬，您從利奧波特6號廠那邊拿了一種元素，把量子火箭修好了。請問那是什麼元素？

弗雷德（Fred）：Bivrakium。

布蘭頓：那個把它包起來的藍色的鞘呢？

弗雷德：雙熱krevlite套殼。

布蘭頓寫了筆記，說聲謝謝，然後跟一群人離開了。

蓋伊（Guy）：你是怎麼記得這些東西的？

弗雷德：噢，我編出來的。加一堆「k」跟「v」就行了。

各有各的事

對白通常關係到角色在場景中的需要，有時候甚至是滔滔不絕的鋪陳。然後，如果他們頑固地堅守自己的目標行程時，對白就會變得很好玩。角色之間互相聆聽、回應，但各自的行程始終保持固定和清晰。其中一個絕佳例子是在《沈默的羔羊》裡，克莉絲和萊克特之間「一物換一物」（quid pro quo）的場景。他們各自有各自清楚的行程：克莉絲想獲得資訊，將水牛比爾緝拿歸案；萊克特則想鑽著她的腦子裡，逼她說出過去發生的事。這場戲太長了，我沒辦法把它整個收進來，如果你有機會讀劇本或看電影的話，一定要注意他們這場對手戲，看他們怎樣堅守各自的行程，甚至發出尖銳的命令，就像是：

萊克特：一物換一物。我跟妳說，妳也跟我說。

萊克特：說吧。不能說謊，我是看得出來的。

克莉絲：博士，一物換一物。

克莉絲：不要。跟我說為什麼。

萊克特：父親離世後，妳孤苦無依。然後呢？

克莉絲：不行……！博士，一物換一物啊。

下面是另一個經典例子，相較起來，這場戲輕鬆多了：

《熱情如火》

傑瑞：奧斯古，我得要跟你說實話。我們不可能結婚。

奧斯古：為什麼不行？

傑瑞：好吧，首先，我這頭金髮不是真的。
奧斯古（表示寬容）：沒關係啊。
傑瑞：我抽煙，抽得很兇。
奧斯古：我沒所謂。
傑瑞：我有一段不堪回首的往事。過去三年來，我跟一個薩克斯風樂手同居。
奧斯古：我原諒妳。
傑瑞（開始不耐煩）：我也沒辦法生小孩。
奧斯古：我們就來領養吧。
傑瑞：你根本不懂！（把假髮用手撕下來；用男聲講話）我是男人啊！
奧斯古（不理會）：這個嘛——人不是完美的啦。

各說各話

這技巧跟上面講的差不多，只是角色的一方完全不理會對方說什麼，一直繼續講自己的想法。他們各自活在各自的世界裡，完全沒在聆聽對方或作出回應。

《熱情如火》

蘇嘉把瓶蓋轉回去，再往襪子裡塞。

蘇嘉：縫線有直嗎？

傑瑞（仔細看她雙腿）：再直不過了。

蘇嘉：小姐們，待會見囉。她揮一揮手，便走進普爾曼（Pullman）的車子裡。

傑瑞：掰掰，蘇嘉。（跟喬講話）我們跟錯樂團了。

喬：達芙妮，躺下來。

傑瑞：覺得酒櫃的形狀怎樣？

喬幫他轉個身，解開裙子後面的鈕扣，調一下歪掉的胸罩。

喬：算了吧。走錯一步，他們便會把我們扔出火車——在芝加哥，有的是警察、文件，還有流氓……

傑瑞：老兄，覺得我跟那位蘇嘉借一下胸罩好嗎？

喬（把他轉過來，抓住他裙子前面）：給我聽著——沒有奶油，沒有麵糊，也沒有Sugar（蘇嘉）！

《好漢兩個半》（*Two and a Half Men*）（電視劇）（李・愛倫森（*Lee Aronsohn*）、查克・洛爾（Chuck Lorre））

艾倫：查理（Charlie），我要跟你好好談一下。

查理：我也是。我再不好好弄一下這網站的話，就要去賓州追那些安曼派姑娘了。

艾倫：珠迪絲（Judith）想要和好。我也曾經希望這件事發生，現在機會來了，但這真的是我想要的嗎？

查理：我在想，無論這網站的人是誰，應該至少也跟我約會過一次。

艾倫：傑克如果又能跟父母一起住，那也很好啊，不要說可省下那筆贍養費，連我這頭髮也不用再跑去理髮師學校那裡剪了。

查理：我想我可以剔除那些少婦，那些不會講英語的，還有，那些沒有讓我好好自我介紹過的人。

艾倫：我要列一張清單，計算一下跟珠迪絲言歸於好的好處跟壞處。

查理：你知道嗎，我就是要列一張清單。

艾倫：我們能把這個談妥，真令人高興。

查理：兄弟，有困難儘管找我。

艾倫：你也是。

方言、外國腔、外國語

另外，也可以利用方言、外國腔，或不同的講話方式（即我們所說的土話），便能給角色一種獨特的聲音。比方說，南方的鄉下小子，他會用鄉下的土話說：「我就知道那不可能是假的」（I reckon that ain't no lie），而城裡的大學教授就會用學術腔來說：「我假定此話不虛」（I presume this is no fabrication）。你可以把這部分跟行話、俚語組合起來，形成極具個性的聲音。擅長這技巧的編劇包括大衛・馬梅（詐騙和街頭土話）和科恩兄弟（鄉下方言）。

《撫養亞歷桑納》（喬爾・科恩、伊森・科恩）

艾德（Ed）：給我吧。

他把幼兒遞給她。

艾德：噢，真漂亮。

嗨（Hi）：他真是該死的好。我想我拿到最好的一個。

艾德：就不要在他面前罵這種話吧。

嗨：他不會怎樣，不會的。這應該是小納森。

艾德：嗨，我們這樣做對嗎？——我想說，他們反正應付不過來。

嗨：嗯，親愛的，聽著，這件事我們已經談完又談了。權利是權利，對錯是對錯，這是兩碼子的事。

艾德：但你都沒想過他媽媽會擔心嗎？會吃不下，睡不安？

嗨：嗯，親愛的，當然會擔心囉，但事情總是會過去的。她還有四個小寶寶，都跟這一個一樣好。

披露態度和特質

每個人的經驗都不同，身體特質不一樣，所以劇本裡的任何角色，都不應該對世界持有一模一樣的看法。他們對別人說些什麼、他們怎麼說，便界定了他們的價值與態度，同時也向讀者表示了他們是誰。事實上，每一句對白都是披露個性和態度的好機會。不同的遣詞用字或說話方式，不但可以反映角色當下的情感，也能表現他的個性。

在打算用對白來刻畫角色之前，你必須先對他們有深入了解，因此，第五章的介紹在這裡是不可或缺的，先打好刻畫角色的基本功，才能發揮這些技巧的效果。你要先了解清楚角色對某些議題的感受，他心裡的恐懼、希望，以及價值，他的對白才能做到獨一無二。訣竅一點都不難，但執行起來卻需要花點心思：只需要選定某種特質或態度，然後把它「翻譯」成對白；在不同脈絡底下，選用不同的詞彙或講話方式，把這特質或態度反映出來。比方說，你的角色克勤克儉，重視儲蓄，你可以藉由他跟太太講話來反映這一點：「妳應該沒有把優待卷丟掉吧」或者在餐廳裡跟侍應生說：「分開結帳，謝謝。」這不是多優秀的對白，但你應該懂我意思了。這是電視情景喜劇的典型技巧。編劇不斷重複角色的鮮明個性，藉此一年又一年地在每一集製造不同的笑話。經典電影方面，有《唐人街》，其中諾亞．克羅斯一直叫錯吉斯的名字，又不理會他的更正，由此可見他那不可一世的態度。在《飛越杜鵑窩》裡，拉契特護理長那種有條不紊的講話方式，經常下達命令，從而顯露出她的優越感；相反，從比利結結巴巴的樣子，就能看出他多沒自信。然後，在《靈慾春宵》裡，瑪莎和喬治互相刻薄的態度，也從他們的對白中表露無遺。接下來的《一夜風流》（羅伯特．里斯金）也是很好的例子，它藉由一位花言巧語、令人討厭，又性別歧視的推銷員的一段對白，反映出他的個性和態度：

謝卜勒（Shapeley）：名字是謝卜勒，這名字嘛——就是那麼令我喜歡！妳坐我旁邊準沒錯了。我偷偷跟妳說，能在這裡巧遇到這些面孔，便值得寫信回家跟老婆說了。無論遇到什麼人也得非常小心，這是我常常警惕自己的，但其實妳也沒什麼特別的。有一次，我從北卡羅來納過來時便跟一個挺標緻的娘兒們聊個喋喋不休。妳知道的，像她們這些人，又年輕又時髦。害我都有點想入非非了。妳知道就像怎樣的。嗯，先生，你可以用「麥克卡車」把我弄倒啊。我才熱身完，她就猛地抽身離開巴士了。妳以為她是誰啊？哼，不要也罷。不過是賊婆娘嘛！就是報紙裡一直寫到的。（拿出雪茄）小姐，妳怎麼啦？妳沒講什麼話呢。

感覺偏向

神經語言程序（NLP）是我們跟自己和別人溝通的心理模型，按照這模型，我們對世界的表徵一方面是經由五官——視覺、聽覺、動覺、味覺，和嗅覺。另一方面卻有一個佔優勢的表徵系統，經常藉著言語而揭示出來。比方說，如果我們偏向視覺的話，我們就會說：**看到你真好、晚點見、我來看看、留心看、看好了、清楚一點、還是很模糊、想像這圖畫、看起來，或我看起來沒問題**，等等。偏向聽覺的人會對聲音作反應，他們會說：**聽著、晚點再跟你說、我一直都聽到它風評不錯**。偏向動覺的人基本上只對觸覺或內在感覺有反應，他們會說：**這個我覺得不錯、再跟我接**

洽、定住、我抓不準前提，或我晚點再來弄它。還有些人偏向嗅覺[55]（聞起來有腥臭味），或者對味覺特別敏感（很接近，我快嚐到了）。但最常見的還是視覺、聽覺，以及動覺。不得不承認，這技巧的確比較不重要，編劇很少會用上它，即使用，也比較是用在電影補白，常常在修改階段便被剪掉。但它畢竟可以增加角色的獨特性和真實性，尤其是可在場景中製造感覺偏向的反差。就像本書其他技巧一樣，這一次也是在潛意識裡運作。讀者不應該察覺到它。

說話節奏

威廉・金瑟（William Zinsser）在《非虛構寫作指南》（On Writing Well）一書中寫到：「記住，當你選擇用詞時，要想到它們連結起來以後聽起來的樣子。這看似荒謬：畢竟讀者是用眼睛來閱讀。但事實上，他們聽得到自己讀了什麼；在他們的心耳裡，他們聽到的東西遠比你想像中多。」這就是對白「耳朵」有用的地方——要聽到見對白的「聲音」。對白就像音樂一樣。你能夠實實在在聽見它。它有節奏和步調，也有漸強、延長，還有靜默。艾倫・索金在《白宮風雲》、《週末運動夜》等電視節目中，尤以對白聞名，他曾說到：「我從來沒有故事好說。我喜歡的是對白的聲音、對白的音樂。這是我喜歡寫的東西。」其他人如：帕迪・柴耶夫斯基、大衛・馬梅，和昆汀・塔倫蒂諾等對白大師，應該也會加以贊同；人人都知道，他們會因為節奏不斷修改對白。

那你能怎樣開發這方面的技能？你必須開發你的耳朵，此外並無別的辦法。你要常聽別人講話，偷聽各個小團體，愈多愈好——包括：鄉下、城市、街上、非裔、拉丁美洲裔、海灘上、南方、青少年……等等，直至你能掌握他們各自的講話方式、抑揚頓挫以及聲音上的細微差異。另一個有用的忠告是：研究一流對白的劇本，最好選擇來自不同的編劇，以及不同的類型。最後，你也可以讓別人把對白朗讀出來，你坐在後面聆聽。下面是不同節奏的一些例子：

《撫養亞歷桑納》

嗨：我現在在開的這張空頭支票，在生意人看來，就是叫透支。注意啊，我並非要抱怨些什麼；只是想說薄餅再薄還是有兩面啊。再說，監獄生活是非常嚴密的——不是一般人能體會得到……

《黑幫龍虎門》

里奧：你交保護費，就像其他人那樣。照我所知——如果鎮上有什麼連我都不知道的話，那也無關重要了——警察沒有來關你舖，地檢署也沒碰過你的勾當。你沒有申請牌照就想幹掉莊家，但歹勢，我現在不打算發許可給你。現在帶著你的伙計，滾吧！

《百萬金臂》

克拉什（Crash）：你啊，拉瑞・霍基特（Larry Hockett），你應該認得我。五年前在德克薩斯聯盟，你替艾爾帕索（El Paso）做投手，我是什里夫（波特Shreveport）的第四棒，比賽來到第八局的下半局，得分3-2，你投0-2時丟出曲球，我使盡全力把它打到固特異輪胎的標誌上，以4—3把你擊倒，固特異還送我免費車輪定位。

隱約的鋪陳技巧

雖然鋪陳最好是透過視覺，但一般最常見和最簡便的方式依然是對白。可是，要怎樣才能說出「無形」的話？怎樣才能做到既有趣也好玩，不會突兀、直白或死氣沈沈？這對業餘寫作者來說是相當困難的挑戰。問題包括在場景中應該披露多少資訊。初學者通常會把過多資訊硬塞在角色的對白裡。正因如此，一般我們都會建議他們以衝突來帶出鋪陳。當讀者一邊對衝突作反應時，他也一邊不知不覺地吸收了角色所披露的資訊。這就是我所謂無形、隱約的鋪陳——一邊提供資訊，一邊則以情感來引開讀者。亨佛萊．鮑嘉（Humphrey Bogart）有一句名言，說他假若真的要詳盡地鋪陳什麼的話，就要找兩隻駱駝來引開觀眾，最好是讓牠們到背景去做愛。當然，我們這裡還要介紹其他技巧，教你如何運用對白，天衣無縫地完成鋪陳。

小口小口地吃：劑量不要多

就是說，我們呈現給讀者的資訊要盡量節儉，要用滴管，不能用湯勺。沒有經驗的寫作者就是太快把太多資訊披露出來，這是他們通常犯的錯誤。可以把鋪陳想成拿糖給小朋友——只是逗他開心，分量不能太多，否則反而讓他厭倦。鋪陳太多就會變得累贅，也無聊。所以一般在動作片，技術資訊都會分佈在幾個角色的對白裡，譬如就讓幾位工程師在實驗室說明某些科學數據，每人只提供一點點的劑量。

《世界末日》（莊尼森・漢斯雷（*Jonathan Hensleigh*）、*J*・*J*・艾布拉姆斯（*J. J. Abrams*））

高登（Golden）：好吧，大家，N. A. S. A.史上最慘的日子還要更慘了。一千萬比一。早上的撞擊只是它向前甩出來的小石頭，好戲還在後頭。華特？

克拉克（Clark）：巨大的小行星。[56] E.T.A. 18天。消滅恐龍的也只有八公里，相較起來這一顆要大得多。

高登：就是德州那麼大。

《神鬼認證2：神鬼疑雲》（*The Bourne Supremacy*）（東尼・吉洛伊（*Tony Gilroy*））

一切都停下來了，那幅照片，既模糊又歪斜，開始在房間那六個顯示器上播放出來。

柏美娜（Pamela）（跟尼基（Nicky）說）：就是他？

再靠近一點看——她點頭了——

柯羅寧（Cronin）：他沒在躲，這一點毫無疑問。

佐恩（Zorn）：為什麼是在拿坡里？為什麼是這時候？

寇特：或許是偶然吧。

柯羅寧：也可能是在跑路。

雅培（Abbott）：用他自己的護照嗎？

金姆（Kim）：他到底在做什麼啊？

柯羅寧：在做什麼？他在犯下第一個錯誤……

然後，在他們後面——

尼基：這不是錯誤。（所有人回頭看）他們不會犯錯。他們也不讓偶然發生。永遠都有一個目的，一個目標。（停頓）假使他身在拿坡里，用自己的護照，便定有理由。

前兆

所謂前兆，都是些看起來無關痛癢的話，但在整個故事的脈絡來看，卻是預示未來某些不祥的事的弦外之音。簡單來說，就是對未來危險的提示、對未來局勢扭轉的預告、是一種線索、或一種對角色感情的細微表達。它能帶來期待和緊張、焦慮，也能激發好奇心。

《城市鄉巴佬》

米其：嗨，庫爾利，今天有幹掉誰了嗎？

庫爾利：**今天還沒結束呢**。

《第六感追緝令》

尼克：妳的新書寫的是什麼？

凱薩琳：一個偵探。他愛了不該愛的女人。

尼克：他怎麼了嗎？

凱薩琳（眼睛直直地盯著他）：**她殺了他**。

《末路狂花》

麥克斯（Max）：我們選擇根本不多啊，不是嗎？我搞不清楚他們到底是真的聰明，還是只是非常、非常的幸運。

哈爾（Hal）：都沒關係。你再絞盡腦汁也只能做到這樣，至於**運氣也總有它用完的一天**。

《異形2》

蕾普莉：我們還有多久才會被宣告任務逾期？我們還要多久才會等到救援？

希克斯：17天。

哈德森：17天？聽著，我不是想潑你冷水，但我們連17個鐘頭也捱不住啊。牠們待會就衝進來了……

蕾普莉：哈德森！

哈德森……牠們待會就衝進來，然後就把我們幹掉了！

塗上感情

在鋪陳的表面塗上或鍍上一層感情，可以讓他變得更可口，更容易被讀者接受。你可以運用角色的任何情緒，像憤怒、歡樂、恐懼或焦急……等等。或者也可以是我們前面探討過的、在讀者身上的任何情感——包括：好奇、期待、緊張、驚訝或幽默……等等。比如，在《唐人街》裡，編劇羅伯特．唐尼就是這樣，隨著吉斯調查莫瑞一案，便在那一段冗長的鋪陳表面塗上好奇和期待。我們從背景鋪陳中收集到若干證據，包括：L. A.的大旱、水管理的勾心鬥角以及農民的苦不堪言，於是便期待莫瑞是在說謊。

事實上，這是懸疑片的慣用手法，使電影在緊張和好奇心的驅策下得以推進。讀者在整個故事所不停遇到的線索和揭示，都是實際的鋪陳。在《第六感追緝令》裡，喬．埃澤特哈斯的做法也一樣，他為鋪陳的表面塗上緊張和好奇心，譬如在質問的場景裡，凱薩琳在警局被偵探盤問，局勢卻完全掌握在她手上。在《謎中謎》(Charade)裡，巴多羅買(Bartholomew)在餐廳跟瑞姬(Reggie)交待背景，說明為什麼有5個人追蹤那筆下落不明的25萬美元，這是一段冗長的鋪陳，但中間卻加插了侍應生的打岔和瑞姬的怪誕舉止，算是在表面塗上了一層焦急和幽默。事實上，為鋪陳塗上焦急，這訣竅相當有效。比方說，某個角色很想知道一件非常重要的事，於是便接近另一個角色，希望獲得資訊。可是，這另一個人卻一直顧左右而言他。在這例子中，這個人其實提供了額外資訊，也正是你需要向讀者所作的鋪陳。

底下這個例子是以幽默和性挑逗，作為最沈悶的鋪陳——科學資訊——的塗層。

《天才反擊》

莎瑞（Sherry）（在親吻之間）：來，跟我講一些高深的話。

克里斯：啥？

他們躺在天線碟的中間。情慾高漲，手指忙著解開腰帶和鈕扣，衣服掉落；天啊，這兩個人在做愛了。

莎瑞：拜託，我需要聽到這些。你最愛上什麼課？

克里斯：我想，我這一刻必須說是流體力學。

莎瑞：噢……

克里斯：還有體育。

莎瑞：拜託。

克里斯：不好意思。

莎瑞：你跟阿瑟頓都在做什麼研究啊。

克里斯：以高功率雷射提供核融合的所需能量。將為世人帶來莫大好處。當然女人也包括在內。

莎瑞：融合好啊，再來多一點融合。

克里斯：這過程包括從不同形式的氫提取巨大能量，就像是氘和氚等等。
莎瑞：噢，天啊，再來，再來。
克里斯：提取燃料不是難事。
莎瑞：嗯……
克里斯：難就難在把它們組合起來，然後釋放能量。
莎瑞：噢，好棒。
克里斯：它需要到達攝氏一億度的高溫。
莎瑞：噢，天啊。
克里斯：所以，我現在……
莎瑞：好棒。
克里斯：在製造……
莎瑞：好棒。
克里斯：……雷射……
莎瑞：噢，好棒。
克里斯：……讓它振動……
莎瑞：嗯……
克里斯：……帶來極度高溫……

莎瑞：噢……

克里斯……然後產生……

莎瑞：好棒。

克里斯……融合……

莎瑞：啊……啊……啊……

暗示資訊

相較起來，暗示資訊總是比直接資訊更加有趣，理由很重要：因為讀者能主動參與摸索，而非單方面接受灌輸。這相當於直白的對白對比於潛台詞，後者便是情感和思想的暗示。我們將在本章稍後來探討潛台詞，現在先來看一些鋪陳的例子，注意資訊能怎樣以間接的方式暗示出來：

《銀翼殺手》

拜瑞：你要認出他們，然後把他們公佈開來。

迪卡德：拜瑞，不要找我。我不要再為你做事了。你去找霍頓吧，他是好人選。

拜瑞：我找了。

迪卡德：然後呢？

拜瑞：**他呼吸還算正常……如果沒有人替他拔管的話。**

《彗星美人》

麥克斯：跟我說，到底為什麼一個人好好的會跑去當製片人？

阿迪森（Addison）：**到底為什麼一個人手上什麼都沒有，只拿著椅子就跑進獅子籠裡呢？**

麥克斯：我百分百滿意這答案。

《永不妥協》

艾德：妳只找到這東西嗎？

艾琳：暫時是。但那地方是個豬圈。應該可以找到更多。

艾德：我知道那些地方是怎樣搞的。根本是一團糟。妳怎麼會想到可以直接走進去，然後便找到我們需要的東西？

艾琳：**艾德，這些人的名字叫蠢蛋。**

《奇異果女孩》（電視劇）

羅蕾拉（Lorelai）：米歇爾（Michel），電話。

米歇爾：它響了。

羅蕾拉：你可以接一下嗎？

米歇爾：不要。那些人今天都很笨，我不能再跟他們講話了。

羅蕾拉：你知道最好跟什麼人講話嗎？**是職業介紹所的人。**

米歇爾把電話接起來。

讀者渴望知道的話，便告訴他們

關於鋪陳，最常見的一個問題是它太早出現，比我們渴望知道它的時間還要早。所以說，資訊的基本原理是：它之所以有趣，是因為我們想知道它。如果你先在讀者心裡建立好求知慾，勾起他的好奇心，他才會渴望知道問題的答案。當你對他的問題作出回答，便不會像是鋪陳了。也所以說，正如《唐人街》裡艾弗琳的秘密那樣，資訊的保密是愈久愈好，有趣程度遠勝過你一下子傾腸倒腹。其他相關的例子，包括《虎豹小霸王》裡「我不會游泳」那一場。因為辛丹斯遲遲不願跳崖，才出現了最恰當的時機，正好能鋪陳他不會游泳的真相。在《法櫃奇兵》，我們僅僅在主角碰到蛇的時候，才知道印第安那·瓊斯有恐蛇的毛病。在《北非諜影》，鏡頭之所以閃回巴黎，正好是因為我們想知道瑞克為何對伊露莎如此苛刻。

用衝突來包圍它

就像前面提到的，大部分專業編劇都會建議你把鋪陳當作衝突的副產品。換言之，在劇本中，它不應該是沈悶的鋪陳，而是作為衝突中的有趣發現，像是在口角、爭論、難題或生死關頭上附帶出現那樣。譬如，在《北西北》，桑希爾之所以揭露自己所有的資訊，是因為他跟想殺他的人起衝突。在《魔鬼終結者》，里斯（Reese）剛從終結者手裡救出莎拉，便在一場十分鐘的戲裡把一切我們需要知道的資訊和盤托出——包括：他從哪裡來，終結者是什麼，還有所有用來引發期待的前兆。可是，這場戲感覺並不像在鋪陳，這是因為警察和終結者還在追緝里斯和莎拉，產生了衝突和刺激感。想像一下，如果這樣的鋪陳發生在餐廳裡，這冗長的十分鐘完全沒有衝突包圍著它，情況又會如何？衝突是鋪陳的最佳粉飾。

加上戲劇性反諷

我們曾在第六章探討過它，對於引發期待和張力，推動故事發展來說，這是相當有效的工具。永遠要記住，讀者只會因為期待而牽涉在故事之中，至於新穎的對白或場景中的動作，都不是關鍵所在。意思是說，如果想抓住讀者的注意力，你便不能只依靠流行或前衛的對白，或角色的動作場面。當你加入戲劇性反諷，或讀者優先的策略，即便是最無聊的鋪陳（當然最好不要這樣），也能變得更加動人。事實證明，這技巧對於傳達平平無奇的資訊相當有效。你也看過《北西北》噴灑飛機的場景，在那之後，桑希爾回到飯店面對伊芙，我們已經知道她是替壞蛋工作的人，而且背叛了主角（戲劇性反諷）。這時候的對白再平凡不過，而且都是說明，但由於我們知道一些桑希爾所不知道的事實，場景便變得迷人，讓我們異常興奮。我們很想知道桑希爾以後會對伊芙怎樣，他的反應會如何，會不會勃然大怒，跟她決裂……等等。

讓鋪陳更生動

這技巧跟先前說的一樣：主動永遠比被動來得好，對於任何東西，哪怕是文字、句子、角色，或一句對白，都是一樣。鋪陳當然也不例外。要讓鋪陳變得更主動，方式是：在角色互動時把他們的目的顯露出來。換言之，就是把鋪陳變成角色行程的一部分。當角色必須提供這資訊時，就會以激烈的感情顯示出來，場面便變得有趣。比方說，在第一次約會時，角色大部分漫不經心的鋪陳，都是以加深對方印象、顯露自己魅力，甚至是勾引對方為目的。所以不應該令人覺得無聊。在《熱情如火》裡，喬假扮成 億萬富豪殼牌二世，在海灘跟蘇嘉碰面，這時候，他的基本鋪陳是帶有目的的。這些資訊都是主動的，因為他必須說服蘇嘉，讓她相信自己就是她一輩子夢寐以求的億萬富豪。你永遠要確定角色在傳達資訊時，必須是在當時、當地，有他正當的理由和目的。這一點會令場景更具真實感。

扭曲角色情緒，把資訊搾出來

最令人無聊的，莫過於你被強迫灌輸資訊；相反，最能引起人興趣的，莫過於你想知道的時候又得不到。於是，如果能讓角色需要資訊，再讓他們為此而奮鬥，再無聊的鋪陳也會變得緊繃。你要做些什麼呢？其中一個好辦法是扭轉另一位角色的情緒，才讓真相顯露出來。一定要保持主角的主動性，讓他爭取這些資訊，而不是被動地聽到它。雙方意願的衝撞（衝突），加上另一個人情感被控制的樣子，正是趣味的來源。角色可以利用人性的弱點——包括貪婪、嫉妒、恐懼、憤怒、焦急，或慾望——對另一個不願意說出真相的角色動手，把資訊從他那裡給擠出來。不知道多少次，我們從電視的偵探連續劇看到一樣的老套，酒保收下20塊美元，不情不願地把話說出來。或者探員以從犯為由，威脅證人吐出真相。你的工作是展現創意。在《唐人街》，羅伯特・唐尼就是用激將法，讓吉斯激怒耶爾維頓（Yelburton）的秘書，利用她不耐煩的弱點來獲得關於諾亞・克羅斯的寶貴資訊，因此知道他跟水部門關係匪淺。

獨特的呈現

假如你找到一種獨特的方式作鋪陳，不是平常那些劇本的陳腔濫調，那麼因為表面上已塗上新鮮、清新和原創的感覺，審稿員必定對它另眼相看。想想《星際大戰》的莉亞公主（Princess Leia）如何以全息圖來發送關鍵性的鋪陳；E・T・讓物體浮在半空中，當作行星來作解說；以及電視影集《不可能的任務》裡會自爆的錄影帶。在《安妮霍爾》，則是藉由大人在家裡和教室裡跟自己小時候的互動，把這些角色的童年背景交待出來。呈現方式愈不一樣，讀者的接受度就會愈高。

潛台詞的技巧

業餘劇本最常見的問題都是對白太過直白。如果審稿員看到對白直接跟他說明場景發生什麼事、角色的想法和感覺是什麼，他通常便會覺得無聊，最後也得不到滿足。相反，精彩的對白都是隱晦的——不用把話說出來，就能闡明角色的思想。這就是「潛台詞」，有一位編劇曾經說它是「文字底下的情感之流」。比方說，一男一女或許會漫不經心地談論前一天晚上看過的電影，但他們實際想表達的卻是第一次約會時的感覺。在《教父》裡，那句難忘的金句：「我會開出他無法拒絕的條件」，即便沒有說得很白，意思對我們來說都相當清楚。但潛台詞的絕佳例子必定是《安妮霍爾》，艾維和安娜閒話家常，但底下的字幕卻透露出他們實際思想的線索。

但運用潛台詞，難度正在於如何不依靠字幕，卻依然能掩飾角色的想法和感情。這就是本節想要談的內容。但在開始談潛台詞的技巧前，我們先來分析一下為什麼它對戲劇性場景來說這麼重要，還有它在什麼時候是必要的。有時候潛台詞是比較好的選擇，但也有別的時候，我們會想用直白的對白來展現更直接的戲劇效果。假如綜合來說，加上劇本的其他成分的話，最理想的做法還是在直接對白和潛台詞之間取得平衡。

潛台詞重要在哪裡？

很久很久以來，我都不覺得簡單而直接的對白有什麼不妥。畢竟即便是專業劇本或一流的電影都這樣做。我甚至想過，直白一點還能更清楚表現我的場景，因為我不相信每個審稿員的眼光都夠敏銳，能抓住裡頭隱含的內容。直到我成為比較有經驗的編劇之後，我才意識到潛台詞必須在某些時候、某些地方出現。之所以需要潛台詞，有兩個具體原因：一、角色太過直接，代價便會太大；二、你會希望讀者主動去體會場景，而非被動。

◆當情感押注太大時，我們就是這樣講話的

這是心理上的問題。在處理人際關係，當情感尤其強烈，像是憤怒、憎恨、鍾愛，或慾望澎湃的時候，我們通常不敢暴露自己的情緒。我們往往會把真實感情潛藏起來。你可以回想一下，你對好朋友怎樣發火；買貴東西時怎樣逛來逛去，貨比三家；怎樣應付你討厭的老闆，或者，出去約會時的情況。你不是都會掩飾自己的實際意圖嗎？不是都會拐彎抹角，只是慢慢一步步去獲得自己真正想要的東西嗎？理由是，如果直接把我們想要的東西表達出來，便可能自找麻煩。在情感上，這樣做就太過冒險了。所以到了刻畫角色時，便要問一下他們在場景裡的衝突是什麼。他們必須冒什麼險？押注是什麼？他們為什麼不敢直說，在害怕什麼？就是這種潛在的恐懼，才使他們藉著潛台詞來間接表達。他們寧願把想法和感覺掩藏起來，不敢跟別人講，因為這一切都太私密、太個人，不適合在當時說。羅伯特．唐尼說過：「對角色而言愈重要的事，便愈難開口。假如都沒有克制、沒有壓抑、沒有內疚、沒有羞恥，那也沒有戲劇了。」

◆能讓讀者主動參與

審稿員之所以喜歡看到潛台詞，另一個原因是它具挑戰性，就像字謎一樣好玩。它提升了他們的參與感，讓他們在閱讀過程中更加主動。因為潛台詞內容更實在，能令讀者進一步思考，從而涉入對話之中。於是，為了讓讀者一直牽涉在角色和對話裡頭，你就是不能把話直接告訴他。他寧願自行探索。如果你太過直白，便相當於剝奪了他跟你一起合作，共同發掘談話意義的機會。便相當於僅能提供被動的閱讀體驗，於是他也沒啥理由再花時間在這劇本上面。

讀者的參與，正在於你不把話說出來，讓他自己來填空。傑佛瑞・斯威特（Jeffrey Sweet）在《劇作家的工具箱》（The Dramatist's Toolkit）一書中，曾經用「2＋3＝5」打比方。這等式對讀者來說是再無聊不過的事實。但如果你寫的是「2＋x＝5」呢，讀者就會立刻想把這 x 填上去。這反應就是主動參與——讀者已經涉入等式裡頭。對戲劇來說，潛台詞便相當於這等式，目的就是要讓讀者自己把 x 填進去。藉著潛台詞，讀者才有辦法主動參與到場景裡頭，而非一味被動地被人塞入清楚的對白。

潛台詞要用得對，你得先弄清楚場景正發生什麼事，而且為什麼會發生。角色是誰？他們的真實感受是什麼？假如他們有話直說，押注有多大？然後你就把對白寫出來，不論多簡單、多直接都可以。也不用擔心它太直白。這只是初稿。只有你自己會看得到。可以把潛台詞設想成一層層的對白。第一層是角色在場景中真正的想法和需要。之後，在修改時，你再決定是否需要潛台詞，到底要表露多少心裡的意思。每一次修改，就是進入另一個隱藏的層次，直至你能夠把真正意思暗示出來，而非直接表明。你可以適時運用下面這幾種技巧：

以行動作回應

這一招雖然簡單，事實證明卻很有效。對於問題、請求，或告白，角色的回應是一個動作，而非直直的一句話。比如，假設有人說「我愛你」，對方的回應是賞他巴掌，而不是回答「你真敢啊」或者「嗯，但我討厭你」。這巴掌就是潛台詞。想像對「我愛你」的另一種回應——大哭、離開房間、猛盯著他看、照樣回去看報紙，每一個具體的動作，都隱含著某一句話，只是沒有以實際言語直白地回應而已。下面這絕佳例子來自《螢光幕後》（Network）（帕迪．查耶夫斯基（Paddy Chayefsky））：

麥克斯：聽著，假使我們能回去找那個吉普賽人，就是當初預言那些中年男人和感情糾葛的那個人……妳今天晚餐會準備些什麼呢？

黛安娜（*Diana*）站在門前，又忽然回到辦公桌，**拿起電話聽筒**，**按下電話號碼**，等了一下一下——

黛安娜（**對著電話**）：親愛的，我今晚不行，明天再打給我吧。

她把聽筒放回支架上，看著麥克斯；兩人互看著對方。

轉移話題

這也是暗示的技巧之一，不用把話直接宣告出來。角色在對話時突然改變話題，不觸及敏感內容，從而避免引起不舒服的情感壓力。比方說：

《美國風情畫》

史蒂夫：我剛說到哪了？

蘿瑞（Laurie）：嗯，說到你覺得我們中學時談戀愛只是兒戲，我們之所以走在一起只是因為你覺得我可愛又好玩，然後你忽然察覺到你愛上了我，就不要鬧著玩了……然後……噢，然後你就慢慢講到些要緊的事的樣子。

史蒂夫：妳這樣搞得我好像給妳做讀寫一樣。嗯，說真的，我想說的是……是……我們既然都這樣關心對方，而且既然我們都應該想想自己是大人了。那麼，我，呃……**我可以拿一點薯條嗎？**

《歡樂一家親》（電視劇）

費雪：嗯，節目到後來都滿不錯的啊。（蘿茲（Roz）什麼也沒說）節目不錯啊，不是嗎？

蘿茲（把一張便條紙撕給他）：**拿去，你弟打給你。**

費雪：蘿茲，在我們行內這個叫作「迴避」。不要再轉移話題了，跟我說妳怎麼看吧。

蘿茲（指著她的控制器）：**我有跟你講過這按鈕是幹嘛的嗎？**

費雪：我不是草莓。我能夠接受批評的。說吧，我今天表現怎樣？

蘿茲（椅子轉過來對著他）：我們來看……你弄掉了兩個廣告，整整28秒鴉雀無聲，你攪亂了電台的呼號，把優酪乳潑到控制板上，然後傑瑞——他都已經有自我認同危機了——你還把他一直叫成「傑夫」。

費雪在思考這些批評。

費雪（拿起便條紙）：**妳說我弟打過給我……**

《奇異果女孩》（電視劇）

羅蕾拉：所以？

羅伊：什麼啦？

羅蕾拉：那個男的怎樣？

羅伊：**妳知道我們之間最特別是什麼嗎？**就是完全明白各自有各自的隱私。我是說，妳完全懂得分寸。

《末路狂花》

露易絲往路上一瞧，一台高速公路巡邏車正往前向他們開來。她滑向一旁，讓警車在另一邊通過，剛好沒看見他們。*J*・*D*・和露易絲互看對方。

J・D・：妳是違規罰單拿太多了，是這樣吧？

露易絲：**我們會把你送去俄克拉荷馬市，然後你便自己上路吧。**

對白跟動作的反差

我們曾在第八章的潛台詞一節討論過這技巧，它是製造潛台詞最好的方法之一。對白本身並不顯現出交談的真正意涵，卻反映在作為反差的動作裡——例如當角色雖然說他愛狗，但看到狗時卻忍不住向後縮。潛台詞的來源是動作，而非對白。所以我們才說，行動比說話更有力。要創造潛台詞，你可以讓角色口是心非，就像《當哈利碰上莎莉》那樣，當莎莉一邊對哈利說討厭他，一邊卻親了他；或者像在《北非諜影》裡，瑞克嘴巴雖然說不要為人惹麻煩，後來還是把通行證拿到手。

有口難言

對白很少是表現情緒的理想方式，除非是心裡的感受被迫公諸於世。我們前一節在探討鋪陳的時候，曾經說過被迫招供要比不打自招更引人入勝，還記得嗎？對潛台詞來說也一樣，你可以讓角色極力避免觸碰敏感話題，或在表達感情時有口難言。這樣，角色在言詞表達上竭力掙扎，卻正好傳達了他內心的情感。我們來看兩個精彩例子：

《性、謊言、錄影帶》（*Sex, Lies, and Videotape*）（史蒂文・索德伯格（*Steven Soderbergh*））：

安（Ann）：你只是問她們問題？

格林漢（Graham）：是啊。

安：那她們就只是回答嗎？

格林漢：大部分是。她們有時候也做一些事。

安：對你嗎？

格林漢：不，不是對我，只是向著我，向著鏡頭做。

安：**我不……為什麼……為什麼你要這樣做？**

格林漢：抱歉，我也不想這樣。

安：**這根本就……太……**

格林漢：妳應該想走了吧。

安：**沒錯，我要走了。**

《北非諜影》

伊露莎（難以自控）：噢，瑞克——這世界真是瘋狂——什麼都會發生——**假使你逃脫不了——假使——假使我倆真的勞燕分飛——無論他們把你安置在哪裡——無論我在哪裡——我只想你知道——**（她說不下去；她把臉靠向他）親我吧。就像——就像是最後一次那樣，親我吧。

語帶雙關

在本章較早前，我們已經看過雙關語所帶來的喜劇效果。現在，我們會藉由戲劇性的方式，用它來帶出某種具體情感。角色說出某句一語雙關的對白。第一層意義可以算是直白的，另一層意義即其中暗示的情感。我們可從下面例子來學習這技巧的使用：

《雙重保險》

納夫：凱耶斯，你知道為什麼你這次查不出什麼嗎？我告訴你。你要找的人離你**太近了**。就在你桌子的對面。

凱耶斯：**華特，比這還近啊。**

納夫：我也一樣，我愛你。

《愛你在心眼難開》

哈利：這高領毛衣是怎樣？現在夏天耶。

艾瑞卡：說真的，你幹嘛管我穿什麼？

哈利：就好奇咩。

艾瑞卡[57]：我就是喜歡穿這個。我一向都喜歡穿這個。你可以叫我高領女孩什麼的。

哈利：妳都不會熱喔。

艾瑞卡：不會。

哈利：從來沒有？

艾瑞卡：最近沒有。

情感的面具

這技巧反映了一個普遍的心理事實：當我們處於尷尬時，我們通常會竭力壓抑負面情緒，在人前故作鎮定，以維持面子和尊嚴。正如奧斯卡．王爾德（Oscar Wilde）所說：「面具跟我們說的故事，比面孔還要多。」比方說，男孩子約女生出去，被拒絕後他為了面子而說：「沒關係啊，反正我也有事做。」這就是假面孔——外表堅強，內心卻受傷了，這是在交談裡製造潛台詞的好方法，同時也能讓讀者一同分享角色的感受。底下是一些相關的例子：

《殺無赦》（大衛．韋伯．皮普爾斯（*David Webb Peoples*））

黛莉娜（Delilah）：艾莉絲（Alice）和希爾琦（Silky）給他們……免費做。

芒尼（Munny）（聽懂了，尷尬）：噢，是嗎。

黛莉娜：你也……想要免費做吧。

芒尼（轉頭不看，尷尬）：我嗎？沒有，我應該沒有想要。

黛莉娜受傷……覺得被羞辱了。她站起來，拿起剩下的雞，裝作沒事一樣；芒尼因為尷尬而不敢看她。

黛莉娜（掩飾難過）：**我不是說……跟我啦。是艾莉絲和希爾琦，她們會給你免費做……你想要的話。**

《城市俏女郎》（電視劇）

卡蘿琳：我們找時間去看個電影吧。

達尼：好啊，什麼時候？

卡蘿琳：就今天晚上吧？

達尼：噢，今晚不行，有事。

卡蘿琳：有事……是要做常規手術什麼的嗎？

達尼：不是，我……我有……

卡蘿琳：噢，達尼，我是成年人了。你有約就直接講嘛。

達尼：OK，我有約了。

卡蘿琳：是約會嗎？是嗎？

達尼：嗨，不要忘了，是妳說我們應該各自過各自生活的。

卡蘿琳：**沒錯啊，我們應該這樣。事實上，說起來巧得很，我剛剛想起，原來我晚上也有約。**

達尼：真的嗎？

卡蘿琳：**真令人尷尬啊，不是嗎？我一邊在約你，另一邊又忘了自己已經有約，而且是重要的約會，想起來就興奮。**

只要暗示，不要下結論

記得我們說過「2＋x＝5」的例子嗎？我們會自然給出x＝3的結論。讀者喜歡看到的是暗示，而非明示，他們這樣才能自己揣摩結論，才能投入劇情的發展。暗示便會是潛台詞，下結論便會是直白的對白。所以一看便知道要選哪一個。你的工作就是運用嫻熟的手藝和技巧，創作暗示的對白，讓讀者自行揣摩個中意涵。下面是專業編劇的示範：

《銀翼殺手》

迪卡德：那些記憶，你是怎樣弄出來的？

蒂瑞爾（Tyrell）：瑞秋（Rachael）的話，就是我從16歲外甥女複製出來的腦細胞。瑞秋腦子裡想的全都是我這位外甥女的事。

迪卡德：**我看過一部老電影。那個人頭上釘著螺釘。**

《公寓春光》（比利・懷德、*I*・*A*・*L*・戴蒙德）

佛蘭（解釋她粉盒裡鏡子的裂痕）：我喜歡它這樣。這樣照起來才像我。**當你愛上了一個已婚男人，便不應該刷睫毛膏。**

《愛你在心眼難開》

艾瑞卡：我搞不清楚……你到底是討厭我，還是說，你或許是唯一懂我的人？

哈利：**我不討厭妳。**

《天才反擊》

米其（在看記錄）：這裡確實有問題，我想是你們弄錯了。看，你們把最後兩步弄反了。

卡特（把記錄搶走）：我不會弄錯……（在讀）……**通常不會。**

隱喻或象徵式對白

就像在敘述的時候一樣，你也可以把隱喻放在對白，用來象徵角色的想法或情感，而非用顯而易見的方式來平鋪直述。

《公寓春光》

謝德拉克（Sheldrake）（抓住她的手）：佛蘭，我想妳回到我身邊。

佛蘭（手縮回來）：謝德拉克先生，很抱歉——**這裡滿載了，你要搭下一台電梯。**

——

小巴（Bud）：妳知道嗎，以前的我**就像魯賓遜一樣——船難後置身於八百萬人之中。然後有一天，我看到沙地上的腳印——妳就在那裡。**就像現在兩個人吃晚餐——多棒啊。

《尋找新方向》

傑克：不，你看，我想我們應該來瘋一下。我們應該為所欲為。我是說，這是我們最後的機會。這個禮拜是我們的！這應該是我們一起來分享的。

年紀較大的侍應生走過來。

侍應生：請問要點餐了嗎？

傑克：我是在給你忠告。

麥爾斯：麥片粥、水煮蛋、黑麥麵包。要烘過的。

侍應生：OK，那您呢？

傑克（瞪著麥爾斯）：**毯子包豬。糖漿要多一點。**

《愛在心裡口難開》

西蒙：你現在還會覺得我講話誇張嗎？

法蘭克：**簡直是密封包裹，你不會想碰，更不會想打開它。**

《百萬金臂》

斯吉普（Skip）：好好聽著——你們有的是選擇。你們想去米達斯（Midas Muffler）做黑手，替凱迪拉克的屁股焊排氣管……還是——（停頓）想坐在這凱迪裡，看著其他人穿猴衣，手拿著噴燈爬來爬去？（停頓）**你們這輩子只能去兩個地方——要嘛在凱迪裡面，要嘛在它下面。**

再來看看比利．懷德在《雙重保險》所寫的經典場景。注意他怎樣運用汽車、員警和超速罰單等隱喻，避免了典型的引誘或老套的搭訕對白：

納夫：妳在腳環上刻了什麼，可以跟我說嗎？

菲莉絲：只是我的名字。

納夫：尚未請教。

菲莉絲：菲莉絲。

納夫：嗯，菲莉絲，我想我的確喜歡這名字。

菲莉絲：你不確定？

納夫：我想我必須**在附近來回開幾次**看看。

菲莉絲（站起來）：納夫先生，何不順道過來？明天晚上八點半左右，他會在家。

納夫：誰會在？

菲莉絲：我先生。你不是急著要找他談嗎？

納夫：是啊，的確是。但我現在有點不把它放在心上了，妳大概懂我意思吧。

菲莉絲：納夫先生，本州是有**車速限制**的，每小時７０公里。

納夫：那借問警官，我剛才開多快呢？

菲莉絲：我看，快１５０了。

納夫：**就說妳要從摩托車下來，給我罰單了吧。**

菲莉絲：**就說我這次放你一馬，下不為例。**

納夫：就說我還是明知故犯。

菲莉絲：就說你等著挨揍吧。

納夫：就說我嚎啕大哭，伏在妳肩膀上。

菲莉絲：就說你伏在我丈夫的肩膀上呢？

納夫：那就毀了……

用身體表現情感

我們來看另一幕經典場景，這次取材自《岸上風雲》（巴德・舒爾伯格）。泰瑞跟艾蒂（Edie）在公園裡一邊走，一邊閒聊。然後艾蒂其中一隻白手套不小心掉在地上。泰瑞把它撿起來，拍一拍，卻沒有立刻物歸原主，而是拿著它，把它戴在左手上。這場戲正好說明了情感的身體表現。戴上手套，象徵了他想要靠近她的慾望。這技巧跟「以行動作回應」很像，只是角色現在沒有在回應什麼而已。他只是用身體表現情感，而非直接訴諸言語。我們再來看看其他例子：

《末路狂花》

賽爾瑪：我想妳還沒收到傑米的消息……吧？

露易絲咬緊了牙。車子加速。

賽爾瑪：……不要緊。

—

J・D・：噢，我……露易絲呢？

賽爾瑪：她跟傑米出去了……傑米是她男朋友。

J・D・：我想妳一定很寂寞吧。我常常想，在汽車旅館一定很寂寞。

賽爾瑪假裝她對這種事很在行。

賽爾瑪（讓他進門）：噢，沒錯啊，的確可以很寂寞。

《尋找新方向》

傑克窮追不捨，麥爾斯飛奔下山，還一直**拿著瓶子大口大口地喝**。麥爾斯慢了下來，走在兩行葡萄樹中間。**他一飲而盡，把酒瓶扔掉**。傑克在隔壁走道，終於氣喘吁吁地追上了他。

麥爾斯的臉要破碎了，似乎很想哭的樣子。然後他便倒在地上，雙眼緊閉。

——

手寫的標示，貼在禁止進入的標誌上，還用了汽球作裝飾，上面寫著：「迎迓嘉賓」，箭頭指向右。

一部部的汽車都往右轉。但到了麥爾斯，**他卻往左**。

以問代答

以問題來回答問題，這是對白的一種風格。當某人城府甚深，不想洩露心底機密時，這往往便是他的防禦策略。所以在黑色電影裡，我們經常看到回應探員盤問的那些老套方式，像是：「連這個也要知道嗎？」或者「這關你什麼事？」底下是其他例子：

《窈窕淑男》（拉里・吉爾巴特、多恩・馬克圭爾（*Don McGuire*）、莫瑞・西斯蓋（*Murray Schisgal*））

莉塔（Rita）：我想讓她看起來更嫵媚一些，你還能拉後多遠？

攝影師：**拉後到克里夫蘭（Cleveland），怎樣？**

《獵愛的人》（*Carnal Knowledge*）（朱爾斯・費弗（*Jules Pfeiffer*））

莊尼森：妳什麼時候上中學的？
蘇姍（Susan）：**你今年夏天做了什麼？**
莊尼森：**我在問妳問題耶，妳怎麼反問我呢？**
蘇姍：**你怎麼可以跟好朋友的女友約會？**

《愛在心裡口難開》

梅爾文走回房子去，剛好要關門時，西蒙又突然鼓起勇氣。
西蒙：你……該不會對他怎樣了吧？
梅爾文：**你不曉得我要在家裡工作嗎？**
西蒙（垂頭喪氣）：我不曉得。

節拍顯露情感

我們前面看過，角色會隨著他的心情而改變講話速度。譬如，冷靜時便不疾不徐；憤怒時便講得快，句子簡短，且斷斷續續；開心時便講話急促；憂愁時慢吞吞，說一下停一下。所以能在場景裡形成節拍反差的話，便可以很好地表現角色的獨特聲音。現在，你先不用想反差的事，只需要想好要傳達什麼情感，角色講話的節拍應有多快，這樣就好。情感一旦搞定了，再來調整對話速度，用間接方式表現他們的態度和感受。下面的例子來自電視劇《奇異果女孩》，羅伊不但以講話速度傳達她的緊張和不安，還包括她一口氣講了一大堆的話：

狄恩：我是狄恩。

羅伊：嗨。（停頓，然後才想到要自我介紹）噢，羅伊。我……就是我。

狄恩：羅伊。

羅伊：嚴格來說，是羅蕾拉。

狄恩：羅蕾拉。我喜歡這名字。

他對著她笑。她融化了。

羅伊：**它也是我媽的名字。她就照她的名字來叫我。你知道嗎，她躺在醫院裡，就在想那些男人不都是用自己名字來叫小孩子的。所以女人為什麼不行呢？她的女權思想便贏了。但其實，我個人認為是她杜冷丁服太多，所以才有這決定。**（停頓）我沒有講過那麼多的話。

透露角色的特質和態度

我們也可以用對話來透露角色的性格，我意思是，透過另一個角色來作出暗示，而非直言不諱地說，藉此便能加入潛台詞。比方說，如果角色是一個有趣、又愛挖苦人的人，不妨讓讀者從對白裡揣摩他的特質，而非讓另一個對他說：「哇，你真有趣」或「我不需要你這樣挖苦我。」關於這部分，你可以重溫第202頁的「披露態度和特質」。只要角色開口講話，讀者就知道他們是什麼人了。

場景脈絡當作潛台詞

桑佛德・邁斯納（Sandford Meisner）是方法演技教員，他曾讓兩位演員面對面坐，講四行以上的瑣碎對白。而且要一直保持無聊，沒啥意義地交談。但每次都改變場景脈絡——就是說：在場景開始前，角色各自對對方的感覺。他們吸引對方嗎？有沒有討厭對方？有沒有說，一個人想得到另一個人的錢，甚至要傷害他？有了這些不一樣的脈絡之後，同樣「平淡」的對話忽然便有了不一樣的意義，每一個脈絡都給了對白一個新的潛台詞。看看下面的例子，在不同場景脈絡或當角色情感轉變時，注意同一句「我恨你」的不同意義。

丈夫帶著憂傷，對死去的妻子大叫：

丈夫：我恨妳……

他淚如泉湧。

一位奮發的女演員，在她的銀幕偶像奪得奧斯卡後，對著她說：

女演員：我恨妳……

她笑了。

《當哈利碰上莎莉》的高潮：

莎莉（噙淚）：哈利，我恨你……我恨你。

他們親吻了。

沉默

我們在前一章討論到「少即是多」，其實對於對白也同樣適用。就像那些老套的格言說的——**沉默是金；無聲勝有聲；寧靜的一刻，卻震耳欲聾**。重點是，靜謐也能有效地傳達某種具體的想法或情感，不必然要用到直白的對話。無論是因為情感澎湃而說不出話，抑或是刻意忽略別人的意見或提問，都能在讀者心裡引發情緒反應。我們來看看底下的例子：

《末路狂花》

露易絲：不行，沒有用。

賽爾瑪：為什麼不行？

露易絲：根本沒有實質證據。我們沒辦法證明他有做過啊。甚至連證明他有碰過你都不行。

她們同時沈默了片刻。

賽爾瑪：天啊，法律是什麼鬼東西啊，也太難搞了吧？

然後：

賽爾瑪：那妳又是怎樣知道這些東西的？

露易絲沒有回答她。

《刺激*1995*》

安迪：我做完了。現在這一切都結束了。你找H&R Block去報所得稅吧。

諾頓衝向他腳邊，兩眼閃現著怒氣。

諾頓：沒有什麼結束！沒有！否則你就準備好過最悲慘的日子吧。再也不會有警衛保護你。我會把你從希爾頓大飯店的一人房拉出來，然後盡我所能找個最剽悍的同性戀跟你在一起。你會以為自己被火車強姦一樣！圖書館嗎？沒有了！一步步封鎖起來！我們再來在院子裡辦個小小的烤書大餐！讓人在幾公里外都看到煙霧瀰漫！我們再來像印第安野人一樣跳舞！聽懂了嗎？明白我意思嗎？

對著安迪的臉緩慢推進。他眼神空洞。顯然是受到打擊的樣子……

什麼時候可容許對白直白？

通常在這時候，那些上我對白課的同學都會表現出神情呆滯，他們現在才知道，創作精彩對白需要花這麼大的功夫。有些人甚至會懷疑，劇本真的需要從頭到尾都保持一流水準嗎？我的答案是：這樣做不是壞事。只要能緊貼劇情發展，你所運用的技巧愈多，對白就會愈精彩。但要記得，關於潛台詞，假如角色在心理上的押注很大，他們便往往避免太過直白。潛台詞是他們的情感防禦機制，他們不想承受把話說出來的後果。換言之，假使把話說出來沒什麼危險的話，就可以把話講白一點了。

我們可以容許把話說直白的，實際上有三種情況：

◆當情感上夠安全

就是當角色即便把話說白，也沒什麼關係的時候。對比一下，當你第一次約會時需要用到潛台詞，但做了老夫老妻以後，講話就不用再那麼小心翼翼了。直白的台詞，照道理只能對以下的人說：**好朋友**、**知己**、**小寶寶**、**寵物**、**心理治療師**，還有跟**神父**辦告解，或者自言自語時。假如你跟別人相處自在，當然不需要潛台詞或怎樣小心翼翼。你大可以很老實、輕鬆、直接地講話。就像在《失戀排行榜》或《安妮霍爾》裡，角色打破了第四面牆，**直接跟我們講話**；或者像《日落大道》或《美國心玫瑰情》那樣運用**旁白**。這樣，我們便成了這位角色的好朋友、治療師，或知己。《愛在黎明破曉時》（Before Sunrise）有一場精彩的戲，兩位主角在餐廳裡各自對好朋友講手機，說體己話。但當然，這只是一段假想的對話。他們只是把手假裝成手機，各自跟自己的「好友」傾訴他們在火車上遇到的事，還有他們對對方的感覺。嚴格來說，這些對白是直白的，但因為他們只是跟「好友」傾吐心事，不是跟對方表白，所以還是行得通。

◆在高潮裡，當經過一番耕耘之後

有想過為什麼一流的專業劇本也會出現直接對白嗎？因為它通常是放在高潮裡，角色經過長時間壓抑之後，再也忍受不住，便在高潮的場景裡爆發出來。換言之，編劇之所以有權把對白寫得直白，是因為這是他辛辛苦苦在劇本耕耘的成果。在《美國心玫瑰情》的高潮時刻，安琪拉問萊斯特：「你想要什麼？」而他的回應是：「妳在開玩笑嗎？我想要妳啊。」你再也找不到比這個還直接的對話，但它看起來卻又不會太過直白。這是因為這情感經過整部劇本的醞釀，所以有權如此直接地表現出來。

◆當它簡單又得當

最後，有時候最簡單的對白反而是最有效的，把一切粉飾拿掉之後，角色說出了他最想講的話。編劇兼導演詹姆斯．卡麥隆說過：「有時候，簡單直接是最難的，因為你的本性並非如此。每個人的天性都偏向狡猾。你一直希望找到既聰明又優雅的解決辦法，克服眼前的戲劇性問題，殊不知最好的做法卻是讓主角說出心裡的話。」有時候，只要是想法簡單又得當，看起來就不會太過直白，正如我們在《新娘百分百》（理查德．柯蒂斯）看到安娜對威廉說的：「別忘了我也只是一個女孩，站在一個男孩前請求得到他的愛。」

必須修改又修改

據約翰・布雷迪（John Brady）所著《編劇的手藝》（The Craft of the Screenwriter）一書引述，對於創作精彩對白，帕迪・柴耶夫斯基給了以下建議：「我一向很費力琢磨對白……因為我清楚知道我想要他們說些什麼。場景在我腦海中浮現；我能想像他們怎樣出現在銀幕前；我會設想他們說些什麼，怎樣把話說出來，或怎樣把話埋在心底。對白便生出來了。我想任何地方的編劇都是這樣做的。然後我會修改。然後刪減。然後再琢磨到成為我最想要的場景的樣子。」他把對白的寫作藝術形容得極為貼切。生動的對白只能在不斷嘗試和犯錯中誕生。不要妄想初稿就能生出多精彩的對白。關鍵是在初稿裡記下所有想法，然後不斷回頭修改，盡量應用本章所介紹的技巧。起稿、修改、刪減、琢磨、推敲、潤飾，直至它發出耀眼的光芒。

對白測試

另一個改善對白的方法，就是測試你所寫的東西。把對白大聲唸出來，或者找人來唸。這是電視影集經常採用的方式，演員會聚在一起進行「讀劇」（table read）。我認識的編劇便往往這樣，在定稿前先安排一次舞台朗讀（staged reading），測試一下對白的實際效果。演員講話時，編劇便坐下來留心聆聽，在劇本上做筆記。你自己也可以這樣做。把對白大聲讀出來，看它行不行。有像一般人講話嗎？夠流暢嗎？故事有在動嗎？有沒有產生張力？最重要的是，有造成情感衝擊嗎？你有沒有被感動到？有沒有想笑，或哭，或刺激到想一直追下去，好奇後來會發生什麼事？

研究對白大師的作品

我應該一再強調：**你認真要學編劇的話，便要多讀一流劇本，鑽研和分析它們**。無論是關於哪一方面，包括概念還是對白都一樣。事實上，我這裡介紹的技巧都來自於這些一流劇本，是從看著它們實際運作時學到的。我的方法很簡單：讀劇本；碰到觸動我情感的地方——任何情感衝擊都可以；圈點起來；然後分析它作用的原因，看看有什麼訣竅能用在我自己的寫作上。這不是什麼高深的事，人人都能做得到，只是要多讀劇本而已。關於對白的部分，你千萬不能錯過以下這些大師的作品：帕迪．柴耶夫斯基、比利．懷德、大衛．馬梅、喬爾和伊森．科恩、羅伯特．里斯金、昆汀．塔倫蒂諾、羅伯特．唐尼、艾倫．索金、尼爾．西蒙（Neil Simon）、約瑟夫L．孟威茲、厄尼斯．里曼、約翰．塞爾斯（John Sayles）、沙恩．布萊克、埃里克．博高森（Eric Bogosian）、凱文．史密斯、詹姆士L．布魯克斯、伍迪．艾倫、史考特．羅森堡、史考特．法蘭克、理查德．拉葛雷文尼斯（Richard La Gravanese）、諾拉．艾芙倫、凱文．威廉森（Kevin Williamson），還有埃爾摩．倫納德（小說家）……等等。我這裡列出的當然不是全部，但對於初學者來說也夠了。好好研究這些編劇的優秀對白吧，一定不會讓你白費功夫的。

44〔譯註〕原文為「anal」，字面意思是肛門。

45〔譯註〕此處原文是「park the tongue」，字面意思是：「讓舌頭停靠」。

46〔譯註〕這句原文是「Plants don't talk」，即：「植物是不會説話的。」

47〔譯註〕原文為西班牙語「Adios, señor」。

48〔譯註〕原文為西班牙語「Adios, estupido」。

49〔譯註〕原文為「I never forget an asshole」（我永遠不會忘記屁眼），老套的説法是「I never forget a face」（我永遠不會忘記一張臉）。

50〔譯註〕老套的説法是「筆比劍還有力」（the pen is mightier than the sword）。

51〔譯註〕此處原文為「your joggingness」，是一改「your highness」（即殿下）的慣用説法。

52〔譯註〕原文為「Vette」，是雪佛蘭跑車「Corvette」的省略。

53〔譯註〕這是戲中對複製人的蔑稱。

54〔譯註〕這裡顯示原作者安東尼·伯吉斯（Anthony Burgess）在《發條橘子》一書發明的「Nadsat」，其實是由俄語和英語結合而成的暗語。例如「droogs」在俄語便是朋友的意思，而「korova」即是牛。

55〔譯註〕原文是「smells fishy to me」，意思是：有可疑。

56〔譯註〕即預計抵達時間。

57〔譯註〕原文為「get hot」，另有「興奮」的意思。

11

最後幾點想法

在劇本上畫畫

「聞之則易忘；見之則牢記；行之則參透。」

——中國諺語

在這段具啟發性的旅程中，我們進入情感衝突的世界，看到種種會讓讀者大叫「哇塞！」的寫作方式。現在，我們來到終點了。我希望我能帶給你新見解，啟發你寫出精彩故事——本書大部分介紹的技巧，不但有利於劇本寫作，對小說、非虛構作品，以及舞台劇的創作應該也有幫助。

把這本書放在手邊，當你碰見任何平平無奇的地方便可以看一下有什麼技巧能用。它可以是你寫作的好伙伴。你可以問他：「這一頁要怎樣寫才更有懸念？」或者：「這段對白要怎樣寫才會更清新？」答案往往近在咫尺。不要忘了，這些技巧只是輔助工具，目的無疑是引發讀者的情緒反應，但要從事一流的藝術創作，還需要注入某些魔力——包括你個人的巧思、原創性，以及你獨特的視野。

這些技巧並非一成不變的守則，而是人類在說故事方面累積了幾千年的經驗。但我們還是有一條絕對的、有充分證據的法則，唯一的一條金科玉律，就是：你寫的東西不可以無聊，一頁都不行。在今天的好萊塢，待售劇本簡直汗牛充棟，每一部都在爭取審稿員的青睞，所以根本不容許你寫出哪怕是一點點沈悶的東西。我知道，這標準看起來很嚴苛，但事實上這就是專業編劇的分內事。你可以思考一下，他們的工作不僅僅是把字句串連起來，他們更需要做的是製造情感衝擊——這樣才能讓案子吸引到有抱負、兼有熱情的演藝人才。為了到達這層次，你通常免不了不斷修改。

關於修改的幾點提示

只有平庸的作家才能一直保持最佳狀態。

——W·薩默塞特·毛姆（W. Somerset Maugham）

這裡要跟你講的，不是你應該修改多少次，而是你應該做些什麼才會有用——我意思是，才能激起讀者的情緒反應。專業編劇就是有能耐，能看出什麼東西平平無奇，產生不了情感衝擊，而且願意為此一改再改，直至情況改善為止。這是他們跟入門者的最大差別。

這是寫作過程中的必要步驟，而它最好的地方就是：沒有人知道你花了多少時間，改寫過多少次，才生出一部精彩的劇本。重要的是最後呈現在我們眼前的樣子。除非你需要處理拍攝劇本（production script），必須記錄一次次的改寫過程，否則根本不會有人知道你在定稿以前花了多少精神和體力。理查德·華特（Richard Walter）是洛杉磯加大編劇課程的聯合主席，他說過：「修改就像是攝影機在尋找焦點。」你不可能剛好在第一輪便抓得準。我們都是從失焦開始，然後對焦，再逐步改進，把鏡頭轉回到最清楚的畫面上。

首先，你要知道什麼東西必須修改。這牽涉到你對於好壞的判斷力。編劇群和編劇顧問所給的外來意見也同樣重要。依照很多入門者的想法，修改就是這裡動一下角色，那裡改一下對白，或許這邊加一個場景，或許那邊刪掉另外一個。但其實，修改是一項大工程——有時會跟初稿花一樣的功夫，甚至更多。

專業編劇大多都會計劃周詳，即使是修改，也會在每一次重看時專注修改某些特定項目。比方說，你起好初稿以後，或許便知道哪方面需要修改，你或許會專注在角色的部分，確認他們的言行一致。然後，你下一次便可以把注意力集中在結構上，確認劇情流暢，場景井然有序，而且都是故事發展的關鍵。再來，你或許需要重看情節，確認沒有漏洞，而且都遵從清晰的因果模式，也沒有任何前後矛盾的地方。到了後面，你可以開始做潤飾，修正錯別字或格式錯誤，把前面做過的修改重新統整一次，最後再處理對白的部分。

這道工序雖然簡單，卻不容易：一開始是起稿，然後收集回饋，修改，再收集回饋，修改，只要有需要的話就這樣一再重複下去。

以上說的只是修改計畫的一種可能的樣子。專業編劇當然有其他修改方式，很多都已經在《101種習慣》裡有介紹過，而且全部都會對你有所幫助。你可以先完成初稿，再來修改；或者也可以邊寫邊修改，就像洛杉磯加大的資深教授盧・亨特（Lew Hunter）那樣，每一天都修改當天寫好的東西，在睡覺前把它重看一次。到了隔天早上又會再看一次，沒問題才進入下一個部分的寫作。這樣有點像是一口氣起了三份稿。

從閱讀中學習

厄尼斯・海明威說過：「找出能令你心動的東西，找出帶給你刺激的動作，把它寫下來，清楚地描述出來，以至於讀者也能感受得到。」這是很好的建議，不但能令你做到「讓人看，不要講」，也提供了向一流編劇學習新技巧的方式。閱讀劇本時，標出你有感覺的段落，無論是令你歡樂、恐懼、好奇、期待、傷心、同情、喜歡或不喜歡等等，然後分析它能對你產生影響的原因。在我的編劇群組裡，有一位寫作者就在她喜歡的頁面上打勾或畫笑臉。你必須分析你自己對於該材料的情緒反應。每當你讀得全情投入、忘乎所以的時候，便問問你自己：為什麼？是什麼東西能令你如此興奮莫名？同樣地，假如你在業餘劇本裡發現你分心了，或你開始對故事漠不關心，那麼你也要盡力找出原因，把它當成前車之鑑。

但你必須讀劇本，不能只看電影。唯有讀劇本才能迫使你單單面對文字，了解情緒反應如何從文字中產生。畢竟，文字是你從事劇本寫作藝術的唯一工具。讀劇本能讓你排除電影中的演出、導演、剪輯、攝製、佈景，以及音效的影響，單獨發現專業編劇的戲劇性技巧以及這行業的訣竅。

你是劇本上的畫家

跟我說個故事吧！因為沒有故事的話，這些字句便只能證明你有組織邏輯語句的能力。

——安妮・麥卡芙瑞（Anne McCaffrey）

成功的編劇總是惦著某些特定情緒，尤其會對讀者的內心反應念茲在茲。你也可以做到這一點。你是劇本上的畫家，情感是你調色板上的顏料。在你劇本上的每一個字、每一句話、每一個時刻，都會在讀者心中產生反應。到底他們會感到無聊，還是興高采烈，一切都取決於你。一流藝術家的本事，正在於他能夠完全掌控這些反應。

你現在是置身於傳遞情感的事業裡，這一點千萬不能忘記。說故事最注重的是情感，而好萊塢則是販賣情感的產業，把情感妥善包裝後賣到全世界去。你必須對這些情感瞭如指掌，就像畫家那般，清楚掌握色譜上每一種顏色的作用。假如你能把情感放在場景的最前線，讀者便會忘了文字的存在，全情投入在你的劇本裡。

如果你只是初學者，我會建議你擱下這本書，先找一些編劇基礎的入門書來看，以便打好基本功，再來磨練身手。在調整肌肉、神經，和皮膚的細微差異之前，你必須先把筋骨建立起來。

如果你已經寫了一些作品，那就要有點耐心。你要專注於磨練手藝，而不是考慮市場、找代理，或立刻上場打拼。你應該按需要盡量多去上課，特別是洛杉磯加大的公開寫作課程，無論是校內或線上課程都可；盡量多讀劇本或參考書，然後不斷寫劇本，直至不止一個讀者（除親友以外）跟你說，他們真的享受閱讀的過程。

如果你有幸能進入決賽，或選擇、販售自己的劇本，或有代理人或經理擁護你的作品，那麼我會希望你寫電郵給我，或者直接來我課堂上，分享你成功的好消息。在此，我祝你一切順利，寫作愉快。

TITLE

金主才不要好萊塢的冷飯

STAFF

出版　瑞昇文化事業股份有限公司
作者　卡爾・伊格萊西亞斯 (Karl Iglesias)
譯者　伍啟鴻

總編輯　郭湘齡
責任編輯　蕭妤秦
特約編輯　喬齊安
文字編輯　徐承義　張聿雯
封面設計　許菩真
美術編輯　許菩真
排版　執筆者設計工作室
製版　印研科技有限公司
印刷　桂林彩色印刷股份有限公司
　　　紘億彩色印刷有限公司
法律顧問　立勤國際法律事務所　黃沛聲律師

戶名　瑞昇文化事業股份有限公司
劃撥帳號　19598343
地址　新北市中和區景平路464巷2弄1-4號
電話　(02)2945-3191
傳真　(02)2945-3190
網址　www.rising-books.com.tw
Mail　deepblue@rising-books.com.tw

初版日期　2020年7月
定價　650元

國家圖書館出版品預行編目資料

金主才不要好萊塢的冷飯 / 卡爾.伊格萊西亞斯(Karl Iglesias)著；伍啟鴻譯. -- 初版. -- 新北市：瑞昇文化, 2020.07
432面；14.8 x 21公分
譯自：Writing for emotional impact : advanced dramatic techniques to attract, engage, and fascinate the reader from beginning to end
ISBN 978-986-401-428-6(平裝)

1.電影劇本 2.寫作法

812.31　109008060